KB169340

러시아적 인간

러시아적 인간

이즈쓰 도시히코 井筒俊彦 지음
최용우 옮김

글항아리

일러두기

- 본문에서 고딕체로 표시한 것은 지은이가 강조한 것이다.
- 본문에서 첨자로 부연 설명한 것은 옮긴이 주다.
- 본문 중 그루지야는 국립국어원 외래어표기법에 따르면 조지아로 써야 하지만, 시작품 번역 특성상 원서 그대로 그루지야로 표기했다.

서문

전 세계적으로 모두가 러시아에 주목하고 있다. 인류의 미래나 세계의 운명, 인간 행복의 건설 등 거대한 문제를 다룰 때 러시아를 빼놓고는 운운할 수 없을 것이다. 사람들은 러시아에 대한 태도를 긍정이든 부정이든 어느 한쪽으로 정해야 한다는 압박을 받는다. 현재 정치적으로 완전히 중성적·중립적인 입장에서 러시아를 언급하거나 글을 쓰는 일은 거의 불가능하다. 솔직히 전 세계가 좌우 양 진영으로 뚜렷하게 갈라져 사력을 다해 싸우고 있는 오늘날, 그 왼편 중심에 있는 이 국가에 대해 누가 절대 중립의 태도를 취할 수 있을까? 하지만 러시아에 흥미와 관심을 갖는 사람 모두가 정치적이라고 할 순 없다.

정치적 러시아가 오늘날 세계의, 세간의 화제라고 한다면 정신적 러시아 역시 이에 못지않게, 아니 오히려 더 강력하게 전 세계 지식인에게는 여전히 영혼의 생사와 관련된 중대한 문제다. 즉 오늘날 공산주의적 러시아를 정치적 의미로 '우리 조국'이라며 열광적으로 외치는 이들이 있듯이 이와는 완전히 다른 차원에서 러시아를 영혼의 고향으로 느끼고 이를 열렬히 사랑하는 이들도 있다. 이런 사람들이 감격에 겨운 관점에서 바라보는 러시아는 정치 형태나 시대의 흐름에 따라 변화하는 현상적인 러시아가 아니라, 변화무쌍한 현상의 밑바닥에 늘 한결같이 존재하는 러시아, 바로 '영원한 러시아'다. 혹자는 이것이 현실에 존재하는 러시아가 아니라 단순한 이념이며 추상물에 불과하다고 한다. 하지만 이념이 추상물이 아니라 정말 살아 있는 구체적인 존재일 수 있다면 이는 러시아라는 국가의 기적이지 않을까? 그리고 러시아 문학이야말로 이를 가장 명백하게 보여주는 증표라고 생각한다. 나는 이러한 관점에서 19세기 러시아 문학의 정신사적 흐름 가운데 러시아적 이념의 본질적인 모습을 탐구하고자 한다.

19세기 러시아 문학은 단순히 러시아의 내적 현상이 아니라 일종의 세계적 현상이었던 게 분명하다. 전 세계 사람들이 이들의 문학을 읽으면 영혼의 눈을 떴다. 그리고 톨스토이나 도스토옙스키의 문학을 통해 인생의 진상을 깨닫고 이를 마음의 양식으로 삼아 성장해왔다. 이뿐만이 아니다. 19세기 러시아 문학은 오늘날 거론되는 여러 사상적 문제를 이미 한 세기 앞서 제기했다. 사르트르는 '도스토옙스키는 만약 신이 존재하지 않았다면, 모든 것은 용서받을 것이라고 말했다. 이것이야말로 명백한 실존주의의 출발점이다'라고 말했다. 실제로 사르트르나 카뮈와 같은 작가의 작품을 접해본 사람이라면 그들이 언급하는 문제가 매우 러시아적이라는 사실에 놀랄 것이다. 러시아의 19세기 문학은 여느 국가의 19세기 문학과는 전혀 다른 현재의 문학이다. 바로 지금을 살고 있는 것이다. 이러한 의미에서도 이 문학은 상식적인 문학사와는 다른 관점에서 재검토돼야 한다고 생각한다. 이 책은 이런 의도로 기획한 소소한 시도라고 할 수 있다.

제2차 세계대전 직후 게이오대학 문학부에 개설된 러시아 문학부에서 강의한 지 벌써 몇 년이 흘러 강의 초안이 상당히 쌓여 있던 시점에 언젠가 한번 정리해야겠다는 생각을 하고 있었다. 2, 3년 전 게이오대학의 통신대학 교재로 『러시아 문학』을 집필하면서 그 내용의 일부를 발표했는데 지면이 제한돼 있어 고골에 관한 내용까지밖에 쓰지 못했다. 그래서 이번에 출판사 의뢰를 받은 것을 계기로 다시 생각을 정리해 처음부터 전부 새롭게 써서 세상에 내보이기로

했다. 메이지 시대 이후 일본에는 러시아 문학을 애호하는 사람이 아주 많아졌다. 어떤 작가가 언제 어떤 작품을 썼는지를 강조하는 이도 있고 교과서 형식의 러시아 문학사를 중시하는 이도 있다. 하지만 적어도 러시아가 낳은 일류 중의 일류 작가에 관해 파악해 이들을 근본적으로 움직이고 있는 정신이 무엇인지에 초점을 맞춘 정신사적인 서술도 필요할 것이다. 이 책이 이러한 의미에서 러시아 문학, 그리고 러시아 자체를 심층적으로 이해하는 데 있어 조금이나마 도움이 되기를 바란다.

1953년(쇼와 28) 1월 1일

지은이

차례

제1장

◆

영원한 러시아

전 세계가 주목하며 귀를 곤두세우고 있다. 러시아는 과연 어떤 행동을 취할 것인가, 과연 무슨 말을 할 것인가. 그 일거수일투족이 일으키는 파동은 순식간에 세계 구석구석까지 뻗어나가며 파란을 일으킨다. 세계사의 중심에 선 오늘날의 러시아는 그 괴물 같은 모습을 스멀스멀 드러내고 있다. 정체를 알 수 없는 이 괴물 주변으로 무수한 사람이 모여 시끌벅적 미친 듯이 떠들어대는 모습은 마치 스타로브긴을 둘러싼 '악령'의 세계가 그대로 현실이 되어 출현한 것만 같다. 괴물의 모습을 바라본 것만으로도 아무 이유 없이 감격해 열광하고 흥분하는 사람들이 있는가 하면, 얼굴을 찌푸리며 증오와 울분에 찬 시선으로 화내며 욕을 퍼붓고 저주하는 사람들도 있고, 수상쩍은 표정으로 가만히 지켜보는 사람들도 있다. 이런 상황에서는 누구도 무관심한 채로 있을 수 없다. 좋든 싫든 간에 사람들은 여기에 관심을 가질 수밖에 없는 것이다. 러시아는 비정상적으로 긴장된 공기로 둘러싸여 있다. 오늘날 러시아는 그야말로 자신을 하나의 세계사적 '문제'로 제시하고 있는 듯하다. 모든 사람이 이 '문제'를 해결하려고 초조해하며 간절한 마음으로 러시아의 정체를 궁금해한다. 이 괴물은 도대체 뭘까? 대체 뭘 하려는 걸까? 또 어떤 말을 하려는 걸까?

하지만 불행인지 다행인지 이것은 그리 간단히 해결될 일이 아니다. 이러한 문제는 이미 18세기 이후 서유럽의 문화인들이 '러시아적 현상'이라는 풀기 어려운 수수께끼로 언급해온 것이다. 서양의 교양인들은 처음에는 호의적인 태도로 러시아와 러시아인을 이해하려고 노력하며 접근했으나 결국 대부분 절망하고 시도를 단념하거나 러시아를 완전히 다른 방향으로 오해했다. 벨린스키는 푸시킨의 작품에서조차 '뭔가 독자적인 것, 매우 소중한 것, 순수하게 러시아적인 어떤 것'을 끄집어냈는데, 이러한 측면에서도 진정으로 러시아적인 것을 제대로 이해하고 정당하게 평가하는 일이 얼마나 어려운지 알 수 있다. 이를테면 샤를 장 멜키오르 드 보게의 유명한 저서 『러시아 소설』(1886)은 서유럽 지식인이 처음으로 러시아 문학을 소개한 것인데, 지금 다시 읽어

보면 그 한계가 분명히 드러난다. 수준 높은 문학적 소양과 세련된 감각을 겸비한 이 프랑스인 작가는 투르게네프에 대한 이해만 있고 도스토옙스키는 제대로 알지 못했다. 이것은 러시아 정신의 가장 중요하고도 깊은 의미를 전혀 알아차리지 못했음을 뜻하는 게 아닐까? 물론 러시아 문학 중에도 서유럽파적 지성으로 충분히 설득 가능한 부분은 적잖이 있다. 러시아의 문호 중에서는 투르게네프가 그러한 요소를 가장 많이 지니고 있다. 그가 오랜 시간 서유럽에서 러시아 문학을 대표하는 주자였다는 사실은 결코 우연이 아니다. 하지만 이런 식으로 러시아 관련 지식이 풍부해지더라도 여전히 러시아 정신의 중핵에 대한 이해는 조금도 깊어지지 않는다. 그렇기에 오늘날에도 여전히 러시아는 많은 이가 이해하지 못하는 아리송한 대상인 것이다. 사람들은 변함없이 러시아를 앞에 두고 고개를 갸웃거린다. 축복해줘야 할까, 아니면 제대로 저주를 퍼부어야 할까. 사람들은 판단하기 괴로워하고 갈피를 못 잡으면서, '불가사의하다!' '모순이다!'라고 투덜거리며, 결국 러시아는 깊은 시비의 암막 뒤로 가려지고 이내 '철의 장막'이라는 신화로 전개되기에 이른다. 대체 그 두꺼운 장막 뒤편에서 어떤 엄청난 일을 계획하고 있는 걸까! 또 어떤 무서운 음모를 꾸며놓았을까!

곰곰이 생각해보면 사람들이 러시아에 이런 의구심을 품

는 것도 무리는 아니다. 이 세상에서 정체를 알 수 없는 괴물만큼 기분 나쁜 존재도 없기 때문이다. 외국인뿐만 아니라 러시아의 시인 튜체프 역시,

러시아는 평범한 저울로 측정할 수 없다
러시아는 일종의 독특한 국가다!

라며 러시아인으로서 자신의 '수수께끼'를 분명히 의식하고 있을 정도다. 이토록 러시아의 정체를 파악하기 어려운 이유를 간단히 살펴보면, 우선 러시아인 자체가 굉장한 자기모순에 빠져 사분오열되어 있으며 이는 기존에 성립된 인간상으로는 정의할 수 없기 때문이다. 외부에서 들여다보는 러시아인이 복잡하게 뒤엉킨 자가당착 덩어리로 보이는 것도 당연하다. 러시아인은 극한의 정신사적 풍토를 계승해왔는데 이는 정신적 한계지대를 말한다. 이들은 항상 극한을 생각하고 '아득히 먼 저편'을 바라본다. 중용의 덕은 이들에게 덕이 아니다. 그렇기에 끊임없이 한쪽 극에서 다른 쪽 극을 향해 안하무인으로 몸을 내던지듯 탈출한다. 이들은 뜨뜻미지근한 '중용'에서 오랜 시간 참고 머물 수 없다. 하지만 중용의 부정은 문화의 부정을 말하고, 결국 자연적 카오스를 긍정하고 있다는 의미가 아닐까? 그 결과 러시아의 인

텔리겐치아19세기 후반 러시아에서 서구 사상의 영향을 받은 진보적 사상의 소유자를 가리키는 말는 서구 문화를 비극이라고 생각했다. 푸시킨은 마치 예언자와 같은 날카로운 시점으로 러시아 내 서구 문화의 비극성을 통찰하고 그 해악을 폭로했다. 이와 더불어 표트르 대제의 위업은 19세기 러시아 비극의 시작이기도 했다.

하지만 러시아적 인간상에 나타나는 자가당착을 그저 모순이나 분열로 여겨서는 안 된다. 이는 하나의 줄기에서 생장한 크고 작은 가지에 불과하다. 즉 상층부는 수만 갈래로 흐트러져 복잡한 모양새이지만 그 근간은 하나다. 그렇기에 그 근간을 이해하는 순간 비로소 우리는 현상적 측면의 러시아인을 통일되게 이해할 수 있는 것이다. 투체프는 '러시아는 평범한 저울로 측정할 수 없다'고 했는데, 이는 어떤 저울로도 할 수 없다는 말이 아니라 유일하며 특별한 저울이라면 문제없이 측정할 수 있다는 의미였다. 따라서 가장 먼저 그 특별한 저울을 손에 넣는 것이 관건이다.

러시아적 현상의 특징인 혼돈은 인간이라는 존재의 깊숙한 곳에 숨어 있는 단 하나의 근원에서 비롯된다. 물론 그 근원 자체도 또 하나의 혼돈이지만 말이다. 고대 그리스인이 '카오스'라 부르며 두려워한 것, 태곳적 혼돈, 모든 존재가 자신의 가장 깊은 곳에 품고 있을 원초적 근원, 인간을 동물이나 식물, 대자연 그리고 어머니로서의 대지에 직접적으로 결부시켜놓은 자연의 인대와 같다. 러시아인은 서유럽의 문화적, 지성적 인간에 의해 무참히 짓밟혀 거의 사멸해버린 이 원초적 자연성을 여전히 생생하게 느끼며 유지해온 것이다. 서유럽에서는 일찍이 차갑게 식어 사화산이 된 것이 러시아에서는 여전히 요란하게 포효하는 활화산으로 존재했다. 그렇기에 러시아인은 표트르 대제의 신국가 건설 이후 200여 년 동안 광적으로 서구 문화를 흡수하는 한편, 항상 문화에 대한 일종의 집요한 의구심과 반발, 때로는 멈출 수 없는 증오를 내비쳤는지도 모른다. 푸시킨에서 시작해 톨스토이에 이르러 절정에 달한 러시아 문학의 주류에서 이들이 인간의 원초적인 자연성에 대한 탐구를 사상적 테마로 내세웠던 것도 결코 우연이 아니다. 서구 문화를 흡수하고 그 문화적 정신에 동화된(도스토옙스키식으로 말하자면 '유럽화되어 자신의 근간을 상실해버린') 19세기 러시아에서 인텔리겐치아가 필사적으로 자신의 근원으로 되돌아가려 했던 노력에서도 이를 엿볼 수 있다. 그것이 아니라면, 사람들은 예로슈카 숙부와 청년 올레닌의 대비 구도를 이해할 수 없을 것이다. 톨스토이의 초기 걸작 『카자크인들』 역시 이러한 관점에서 보지 않으면 그것이 지닌 드높은 정신사적 의의를 이해했다고 볼 수 없다.

과거 수 세기 동안 서유럽의 지성적 문화인에게 원초적인 자연으로부터의 유리는 자기 상실을 의미하지 않았다. 오히려 이를 인간의 자기 확립으로 보았다. 본원적으로 비합리적인 자연의 혼돈(카오스)을 한 단계씩 정복하면서 점차 밝은 빛과 이성의 질서(코스모스)로 향하는 것이야말로 인간의 본분이라고 생각했다. 반면 러시아인은 다르다. 그들에게 원초적 자연성으로부터의 이탈은 곧 자기 상실이자 인간 실격을 의미한다. 러시아인과 러시아의 자연, 러시아의 흑토는 피로 맺어져 있다. 이것이 없다면 러시아인도, 그 무엇도 될 수 없다. 서구 문화에 대한 러시아인의 끈질긴 반역은 여기서 비롯된다. 문화의 필요성을 몇 배로 민감하게 느끼고 문화를 열망하는 한편 이를 증오하고 반역할 수밖에 없는 이들의 태도는 러시아 특유의 것이다. 이와 같은 국가의 사람들은 서구 문화나 휴머니즘에서 행복을 찾을 수 없다. 19세기 러시아 사회에서 암처럼 여겨진 '잉여 인간'(쓸모없는 인간) 역시 러시아에서만 존재할 수 있었다. 즉 러시아인의 심층부에는 피로 맺어진 자연과 인간의 유대감이 뿌리 깊게 존재했다.

러시아여, 당신의 이처럼 겸허한 나체 그 밑바닥에

살포시 놓여 있는 반짝이는 무언가를
교만한 이국의 사람은
알 도리 없다, 이해할 도리 없다.

라고 튜체프는 말했다. 서유럽 사람들은 로고스적 존재로서의 인간을 특권으로 여기며 이러한 이념에 따라 코스모스의 영역을 확대해갔고 이를 기반으로 자신만의 문화를 건설했다. 이들은 인간 실존의 중핵을 카오스에서 코스모스로 이행시켰으며 그 결과 원초적 자연에서 이탈해 자연과 대립하게 된다. 하지만 코스모스, 즉 존재의 밝고 이성적인 부분이란 이른바 수면 위에 떠 있는 빙산의 일각에 불과하다. 아무도 볼 수 없는 수면 밑에는 헤아릴 수 없을 정도로 크고 어두운 빙산의 거대한 몸체가 숨어 있다. 이는 인간의 이성으로는 도저히 다다를 수 없는 비합리적인 존재와 실존의 심층이다. 그리고 그곳에 바로 러시아적 인간의 정신이 서식하고 있다. 이성과 지성으로는 통제할 수 없는 비합리적인 암흑 한가운데에 자리 잡고 그곳에 실존의 중핵을 둔다. 외부에서 바라본 러시아인의 인상이 어딘가 어둡고 우울한 것도 아마 그러한 이유에서일 것이다. 러시아는 어둡다. 깊고 무서운 바닥을 숨기고 꿈틀거리는 늪처럼 으스스한 음울함이 있다. 도스토옙스키의 『악령』을 읽었을 때 느껴지는 어두운 인상, 영혼의 심층부까지 파고든 정처 없는 암흑은 결코 소설 『악령』에 국한된 어둠이 아니다.

대자연이 영원히 원초적이고 요소적이듯 러시아적 인간 역시 영원히 원초적이고 요소적이다. 하지만 실로 요소적인 존재는 어둡고 음침하며 무섭다. 별빛도 없는 칠흑 같은 밤의 암흑은 기이한 공포와 전율로 가득하다. 이러한 러시아적 인간의 성격을 우리는 '디오니소스적'이라는 형용사로 표현할 수 있다. 디오니소스는 무시무시한 어둠의 신이다. 이러한 성향의 인간이 만들어낸 결과물로서의 러시아 문학은 당연히 본질적으로 어둡고 침울할 수밖에 없다. 한때 러시아통으로 유명했던 영국의 모리스 베어링은 이들의 문학을 지배하는 밤안개처럼 자욱한 독특한 어둠에 대해 '모든 것이 잿빛이다. 모든 사람이 음침하다. 이 분위기는 절망적이고 음울한 정이다'라고 했는데, 실제로 사람들은 러시아 문학에서 압도적으로 우울하고 음침하며 돌이킬 수 없이 어두운 인상을 받는다. 이러한 느낌은 처음부터 우리 마음을 짓밟는다. 러시아 문인들은 지중해성 남유럽 시인들이 노래하는 날아오를 듯한 창공의 환희에 대해 전혀 모를 듯싶다. 러시아 문학에서는 종일 빛이 들어오지 않는 어두컴컴한 방의 내음이 느껴진다. 앙드레 지드와 니콜라이 베르댜예프가 말했듯, 도스토옙스키적 문학의 출발점에 있는 작품이라 할 수 있는 『지하실로부터의 수기』를 보면 러시아적 인간 자체가 본질적으로 지하실의 주인이며, 나아가 러시아 문학 전체(따라서 또 러시아 그 자체)를 하나의 거대한 '지하실'이라고 볼 수 있다. 물론 여기서의 지하실이 어둡고 우울하기만 한 건 아니다. 암흑 속에도 한낮의 세계는 꿈에도 모를 맹렬한 환희가, 메레시콥스키의 「밤의 아이들」만 이해할 수 있는 정열이 끓어오르고 있다. 가르신과 체호프에 이르러 절대적 극한에 달한 러시아 문학 특유의 어둠은 고골에 이르러 되돌이킬 수 없는 결정적 양상을 띠기 시작했다고 생각한다. 하지만 고골이 이와는 양립할 수 없는 엄청난 디오니소스적 생의 환희를 대표하는 존재라는 사실에 주목해야 한다. 대표적으로 『디칸카 근교 마을의 야회』에 그려진 왁자지껄한 배경에 하늘과 대지가 하나가 되어버린 듯한 우주적 환희, 그저 이 땅에 살아 있다는 자체로 미친 듯이 즐거워하는 광기에 가까운 기쁨을 예로 들 수 있다. 그의 말을 빌리자면 '터무니없이 바보 같은 소란' '이래저래 말이 안 되는 장난'이며, 이 엄청난 생의 환희 역시 고골에서부터 확실히 그 모습을 드러내기 시작한다. 디오니소스는 단순히 공포스러운 어둠의 신이 아니며 격렬한 환희와 황홀경의 신이기도 하다. 하지만 디오니소스의 환희에서는 피비린내가 난다.

그렇기에 러시아인은 생의 밝고 기쁜 측면에서조차 어딘가 모르게 음울하고 음산한 기운이 느껴진다. 눈물도 얼어붙을 듯한 살인적인 시베리아의 추위 속에서 사납게 몰아치는 눈보라 가운데 정신을 놓은 것처럼 춤추며 노래하는 러시아인 특유의 생의 환희는 마치 악령이 씐 사람이 자아를 잃고 무언가에 도취된 듯한 모습을 연상시킨다. 이는 남유럽에서 보이는 밝고 투명한 하늘빛이 아니다. 러시아적 인간의 생의 환희는, 예컨대 마티스의 회화로 대표되는 그림자 하나 없는 원색의 밝은 빛이나 모차르트 초기 음악에 나타나는 영원한 환희가 될 수 없다. 당연히 밝아야 할 기쁨이나 즐거움도 여기서는 이상하게 어두워진다.

이렇듯 어떤 의미에서 러시아인은 영원히 원시인이다. 아니, 원시인('미개인')보다 더 근본적이고 본질적인 원시인이다. 그들은 존재의 궁극적 근원과 직접적으로 연결되어 있다. 이는 '원시적'이라는 단어가 통용되지 않을 정도로 심오하며 근원적인 원시성이다. 따라서 러시아적 인간의 환희는 대자연의 생의 환희이자, 이들의 분노는 대자연의 분노이고, 우울함은 대자연 그 자체의 우울함이다. 시인 알렉세이 톨스토이는 다음과 같이 표현했다.

바다에 거품은 일지 않고, 파도는 얌전하다.

울창하고 어두운 잔나무 가지에 살랑이는 바람은 없다.
세상을 거울같이 내 모습이 깃들어 있으니
한없이 투명하게, 바다는 고요하다.
나는 바위에 걸터앉아, 머리 위로는 양털과 같은 눈송이,
남청색 하늘 저 깊이 머문 채 움직이지 않는다.
나의 영혼은 깊숙이 가라앉아 미동도 않는다.
고요한 바다와 나는 하나다.

부서지고 흩어져 사나운 파도는 나의 눈꺼풀에 짜디짠 눈물을 뿌린다.
미동 없이 바위에 앉아 있는 나의 가슴속으로 시원하고 청량한 기운이 흘러들어온다.
들이쳤다가 물러서고, 다시 들이치면서, 격랑은 끊임없이 나의 성채에 덤벼든다.
물마루에는 하얀 눈송이 닮은 비말이 반짝반짝 빛난다.
대체 나는 누구에게 싸움을 청해야 하는 것인가, 강인한 바다여.
넘쳐흐르는 이 힘을 누구를 향해 시험해야 하는 것인가.
내 마음은 이제야 생명의 아름다움을 접했다.
아아 파도여, 너희는 내 가슴속 우수를 씻어냈다.
너희의 포효와 물보라는 나의 영혼을 불러내 각성시켰다.
이 거친 파도 소리와 나는 하나다.

이러한 인간은 참으로 무섭다. 우주적 자연이 그 자체로 두려움의 대상이듯 이들도 무서운 존재다. 자연의 힘은 존재하는 모든 것에 생명을 부여하고 인간에 국한되지 않는 기쁨과 미의 축전을 제공하는 반면, 미친 듯 날뛰면서 모든 질서를 파괴하고 무고한 수많은 생명체를 학살하기도 한다. 따라서 이 세상 누구보다 붙임성이 좋다고 평가받으며 겸손하고 순박하면서 비둘기처럼 온순하다는 인간도 한번 발끈하면 사정없이 때려 부수고, 라스콜리니코프『죄와 벌』의 주인공식으로 말하자면 '무고한 시민의 피를 샴페인처럼 흘려보내며' 미쳐서 날뛰는 인간으로 변모할 수 있다. 한때 러시아정교 신자는 다른 어떤 국가의 기독교도와도 비교할 수 없을 만큼 소박하고 경건했다. 하지만 혁명 발발과 동시에 태연하게 '신을 죽인 것' 또한 이 경건한 신자들이었다.

그렇기에 한편으로 러시아인은 매우 느긋하고 태평해 보이기까지 한다. 그들의 느긋함은 일반적이지 않다. 19세기 후반 러시아의 인텔리겐치아는 이른바 '오블로모프주의'이반 곤차로프의 소설『오블로모프』에서 비롯됨를 일종의 망국적 질병처럼 여겼는데(그리고 물론 그들이 옳았지만), 바로 이 질병의 배후에는 정확히 알 순 없으나 엄청나게 거대한 폭발적인 힘이 있었다. 관점에 따라 러시아인은 모두 태생적인 오블로모프라 할 수 있다. 러시아의 '니체보nichevó'는 러시아어를 전혀 모르는 사람도 알 정도로 예부터 널리 사용되는 표현인데(많은 사람이 이를 단순히 무기력이나 무활력 같은 나쁜 의미에서의 오블로모프주의로 오해하고 있는 듯하다), 사실 이 언어는 민족적 근원에 있는 낙천주의를 의미하며 러시아인의 성격을 아주 잘 보여준다. 이들은 장소 불문하고 일단 유쾌한 상태가 되면 한없이 밝고 느긋해진다. 최악의 비참한 상황에 놓이거나 벗어날 수 없는 궁지에 몰리더라도, 어딘가 구멍이라도 하나 뚫려 있으면 그 작은 틈새를 들여다보며 아주 여유롭게, 마치 눈앞의 고뇌가 다른 사람의 일인 양 '니체보'라 소리친다. 신경 날카로운 서유럽인 중 누가 이렇듯 대담한 행위를 하는 이들을 상대할 수 있겠는가. 시시각각 변하는 대자연이 항상 태연자약하게 막힘이 없듯이 러시아적 인간에게도 막다른 길이란 없다. 이런 태생적 여유로움에 비하면 서구적 지성은 정말이지 쪼잔하고 한심해 보인다. 레온티에프는 '러시아인은 성직자가 될 수는 있어도 정직한 사람은 될 수 없을 것이다'라고 했다. 러시아에서는 절대 오네트 옴므honnête homme 17세기 프랑스의 이상적인 인간상을 표현하는 말가 이상적인 인간이 될 수 없다는 말이다. 러시아인에게 양식bon sens은 정신적 척도가 될 수 없다.

앞서 나는 러시아에서 자연과 인간의 영혼이 피로 이어졌다고 말했다. 하지만 이것만으로 러시아의 특징을 보여주기에는 부족하다. 자연과 연결되었다 하더라도 먼저 그 자연의 성격 자체가 문제다. 아름다운 일본의 자연은 아담하게 주변을 감싼 형태로 하이쿠를 짓기에 적합하다. 반면 러시아의 자연은 서유럽이나 일본의 자연과는 전혀 다르며 두려울 정도로 매우 거대하다. 북쪽으로는 스산한 원시 밀림이 끝없이 이어지며 시베리아부터 끊임없이 광활한 초원이 펼쳐져 있고 이는 우랄산맥의 격렬한 바람이 미친 듯이 몰아치는 남쪽으로 연결되며, 카르파티아산맥에서 우랄산맥으로 북극해에서 흑해로 이어지는 러시아 자연의 끝은 도저히 가늠할 수가 없다. 이러한 자연은 한계를 모른다. 이곳에서는 육지가 한없이 넓은 바다의 성격을 띤다. 한계가 없는 러시아의 자연은 모든 것에 선명한 윤곽과 분명한 한계를 보이는 그리스의 자연과 대조적이다. 고대 그리스인에게 무한함(한계가 없음)이란 그야말로 불완전함과 추악함을 의미했다. 그러나 러시아인에게 한계는 자유의 속박, 즉 악을 의미한다. 한계를 곧 추악함이라 여긴 것이다. 만약 눈앞에 벽이 가로막고 있다면 자기 머리로 벽을 들이박으며 죽음을 각오하고서라도 그 벽을 용인할 수 없다는, 이른바 '지하실적 인간'의 역설적인 열정이 여기서 비롯되었다. 설령 '2×2=4'가 진리일지라도 만약 그것이 인간을 속박한다면 의미 없다. 이렇듯 자유를 향한 비합리적인 사랑, 자유를 향한 불타는 정열은 러시아인 특유의 것이다. 러시아의 위대한 사상가들은 전부 인간 존재의 궁극적 문제를 자유의 문제로 파악했다. 오래전 아리스토텔레스는 모든 인간이 행복을 추구하는 존재라 하여 이를 인간학 체계의 기초로 삼았는데, '지하실의 주인'에게는 이런 행복주의 윤리가 통하지 않는다. 자유 앞에서 행복은 이렇다 할 값어치가 없는 것이다.

오오 정말이지 광활할지어다! 이런 한없는 자유라니!
용솟음치는 노랫소리, 흐드러지게 핀 꽃들!

러시아 시인은 이렇게 노래했다. 러시아인은 시야를 가리는 것 하나 없이 뻥 뚫린 풍경을 '광활하다prostór'라고 표현하며 각별히 여겼다. 아니 여기서 이들은 사는 보람을 느꼈을 것이다. 끝없이 펼쳐진 황금빛 보리밭과 세찬 바람이 휘몰아치는 대초원, 수평선 저 멀리 흐릿하게 하늘과 하나 된 푸른 바다, 그리고 유유히 흘러가는 큰 강 등 이는 그들의 생명과 같았다. 아름답거나 예쁜 것은 없어도 상관없다. 그저 지평선 너머로 펼쳐진 무한한 공간을 원할 뿐이다. 러시아인의 감정 및 사상은 전부 이와 같은 공간적 감각과 연결되어 있다. 여기서 고골의 환희에 찬 외침이 울려 퍼진다. "이 끝을 알 수 없는 광활함은 무엇을 예언하는 걸까? prostór의 양팔에 단단히 안겨봐야 이 무한한 사상을 얻을 수 있는 게 아닐까? 그리운 러시아여, 모든 것을 포용하는 당신의 팔에 안겨야만…… 광활한 기운이 강하게 나를 껴안고, 그 힘이 내 영혼 저 밑바닥까지 다다른다. 아아 정말이지 눈부시다. 찬란하게 빛나는 무한함이여! 그리운 러시아여!"라고 말이다. 오블로모프 정신 역시 러시아적 무한성의 부정적인 현상 중 하나에 불과하다. 오블로모프가 아침부터 저녁까지 침대에 누워 아무것도 하지 않는 것도 매우 러시아적이고 위대한 그런 성향 때문인 것이다. 두 팔 크게 벌려 형제든 타인이든, 적이든 아군이든, 아니 전 세계까지 품고자 하는 거대한 인간성이 기반에 있다면 이는 소극적 측면에 불과하다.

러시아인의 영혼은 러시아의 자연이 그러하듯 한계를 모르고 설령 한계에 부딪히더라도 이를 거부하지 않을 수 없다. '전부 아니면 무!'라는 러시아 특유의 과격주의는 이러한 영혼의 산물이다. 가도 가도 끝이 보이지 않는 남슬라브의 초원에서 휘몰아치는 우랄의 강풍처럼, 러시아인의 영혼에도 항상 원초적인 정열의 태풍이 휘몰아친다. 대자연의 요소적인 움직임이 모순으로 가득 차 있듯이 러시아인의 가슴에도 상호 모순적이며 극한적인 사상과 감정이 무수히 소용돌이친다. 이들 앞에 서면 지성을 자랑하는 근대 서구적 문화인도 망연자실할 수밖에 없다. 도대체 이게 무슨 일이지? 어떻게 해석해야 하지? 이반 카라마조프는 "인간의 영혼은 정말로 광활하다. 정말이지 엄청나게 광활하다. 가능하다면 살짝 작게 만들고 싶을 정도다!"라고 말했다. 이건 지성이나 이성만으로 해석할 수준의 것이 아니다. 이들 영혼에는 우주의 바람이 깃들어 있으며 이 엄청난 모순덩어리는 디오니소스적 성격을 보인다. 그렇기에 디오니소스의 불가사의한 외침을 가슴으로 직접 느껴본 사람만이 이를 이해할 수 있다.

이렇게 보면 러시아 정신의 현실이 방대한 모순과 부조화로 이루어진 것도 당연하다. 하지만 모순과 부조화로 가득한 현실 속 어디에도 조화가 없기에 모순 한 점 없는 청정한 경지와 위대한 조화에 대한 동경은 한층 더 강렬해진다. 밤의 정열을 러시아 정신의 현실로 본다면 낮을 향한 정열이야말로 러시아 정신의 미래이자 이상이다. 형체도 분간할 수 없는 밤의 어둠 속에 파묻혀 있기 때문에 낮의 '빛' '질서'에 대한 동경은 더 격렬하게 불타오른다. 러시아인에게 조화를 향한 동경은 일종의 병적이며 광적일 만큼 격렬한 정열이다. 하지만 러시아 정신의 부조화가 독특한 부조화의 일종이었듯이, 그것이 추구하는 조화 역시 단순한 조화는 아니다. 러시아인은 스스로 그 특수성을 의식하고 이를 '러시아적 해조諧調, rūsskaya garmóniya'라 이름 붙였다.

이 러시아적 해조를 의식적으로 탐구한 최초의 인물은 시인 푸시킨이었다. 그로 인해 진정한 의미에서 세계적인 문학으로서의 러시아 문학이 시작되었다. 궁극의 해조, 마지막 조화를 탐구하는 일이 푸시킨 이후 19세기 문학계의 가장 큰 과제였다. 러시아 문학 전체는 이 근원적인 주제를 중심에 두고 주위를 에워싸듯 전개되었다. 여기서 '조화'를 밝혀내는 과정은 단순히 사상적 혹은 사변적으로 절대자를 탐구하는 것이 아니며, 오로지 인간을 통해 그리고 인간의 실존 속에서 깨닫는 것을 의미한다. 바로 여기에 모든 문제를 풀 열쇠가 있다.

러시아 문학의 중심축은 인간에 있다. 러시아의 문학인은 온 힘을 다해 인간이라는 문제와 부딪쳐나간다. 알면 알수록 이해할 수 없는 인간이라는 존재의 정체를 밝혀내고자 한다. 인간은 스핑크스의 수수께끼와 같다. 천사인가 악마인가? 신인가 짐승인가? 인간! 그는 대체 어떤 존재인가? 하이데거가 이 세상에서 인간 존재를 '피투성被投性, Geworfenheit'이라고 규정했듯이 실제로 인간은 자신도 그 의미를 모른 채 그곳에 내던져진 존재에 불과하다. 누군가의 손에 의해 던져진 주사위의 눈처럼 우연히 그곳에 굴러다니고 있을 뿐이다. 누구에 의해 던져졌는지, 또 무엇을 위해 던져졌는지도 알지 못한다. 던진 사람이 신일까, 아니면 허무(니힐)

일까? 이러한 러시아 문학의 실존주의적 행방이 도스토옙스키의 변증법에서 가장 전형적인 형태를 취하게 되었다는 점은 기정사실화되어 있지만, 사실 이러한 사고방식은 도스토옙스키에 국한됐기보다 오히려 러시아 문학 전체를 관통하는 특징에 가깝다. '저 사람들은 인간이란 존재를 망각하고 있어. 그게 아니면 인간을 묘사하는 역량이 없는 거다.' 곤차로프는 오블로모프를 통해 소리쳤다. '인간을, 인간을 표현해줘!' '인간을 사랑해줘!'라고 말이다. 그렇기에 이들 문학은 주제 면에서 하나의 인간학이다. 만약 '철학적 인간학'이란 것이 인간을 외부에서 객관적으로(마치 질문하는 자신은 인간이 아닌 듯이) 냉정하게 '인간이란 무엇인가'라고 묻는 인간학이 아니라 주관적이고 주체적인 인간 탐구라고 한다면, 전반적으로 러시아 문학은 철학적 인간학임이 분명하다. 궁극적인 '존재' 그 자체가 문제라 할지라도 이들에게는 느긋하게 존재의 일반적 의미를 찾을 여유 같은 건 없다. 일반적인 존재는커녕 자기 자신이라는 존재, 내가 나일 수 있는 가장 구체적이며 절실한 존재 자체가 가장 큰 의문점이기 때문이다.

문학사상 이러한 경향은 푸시킨이 명확히 밝혀냈다. 그리고 이 어두운 그림자는 고골에 이르러 돌이킬 수 없을 정도로 짙어졌으며 고골 이후 20세기 대혁명에 이르기까지 러시아 정신의 지평선에는 항상 인간성의 근원적인 위기의식이 넘실댔다. 그렇기에 19세기의 러시아 문학 전반은 인간 존재의 근원적인 위기의 자립과 마주한 인간학이라고도 할 수 있고, 오늘날 세계문학적 상식에서 본다면 매우 실존주의적이었다. 프랑스 실존주의 문학의 대표자 중 한 명인 카뮈가 제시한 대부분의 휴머니즘적 문제가 도스토옙스키적 주제의 무신론적 변주곡이라는 사실은 단순한 우연의 일치라고 볼 수 없다.

이렇듯 러시아 문학인들은 자신을 시험대로 삼아 인간성의 밑바닥에서 궁극의 조화를 찾아내고자 했다. 왜냐하면 주어진 상태 그대로의 인간은(따라서 세계는) 몹시 부조리하고 비참했기 때문이다. 인간이란 존재는 어째서 이 정도로 모순덩어리이며, 볼품없고, 비극적일까? 도스토옙스키적으로 말하자면, 대체 왜 아무 죄도 없는 순수한 갓난아이가 이 세계에서 고통받아야 하는 걸까? 이런 세계를 창조하고 그곳에 인간을 가둬놓은 신은 선인가 악인가? 아니, 이에 앞서 신이라는 존재가 진짜 있기는 한 걸까? 이렇듯 이들은 인간 구원의 가능성을 물으며 신의 존재 유무를 떠나 어쨌든 구원을 추구해나간다. 도스토옙스키의 기독교적 인간상이나 혁명 후의 공산주의적 인간상은 인간의 궁극적 구원을 지향하는 점에 있어서 조금도 다르지 않다. 유신론적,

무신론적 구별 없이 일반적으로 러시아 문학인들이 모두 각자의 영역에서 '혁명적' 성격을 띠는 것은 그런 이유에서다. 세상 사람들은 물론이고 본인 스스로 보수적이라고 생각한 고골이나 레스코프 같은 이들 역시 본질적으로는 혁명주의적이다. 러시아에서 현실 상황에 완전히 만족하는 문학인은 없다. 따라서 특정 방향으로 문제를 해결했거나 적어도 해결을 위한 길을 찾은 사람들은 하나같이 예언자적인 모습을 띤다. 문학이 예언적이라는 점은 러시아 문학의 도드라진 특징이다. 『세 자매』의 베르시닌이 그러했듯 이들은 늘 인류의 미래라든가 세계의 운명처럼 서구적 기준에서 보면 추상적이고 아니꼬운 거대한 문제를 매우 일상적이고 구체적인 화제로 삼는다. 특히 러시아 문학은 비종교적이거나 반종교적인 작가도 지극히 종말론적 경향을 보인다. 이에 대해 베르다예프는 '러시아의 묵시록'이라고 표현했다. 즉 자신이 세계와 인류를 구해야 하며, 고뇌하는 동포를 위해 구원의 길을 알려줘야 한다는 일념으로 작업한다는 점에서 러시아 문학인의 이상한 예언자적 정열을 엿볼 수 있다. 이것이 없다면 이들은 인간이 묘사하는 '예술'을 유난스럽다 여기고 전혀 그 필요성을 느끼지 못했을 것이다.

이와 같은 작가의 태도는 러시아 문학의 근본적인 구조를 규정한다. 즉 문학의 예술적 형태나 미적 관조 등은 부차적이고 내용을 최우선시하는 것이다. 톨스토이처럼 천재적 예술성을 타고나 예술 창조의 환희로까지 마음 가는 대로 누릴 수 있었던 사람은, 시간이 흘러 자신의 예술성을 '젊은 혈기에 의한 실수'라 여기고 마치 엄청난 죄를 저지른 것처럼 양심의 가책을 느끼며 '참회'하기도 한다. 그렇기에 러시아 문학에서는 항상 '어떻게 쓰느냐'가 아니라 '무엇을 쓰느냐'에 일차적 의의를 둔다. 작가의 태도가 그러하니 독자도 마찬가지다. 투르게네프는 서유럽의 독서인들 사이에서 섬세하고 아름다운 예술적 감각과 숨이 턱 막힐 정도의 미적 표현으로 매우 높은 평가를 받았던 반면, 러시아에서는 지도적인 사회사상가로서의 이미지가 강했다. 그가 발표하는 작품은 하나하나 있는 그대로 일종의 사회적 사건으로 받아들여졌고 여러 방면으로 영향을 미쳤다. 투르게네프는 허무주의나 사회주의 같은 젊은 세대의 새로운 경향이 아직 구체적인 형태로 나타나기도 전에 그야말로 날카로운 후각으로 그런 분위기를 감지했고 이를 연달아 작품 주제로 삼았다. 오늘날에는 누구도 투르게네프의 '사상'을 문제 삼지 않지만, 그에게 이런 측면은 창작활동의 본분이기도 했다. 세계문학계에서 그 예술성을 인정받은 작가도 이러하니 다른 경우는 말할 것도 없다. 그 옛날 말도 안 되는 검열 제도하에 모든 언론의 자유와 사상적 자유가 봉쇄되었던 제정 러시아 시절에, 그나마 문학이 제한된 사상을 표출할 수 있는 숨구멍 역할을 해주었기에 이들 문학의 사상성이 더 강화되었다는 점도 간과할 수 없다. 외국에서는 이미 오래전에 전문적 학문 분야로 넘겨진 정치 및 법률, 경제상의 여러 문제가 러시아에서는 문학인들에 의해 진지하게 논의되었다. 좋게 말하자면 문학이 종합적이며 전반적인 인간 생활을 아우르게 된 것이지만, 다른 한편으로 질료적인 것의 과중은 예술성 차원에서 봤을 때 여러 결함을 보인다. 이를테면 체르니셉스키의 『무엇을 할 것인가』와 같은 작품은 연애소설의 형태(게다가 정말 유치하고 졸렬한 형태)를 빌린 사회학 논문에 불과하다. 그리고 톨스토이의 『부활』조차 예술적 관점에서 보면 지루한 작품이다.

또 한 가지 불가사의한 점은, 서유럽 문학과 다르게 러시아 문학에는 문학적 전통이란 게 거의 없다는 것이다. 말하자면 19세기밖에 없다. 이들 문학의 본격적인 형태는 19세기 초, 즉 푸시킨의 시가를 계기로 느닷없이 시작되었다. 그리고 이제 시작인가 싶던 차에 순식간에 세계문학의 가장 높은 수준에까지 도달한다. 물론 푸시킨 이전에 문학사가 없었다는 말은 아니다. 18세기에도 소설가와 시인은 있었다. 방대한 고대 러시아 문학사도 존재한다. 하지만 『이고리 군기』와 같은 극히 소수를 제외한 대부분은 문학사가 아니라 문헌사에 불과하다. 18세기 시인 중 세계적인 수준에 도달한 사람은 단 한 명도 없었다. 전부 푸시킨이라는 뛰어난 천재의 출현을 위한 준비 작업이자 이른 축하에 불과했다. 모든 것이 푸시킨에게서 비롯되었다. 이게 도대체 어떻게 된 일일까? 모두가 의심쩍어할 것이다. 그 기나긴 세월 동안 러시아인은 무엇을 하며 지낸 걸까? 여기서 일단 우리는 푸시킨 이전의 러시아 정신사를 살펴볼 필요가 있다.

제2장

◆

러시아의 십자가

정말이지, 진심으로 당신들에게 고한다. 당신들은 울부짖고 통곡할 것이다. 그러나 세상은 기쁨을 얻겠노라. 당신들은 슬퍼할 것이다. 하지만 당신들의 비탄은 환희가 되지 않을 것이다.

도스토옙스키의 『백치』를 읽은 사람이라면 로고진의 어둡고 암울한 집 안에 걸려 있는 이상한 그리스도 책형도(사실 그것은 홀바인의 복제품이다)를 바라보며 이 집의 주인과 미시킨 공작이 주고받은 묘한 대화를 기억할 것이다.

'십자가에서 방금 내려진 구세주를 그린 것이었다.' '공작은 무언가가 생각나는 듯 그 그림을 힐끗 쳐다보았으나, 걸음을 멈추지는 않고 그냥 문을 통과하려고 했다.'

하지만 로고진이 갑자기 그림 앞에서 걸음을 멈췄다. 그리고 불쑥 이런 질문을 공작에게 던졌다.

'그런데 레프 니콜라이치, 전에도 묻고 싶었는데 자네는 신을 믿나, 안 믿나?'

'이상한 질문을 다 하는군. 그리고…… 자네 눈초리가 왜 그런가?' 공작은 자신도 모르게 이렇게 한마디 덧붙였다.

'나는 저 그림을 보는 게 좋아.' 로고진은 잠시 입을 다물고 있다가, 다시금 자신의 질문을 잊어버린 듯 이렇게 중얼거렸다.

'저 그림을!' 공작은 문득 떠오른 어떤 상념에 사로잡혀 갑자기 소리쳤다. '저 그림을 보노라면 오히려 신앙이 사라져버릴 사람도 있을 텐데!'

'그래서 사라지고 있지.' 뜻밖에도 로고진은 불쑥 동의를 표했다.

한편 폐병으로 죽음을 눈앞에 둔 허무주의자 이폴리트는 자신의 수기에서 이 그림이 주는 처참한 인상을 다음과 같이 회상했다.

문득 아까 로고진의 집에서 본 그림이 머릿속에 떠올랐는데, 그의 집에서 가장 음침한 어느 홀 문 위에 걸려 있던 것이었다. 지나는 길에 그가 직접 내게 가리키며 보여주었고, 나는 아마 5분가량 그 그림 앞에 서 있었던 것 같다. 그 그림은 예술적으로 보아 훌륭한 점이 하나도 없었지만, 내 마음속에 어떤 이상한 불안감을 불러일으켰다. 그 그림에는 십자가에서 방금 내려진 그리스도가 그려져 있었다. 내가 알기로, 화가들이 그리스도를 그릴 때는, 십자가에 매달려 있을 때나 십자가에서 내려졌을 때를 불문하고, 그 얼굴에 비상한 아름다움의 음영이 여전히 담기게끔 그리는 게 상례로 되어 있다. 그들은 가장 무서운 고통 속에서조차 그리스도가 이 아름다움을 간직하게 하려고 애쓴다. 하지만 로고진의 집에 있는 그림에서는 아름다움이라곤 털끝만큼도 찾아볼 수 없다. 그것은 십자가에 매달리기 전까지 끝없는 고통과 상처와 고문을 견디고, 십자가를 지고 가면서, 그리고 십자가 밑에 깔리기도 하면서, 경비병들에게 채찍질당하고 사람들에게 구타당하는 그 모든 고통을 견뎌낸 다음, 마지막으로 십자가 위에서 여섯 시간에 걸친(내 계산으로는 적어도 그렇다) 고통까지 견뎌낸 인간의 시신에 대한 적나라한 묘사다. 그렇다, 그것은 방금 십자가에서 내려진 인간의 얼굴, 다시 말해, 아직도 생기와 온기를 무척 많이 지닌 얼굴이며, 아직 그 어느 부분도 완전히 굳어버리지 않아서, 죽은 자의 얼굴에선 그가 지금도 느끼고 있는 듯한 고통이 엿보이기까지 한다(이것을 화가는 매우 훌륭하게 포착했다). 그 대신 이 얼굴은 눈곱만큼도 사정을 봐주지 않고 가차 없이 묘사되었다. 여기엔 오직 자연이 있을 뿐이며, 누구든 그러한 고통을 겪은 인간의 시신이라면 진실로 그런 모습일 수밖에 없다. 내

> **가 알기로, 그리스도 교회에서는 이미 그 초창기에 그리스도가 겪은 고통은 비유적인 것이 아니라 실제적인 것이었다고 확정지었으며, 따라서 그의 육신도 십자가 위에서 완전하고도 철저하게 자연법칙에 종속됐을 게 틀림없다. 그림 속에서 이 얼굴은 구타로 인해 퉁퉁 붓고 무섭게 짓이겨졌을 뿐만 아니라 무섭게 부어오른 피멍으로 덮여 있으며, 두 눈은 퀭하니 떠져 있고 동공은 비스듬히 돌아가 있다. 커다랗게 열린 흰자위는 뭔가 생명이 없는 유리알 같은 빛을 반사하고 있다.**

이렇듯 생생하고 인간적이며 '완전히 자연적인 순리에 따라 사망한' 그리스도의 모습은 러시아 기독교적 성격을 상징적으로 보여준다. 이 무시무시한 '시체'의 모습은 많은 신자를 신앙의 상실과 거부로 이끌었고 다른 한편으로는 러시아인의 가슴속에 있던 광란에 가까운 신앙적 도취를 끌어내는 원천이 되었다. 이러한 그리스도상은 그야말로 위기를 내포하고 있었다. 여기에는 황홀경의 신앙과 끔찍한 신앙모독이 공존했다. 존 허턴은 『문학을 통해 본 러시아 안내서』라는 책에서 『백치』에 등장하는 그리스도와 똑같은 모습의 이 비참한 책형도를 문학작품이 아닌 실제로 본 순간의 감정을 다음과 같이 표현했다. 그는 러시아의 한 화랑에서 십자가 위 그리스도의 죽음에 대한 어떤 의의도 찾아볼 수 없는 평범한 죄인의 모습으로만 표현된 이 작품을 보았다. 그리스도의 비통한 표정과는 별개로 이미 하늘 한구석에 그의 눈부신 부활을 예견하는 징후가 나부끼며 그의 이마는 이 세상의 것이 아닌 듯한 정신적 행복의 경지로 빛나는 서구 예술의 책형도에 익숙한 사람들에게, 이렇듯 처참한 러시아의 그리스도상이 정상으로 보였을 리가 없다. 서유럽적 표상에 의한 십자가는 신의 국가임을 보여주면서 하늘 높이 장엄한 형태로 빛을 내고 있다. 반면 러시아의 십자가는 단조롭고 쓸쓸한 해골처럼 언덕 위 대충 꽂혀 있는 보잘것없는 말뚝에 불과하다. 아름답게 빛나는 신의 광채나, 종교로 인한 행복은 티끌만큼도 찾아볼 수 없다. 암울한 구름이 내려앉은 잿빛 하늘 아래 불어오는 거친 바람 속 그것은 홀로 외로이 서 있다. 못 박혀 있는 그리스도는 힘없이 발을 땅에 질질 끌고 있고 그 앞을 무신경하게 오가는 군집에 가로막히자 가까스로 얼굴을 들어 보이고 있다. 그런데 그 얼굴의 형상이 정말이지 비참하다! 러시아의 그리스도! 십자가의 영광은 어디에 있는 건가?

사실 이렇듯 애처로운 십자가 위의 죽음이야말로 진정한 '러시아의 그리스도'이며 일종의 열광적인 러시아적 신앙을 발현시키는 원천이라 할 수 있다. 안셀무스의 『하느님은 왜 사람이 되셨는가』를 읽은 사람이라면, 그리스도의 장엄한 모습과 아무런 힘이 없고 스스로 속죄할 수도 없는 인간을 구원하기 위해 자기를 희생해 십자가에 매달린 영광의 주인이 찬란하게 빛나는 모습을 보았을 것이다. 하지만 우리는 러시아의 십자가에서 사람들과 함께 멸시당하고 욕도 먹는 한 명의 인간을 볼 수 있다. 이는 '박해받는 자'로서의 인간 그리스도다. 러시아 민족이 '박해받는 자'를 자각하고 있듯이 그리스도 역시 박해받고 같이 고통스러워하며 같이 고뇌하는 모습으로 존재한다. 여기에는 민족과 그리스도 사이의 유례 없는 인간적 공감대가 있다. 이러한 공감은 사랑이 되고, 사랑은 결국 열렬한 신앙이 된다. 이렇듯 신앙은 문자 그대로 사랑에서 비롯된다. 인간 그리스도에 대한 열광적인 사랑이 부활한 그리스도에 대한 열광적인 신앙으로 탈바꿈하는 것이다. 여기서 공감, 사랑, 신앙은 각각 독립적인 별개의 상태가 아니라 모든 것이 한데 복잡하게 얽혀 있는 뜨거운 정열로서 존재한다. 러시아적 신앙에서는 매우 강한 충동에 휩싸인 사람들의 흥분과 난무하는 모습을 엿볼 수 있으며 방종이라는 형용사가 어울릴 법한 황홀경의 아찔함도 느껴진다. 이는 고요한 자기 집중이 아니라 디오니소스적으로 어지럽게 흩어져 있다. 그리스도를 최고의 절대적 '진리'이자 살아 있는 진리로 파악한 서구의 중세 가톨릭 세계와 러시아의 신앙적 도취의 세계는 대체 얼마나 멀리 동떨어져 있는 걸까. 도스토옙스키는 '만약 누군가가 그리스도가 진리의 외부에 있다는 사실을 나에게 증명해 보인다면, 그리고 만약 정말로 진리가 그리스도를 쫓아낸다면 나는 진리보다 그리스도와 함께할 것이다'라고 단언한 바 있다. 러시아인에게 사랑은 신앙과 동일시되는 성질의 것이다. 도스토옙스키의 신앙고백으로 유명한 위의 문구는 결코 그 혼자만의 생각이 아니며 그리스도를 향한 러시아 민족의 마음을 보여주고 있다.

신앙은 본래 그 성질이 비합리적이다. 하지만 러시아에서는 이런 면이 극단적으로 나타난다. 민중 사이에서 러시아 정교의 미신적 성향이 강화된 것도 그 때문이다. 옛날 러시아인이 그리스도에 대해 품고 있던 사랑과 신앙은 문자 그대로 광적이고 맹목적인 것에 가까웠으며 모든 것을 극단으로 몰고 가야 직성이 풀리는 러시아인의 성질까지 더해져 그러한 성향은 증폭되었을 것이다. 하지만 무엇보다 그들이 '박해받는 자'였고 이를 자각하고 있었다는 사실이 가장 큰 요인이지 않을까 생각한다. 니체는 기독교를 노예의 종교라고 비난했고 노예적 인간에게 어울리는 종교라고 말했는데, 다행인지 불행인지 러시아 민족은 사실상 '노예'였다. 그것도 타타르라는 동방 '야만족'의 노예 말이다.

러시아 민족은 정신적 자각을 하면서부터 일찍이 패자로서의 고뇌를 할 수밖에 없었다. 푸시킨 이전의 고문학 중에서 거의 유일한 문예작품인 『이고리 군기』가 러시아 민족의 참담한 패배 감정을 서술한 사시史詩라는 사실도 마치 민족의 역사를 상징하는 것 같지 않은가. 이렇듯 러시아 문학은 패배에 대한 찬미에서 비롯되었다. 다른 민족들은 고대 문학을 장식하는 서사시에서 각자 민족적 영웅의 용맹함을 칭송하고 이민족에 대한 자신들의 승리를 자랑스럽게 노래했던 반면, 러시아에서는 자신의 패배를 노래했던 것이다. 따라서 관점에 따라 19세기 문학의 주인공 대부분이 '패배의 인물'이었다고 봐도 조금도 이상할 게 없다. 사실 오네긴, 페초린, 오블로모프 등 도스토옙스키의 주인공들과 체호프, 가르신의 주인공들뿐만 아니라 혁명기에 이르는 19세기 문학은 수많은 패자와 실의에 빠진 사람들로 차곡차곡 채워졌다 해도 지나치지 않는다. 이는 19세기에 갑자기 생긴 우발적 현상이 아니라 그 배후에는 수백 년에 걸친 기나긴 역사가 있었다. 바로 이 역사의 시초가 된 것이 13세기 초 타타르인의 침공이었다.

푸시킨은 차다예프에게 보낸 1836년 10월 19일자 편지에서 '타타르인의 침공은 비통하지만 위대한 광경이다'라고 말했다. 러시아 정신의 체현이라고도 할 수 있는 푸시킨은 '비통하지만 위대한' 이 민족의 비극을 통해 러시아 정신의 운명을 꿰뚫어본 것이다. 평화가 넘치며 번영하던 먼 옛날의 러시아는 속담으로 남아 있을 정도로 잔혹했던 타타르인의 침공 때문에 순식간에 아비규환의 장소로 바뀌었다. 당시 시가에서도 꽃의 도시로 묘사되었던 키예프였으나 1240년에는 잿더미가 되었고 해맑고 근심 걱정 없던 러시아인은 하룻밤 사이에 노예의 처지로 내몰렸다. 더욱이 타타르인의 지배는 13~15세기의 3세기에 걸쳐 이어졌다. 300년 동안 노예였다. 하지만 이 같은 굴욕적인 경험은 푸시킨이 말했듯 '위대한' 경험이기도 했다. 왜냐하면 후세의 역사가가 러시아 정신의 특징이라 일컫는 대부분이 바로 이 굴욕과 고난 속에서 형성된 것이기 때문이다. 그 전에는 러시아 정신이라 부를 만한 것이 존재하지 않았다. 러시아 정신의 근원적인 의미는 러시아 민족이 '박해받는 자'가 된 시점에서 찾아볼 수 있다.

300년에 걸친 지옥과도 같은 가책의 시간을 경험한다면 그 어떤 민족이라도 영혼에 결정적 각인이 생길 것이다. 하지만 이와 별개로 이러한 경험은 일종의 적극적인 정신을 발현시킬 수도 있다. 물론 굴욕적인 경험은 뼛속 깊은 곳까지 노예근성과 왜소한 인간상을 만들어낼 수도 있다. 인고의 시간을 겪은 러시아에는 그 특유의 반역자가 생겨났고 묵시록적 인간이 등장했다. 『지하로부터의 수기』와 「영원한 남편」에서도 학대당하고 짓밟힌 '노예'가 반역을 꾀하는 모습이 전형적인 형태로 구현되고 있다. 이는 철저하게 학대당한 패배자의 영혼을 지니고 있기에 비로소 가능한 반역이다. 이들의 영혼 깊숙한 곳에서는 무시무시한 원망과 한탄, 분노와 부러움, 질투가 활활 타오르고 있으며, 겉으로는 아첨하는 웃음을 보이지만 영혼 깊은 곳에서는 살인을 저지른다. 사람들은 종종 러시아인을 '겸허'나 '겸양'이라는 단어로 표현하는데 그들의 예의 바른 모습은 일반적인 예의 바름과 다르다. 카라마조프가의 사생아인 스메르댜코프는 이런 의미에서 러시아 정신의 '악취가 고약한' 이면을 상징한다. 「영원한 남편」의 독자 가운데 이 작품을 단순히 이상심리 분석이나 개인적 질투의 병적인 상태를 묘사한 것으로 생각하는 이가 있다면 아직 러시아에 대해 제대로 이해하지 못한 것이다. 「영원한 남편」은 러시아 그 자체로서, 러시아 정신의 중요한 토대 중 하나인 비뚤어진 근성을 천재적인 방식으로 표현해냈다. 이유를 불문하고 매우 잔혹한 폭행과 고문, 체형을 당한 패자의 원한은 무섭게 비뚤어진 형태로 내부에서 퍼져나간다. 그리고 무엇보다 이 원한은 모든 것을 박탈당하고 발가벗겨진 영혼에 유일하게 남아 있는 마지막 하나였다. 게다가 원한은 외부를 향해 폭발하지 않고(폭발하고 싶어도 밖을 향한 길은 굳게 닫혀 있다) 더욱더 깊은 내면으로 파고들었다. 원한을 갚으려면 눈 한번 질끈 감고 적을 쳐버리면 속이 후련할 텐데, 이들은 그저 아무도 모르게 어두운 방구석에 죽은 듯이 몸을 숨긴 채 온종일 가만히 상대를 지켜보고 있다. 이것은 죽을 정도로 스스로를 괴롭게 만들면서 동시에 몸서리쳐질 정도의 쾌락을 느끼게도 한다. 이처럼 비합리적이고 뿌리 깊은 반역의 형태는 오직 러시아적 인간에서만 볼 수 있다. 이러한 반역의 맞은편에는 이반 카라마조프가 있다. 이반 카라마조프와 스메르댜코프는 한 낱 인간의 분신에 불과하다. 다시 말해 종교적, 신학적 차원에서 봤을 때 '영원한 남편'의 비굴한 반역은 이반(카라마조프)적인 신을 향한 반역으로 이어진다. 어떤 경우도 객관적 상황의 구조 자체에는 잘못이 없다. '영원한 남편'이 개인 생활에서 우울한 고통을 맛봐야 했듯이, 종교적 관점에서 봤을 때 지상에 있는 인간의 고뇌는 너무나 부당하고 가혹하기 때문이다. 만약 신이 이 세계를 주재하고 있는 것이라면 이 신은 잔인하고 교활한 폭군이며 인간은 그 '노예'다. '무고한 갓난아이의 고뇌'까지 준비한 신을 향한 이반의 반항심은 더 거세진다. 그는 '보상받지 못할 고뇌'의 길을 선택한다. 즉 '영원한 남편'이 그러했듯이 이반 역시 직접 단숨에 적을 해치우려 하지 않는다. 그는 자신의 특별한 노트에 이 세상에 존재하는 수없이 많은 부당한 고통의 존재에 관한 구체적인 사례를 일일이 적어놓는다. 하지만 그는 신에게 산처럼 쌓여 있는 부당한 고통에 대한 보상을 바라지 않는다. 이반은 신을 상대로 한 '영원한 남편'이다. 그는 무신론을 앞세워 정면에서 신에게 반항하지 않고 신을 인정하면서도 신의 나라의 '입장권을 되돌려준' 것이다. 그의 원망은 쌓일 만큼 쌓여 영혼의 밑바닥까지 퍼져나갔고 영원히 그 상태에 머무른다.

하지만 '노예' 체험이 이렇듯 집요하고 비뚤어진 존재만 만들어낸 것은 아니다. 이는 러시아 특유의 묵시록적 인간도 만들어냈다. 얼핏 이 둘은 상반된 듯 보이지만 신에 대한 반역과 신에 대한 복종은 같은 뿌리에서 나온 두 줄기다. 러시아적 반역과 러시아적 신앙은 쌍둥이인 것이다. 이반과 미차가 형제라면 스메르댜코프에게도 같은 피가 흐르고 있다. 300년의 노예생활, 그 깊은 절망과 고뇌의 밑바닥에서 구원을 향한 희구가 신에 대한 간절한 기원이 되어 용솟음쳤다. 형식적으로 러시아가 기독교를 수용한 것은 상당히 오래전의 일로 기독교회의 동서 분열 이전으로 거슬러 올라가야 하지만, 실제로 이것이 러시아인에게 피와 살이 된 것은 타타르 시대를 지나면서라는 점에 주목해야 한다. 평온무사한 일상에 익숙한 사람은 자신의 존재 위기를 자각하지 못한다. 반면 예기치 못한 비극적 상황에 처한 사람은 화들짝 놀라며 존재 위기를 깨닫고 영혼의 구원에 대해 고민하기 시작한다. 타타르인 지배하의 러시아인도 그러했다. 깊은 우수와 절망의 심연에서 거대한 '그대'를 향해 신음인지 기도인지 모를 소리로 처절하게 외치는 보들레르처럼 이들은 태어나 처음으로 마음 깊숙한 곳으로부터 진지하게 신을 생각하고 신을 찾았다.

내가 빠져든 암울한 심연의 바닥에서
너의 연민을 간절히 바란다, '당신' 내가 사랑하는 유일한 존재여.
세계는 암울하다, 바라보이는 지평은 납에 갇혀,
공포와 모독은 밤의 어둠 속을 떠다닌다.

직접 고난의 십자가를 지고 보니 비로소 그리스도 십자가의 의의를 깨닫는다. 자신이 실제로 고통스럽고 고뇌하는 입장이 된 이제야 이들은 '고통스럽고 괴로운 인간'인 그리스도에 대해 광기에 가까운 사랑을 느낀다. 즉 이들에게 그리스도는 함께 괴로워하고 함께 고뇌하는 한 명의 인간이었다. 그리스도는 인간적 고뇌의 상징이었다. 게다가 신이 강생해 사람이 되는 과정에서, 러시아인이 그러했듯, '학대받은' 또 다른 민족으로서 목수의 아들이라는 천한 신분으로 태어나 비참한 생활을 하면서 학대받고 천대당한 사람들을 유일한 동반자로 삼아 본인도 멸시받고 학대당하다가 결국 가장 비참한 형을 받아 죽어가는 그리스도의 모습은, 고통받고 괴로워하는 러시아인들의 가슴속에 엄청난 감동을 불러일으켰다. 게다가 십자가 위에서 비참한 죽음을 맞이한 이 고뇌하는 사람은 사흘 뒤 '시체로부터 환생'하고 부활해 승천했다고 하니 말이다. 이에 감격해 도취된 이들은 십자가에 입을 맞추며 '참으로 그는 신의 아들이다'라며 절규했다. 매년 부활절이 돌아올 때마다 '그리스도여 환생해주시옵소서!' '진정 환생해주시옵소서!'라고 서로 부르짖는 러시아인들의 목소리에는 다른 행복한 민족이 생각해본 적 없을 법한 기쁨과 자랑스러움이 깃들어 있다. "내가 빌어먹을 놈이고 천한 놈, 야비한 놈이라고 해도, 설사 그렇다 해도 나의 하느님을 휘감고 있는 저 옷자락에 입을 맞추면 또 어떠냐. 그와 동시에 악마의 뒤를 따라간다고 해도 어쨌거나 나는 하느님의 아들이니, 주여 당신을 사랑하며 이 세상을 존재케 하고 지탱하게 해주는 기쁨을 느끼옵나이다"라고 드미트리 카라마조프는 신에게 기도했다. 그리고 "주여, 저는 죽일 놈입니다. 하지만 당신을 사랑하고 있습니다. 설령 지옥에 떨어질지라도 그곳에서도 당신을 사랑할 것입니다. 그곳에서 저는 계속 소리칠 것입니다. 제가 당신을 영원히, 아니 끝까지 사랑하고 있다는 것을"이라고 했다. 여기서는 사랑과 신앙이 묘하게 뒤섞인 혼돈을 느낄 수 있다. 이 기도 문구는 구석구석까지 러시아적이며 이러한 기도를 통해 '러시아의 묵시록'이 환영처럼 피어오른다.

비천함과 굴욕, 고뇌 속에서 죽은 그리스도가 사흘 뒤 영광의 주인으로 탈바꿈해 부활했다는 사실은, 그들의 현실 속 절망과 고뇌를 아름다운 미래에 대한 희망으로 바꿔놓기에 충분했다. 그리스도의 부활은 이들 자신의 고뇌 역시 언젠가 꼭 빛나는 종말을 맞으리라는 보증과도 같았다. 지금 지상의 생활이 부조리로 얼룩져 있더라도 언젠가 '종말의 날'이 온다면 영광의 주인이 되돌아올 것이고 우리 고뇌도 보상받을 것이라고 말이다('그 순간에야 우리는 제대로 알게 될 것이다. 모든 것을!'). 『죄와 벌』의 마르멜라도프가 꾼 마지막 심판의 날에 관한 그 터무니없는 꿈이야말로 실로 '박해받은 자' 모두의 꿈이자 마지막 희망이었다.

뒷골목의 지저분하고 허름한 술집에 모여서 쓸데없이 열을 올리고 있는 주정뱅이조차 주정뱅이에 상응하는 '묵시록'이 있다. 타타르 시대 이후 러시아인은 높은 지위의 사람이건 비천한 사람이건 각자의 종말론적 관점을 지녔으며 서로 다른 종말에 대한 기대를 품고 살았다. 그렇지 않았다면 그토록 암담한 현실을 제정신으로 살아내지 못했을 것이다. 하지만 이러한 상태가 몇 세기나 지속되면 '묵시록'은 기독교적 신앙이라는 협소한 범위에만 머물지 않고, 결국 러시아인의 영혼 깊숙한 곳까지 침투해 러시아 정신의 근본 구조를 이루며 결정적으로 사람들의 관점에 영향을 미치기에 이른다. 즉 러시아인이 십자가를 망각하거나 신 혹은 그리스도를 필요로 하지 않게 되더라도 '묵시록'은 여전히 그들의 정신을 규정하는 것이다. 더욱이 러시아인은 항상 무언가를 열렬하게, 미친 듯이 믿지 않고는 살 수 없는 인간들이다. 체호프는 말했다. '러시아인이 만약 신을 믿지 않는다면 그것은 곧 그가 다른 무언가를 신앙하고 있음을 의미한다. 여기서 신앙의 방식은 독일의 철학 박사들처럼 비실천적인 것이 아니다. 러시아인이 일단 무언가를 신앙한다면 그것은 그의 전인간全人間성을 결정적으로 움직일 만한 것이다.' 벨린스키를 통해 알 수 있듯이, 신이 아니면 '인간', 아니면 '문화', 아니면 '과학' 등이 열광적인 신앙의 대상이 된다. 이 나라에서는 '아버지로서의 황제(차르)'를 모시는 전제정치 혹은 유물론이 신의 왕좌에 앉을 수 있는 것이다. 마르크스가 구세주의 형태로 열광적인 지지를 받은 것도 무리는 아니다. 게다가 이는 러시아의 묵시록으로 연결된다. 아니, 마르크스 자체는 애초에 매우 묵시록적인 측면이 있었다. 마르크스주의의 경제학설뿐만 아니라 사회학설, 정치 이론, 그리고 그 전체를 아우르는 살아 있는 정신적 측면을 살펴보면 '종말'을 향한 인간의 거대한 열정과 환상을 통감할 수 있을 것이다. 19세기 말 러시아에서 마르크스주의를 수용하는 형태를 보면 마르크스가 유대인이며 그의 아버지가 매우 독실한 유대교도였다는 점에 주목하지 않을 수 없다. 마르크스의 혁명적 세계관은 그 본질적 구조부터 매우 유대교적이고 묵시록적이었으며 레닌주의도 그러한 묘한 분위기에서 비롯된 것이었다.

그리하여 비열하고 비천한 주정뱅이 마르멜라도프의 눈물 젖은 묵시록이 가까스로 상대방을 돌아서게 하는 그 순간 엄청난 혁명의 소용돌이가 일어난다. 러시아에서 혁명은 일종의 묵시록적 사건이다. 베르댜예프가 말했듯, 혁명의 러시아적 이념은 본질적인 구조상 기독교적 묵시록을 무신론적으로 뒤바꿔 생각한 것에 불과하다. 즉 묵시록적 환상이 활개 치는 지평선을 현세의 저편에서 이승으로 옮겨왔을 뿐이다. 위대한 '종말'에 대한 끓어오르는 열정과 이상하게 생생한 환영을 내포한 묵시록적 인간이, 더 이상 신의 나라가 도래하길 바라지 않고 인간 왕국의 도래를 희구하기 시작하는 그 순간 러시아의 혁명정신이 생겨나는 것이다. 이로써 우리는 러시아 공산주의가 드러내는 광적인 정열을 이해할 수 있다. 공산주의가 종교를 부정한다는 점에서 하나의 새로운 종교라고 주장하는 입장 역시 그러한 맥락에서 이해할 수 있다. 메레시콥스키는 말한다. "러시아 혁명은" "이미 무의식적인 종교다. 왜냐하면 혁명적 사회성 중에는 전 세계적 교회성의 원리, 즉 어떤 궁극의 전 인류적 진리 속에 '인류를 전 세계적으로 단결시키자'라는 희구가 내포되어 있기 때문이다. 즉 여기엔 무의식적인 종교적 원리가 숨어 있다는 말이다. 이런 의미에서 원래 사회민주주의적 러시아 혁명의 정신은 교회적 전 세계성을 띠고 있으며, 따라서 무의식적으로 종교적이다. '만국의 프롤레타리아여, 단결하라!'라는 외침은 러시아 혁명에 있어서, 다른 어떤 곳에서도 유래를 찾아볼 수 없을 만큼 매우 아득하고 숙연하며 두려운 묵시론적인 희망(혹은 위협)이 되어 널리 퍼져나갔다." 역사와 시간의 건너편에 있든 이쪽에 있든, 종말을 향한 강렬한 마음에는 차이가 없는 것이다. 요컨대 혁명이란 역사 내부에 있는 '종말'이고 시간적 지평에 투사된 묵시록적 환상이다. 하지만 종말은 오래된 질서의 끝이면서 동시에 완전히 새로운 질서의 개시를 의미한다. 이는 고난으로 가득한 현재 세계질서의 종말이면서 동시에 사랑과 평화의 새로운 질서의 탄생이다. 이처럼 영원하며 새로운 행복이 역사가 끝난 이후의 지점에서 생겨날지 혹은 역사가 끝나기 전 현 시간의 흐름 속에서 생길지는 신경 쓰지 않는다. 즉, 도스토옙스키나 메레시콥스키가 믿었듯 그리스도의 재림과 함께 생길지 혹은 초기 공산주의자들이 내걸었던 신조에서처럼 모든 계급 차별이 완전히 소멸해 프롤레타리아 독재가 임무를 끝낼 때 올지에 대한 고민은 이미 이들에게 부차적인 문제에 불과했다.

제3장

◆

모스크바의 밤

"당신은 아는가. 현재 이 지상에서 유일하게 '신을 잉태한' 민족을, 새로운 신의 이름으로 현 세계를 갱신하고 구원하고자 하는, 유일하게 생명과 새로운 언어의 비밀 열쇠를 부여받은 민족을…… 이 민족이 누구이고, 그 이름이 무엇인지, 당신은 아는가?" 흉악해 보이는 강렬히 빛나는 눈빛, 앞으로 쑥 내민 상반신, 오른손 검지 하나를 치켜세우며 상대를 위협하듯 캐묻는 『악령』의 샤토프는 광신적인 모스크바 정신의 체현자다. 마치 모스크바 시대의 암울한 분위기를 상징하는 듯한 고요하고 쓸쓸하고 어두운 밤 부슬부슬 지겹게 내리는 빗속에서 스타브로긴이 찾아온다. 어두침침한 촛불의 그늘을 배경으로 마주 앉은 그는 광기에 가까운 흥분에 사로잡힌 샤토프의 입에서 자신이 예전에 무심코 했던 이야기들이 반복되는 것에 침울해한다. 그가 오가며 퍼뜨린 사상의 씨앗은 멋지게 발아해 성장했으며 매혹적이고 아름다운 꽃으로 활짝 피어 있었던 것이다. 이제는 그 누구도 신뢰하지 않는 것은 물론이고 조국의 미래도 믿지 않게 된 그는 샤토프의 열광적인 러시아교에 냉소를 지을 수밖에 없었다.

"기억하십니까? '무신론자는 러시아인이 될 수 없다, 무신론자가 되면 당장 러시아인이기를 멈춘다'라는 당신의 표현, 이걸 기억하시냐고요?"

"그랬던가요?" 스타브로긴은 되묻는 듯했다.

"지금 묻고 계시는 겁니까? 잊으셨습니까? 어쨌든 이것은 당신이 짚어낸 러시아 정신의 주된 특성 중 하나에 대한 가장 정확한 지적에 속하는 겁니다. 설마 잊으셨을 리가요? 당신에게 더 상기시키고 싶은 것이 있는데 그때 이런 말을 하셨죠. '정교도가 아니고서는 러시아인이 될 수 없다.'"

'무신론자는 러시아인이 될 수 없다.' '정교도가 아니고서는 러시아인이 될 수 없다.' 이는 스타브로긴의 사상이 아닌 도스토옙스키 자신의 의견이다. 본질적으로 러시아인은 '신을 탐구하는 자'다. 이들은 항상 신을 원하며 이들의 영혼은 신에 대한 탐구를 누구보다 열렬하게 갈망한다. 하지만 여기서 신은 꼭 러시아의 신이어야 한다. 다른 어떤 신도 아닌 꼭 '러시아의' 신이어야만 하는 것이다. 이런 이상한 정신세계에서 기독교는 자연스레 변모할 수밖에 없으며 점차 민족주의적 정열과 분간할 수 없게 된다. 러시아에게 기독교는 그리스도의 복음이 아닌 러시아의 복음이 될 위험성을 내포하고 있었다. 도스토옙스키 역시 다음과 같이 말했다. '아직 세상이 알지 못하는 러시아의 그리스도에 의해 러시아는 유럽을 부활시킬 것이다'라고. 이는 기독교가 완전히 극복한 유대교적 선민사상으로의 역행이다. 한때 조국을 빼앗기고 '박해받은 자'의 운명적 고배를 마셨던 유대인들은 언젠가 유대 민족이 세계 구원의 중심이 될 것이라는 은밀한 희망으로 견뎌냈다. 그리고 러시아에도 이와 똑같은 사고방식이 존재했다. 바로 러시아가 세계를 구원할 것이라는 확신이 그것이다. 이는 평범한 민족주의가 아니라 민족주의적 메시아주의에 가깝다. 스타브로긴=샤토프는 다음과 같이 말했다. "어떤 민족이든, 그 존재의 시기가 언제든 민족의 모든 움직임의 유일한 목표는 오직 신을 추구하는 것, 틀림없는 자기 민족만의 신을 추구하는 것이며, 그 신을 진실되고 유일한 존재로 믿는 것이다. 신은 민족의 시작부터 끝까지 취해진 민족 전체의 종합적인 인격이다. 아직까지 모든 민족

혹은 많은 민족에게 공통된 하나의 신이 있었던 적은 없고 언제나 민족마다 특수한 신이 있었다. 신들이 공통의 신이 되기 시작하면 민족성이 파괴된다는 징후다. 신들이 공통의 신이 되면 신들과 그들에 대한 믿음은 바로 그 민족과 함께 죽어간다. 민족이 강할수록 그 민족의 신은 더 특수해진다." "민족, 이것은 신의 육신입니다. 모든 민족은 자신의 특수한 신을 갖고 있는 동안만, 어떤 화해도 없이 세계의 나머지 모든 신을 배제하는 동안만, 오직 그때까지만 민족입니다. 즉, 자신의 신으로 승리를 거두고 나머지 모든 신을 세계에서 쫓아낼 것이라고 믿는 동안만요. 창세부터 다들, 적어도 조금이나마 두드러졌고 인류의 선두에 서 있던 위대한 민족들은 모두 그렇게 믿어왔습니다. 이 사실에 반박할 수는 없습니다…… 위대한 민족이 자기 민족 속에만(다름 아니라 자기 민족 하나만, 배타적으로) 진리가 있음을 믿지 않는다면, 그것 하나만이 자신의 진실로써 모두를 부활시키고 구원할 능력이 있으며 그런 소명을 부여받았음을 믿지 않는다면, 그 민족은 당장 위대한 민족이 되기를 멈추고, 당장 위대한 민족이 아니라 인종 지리학적인 물질로 변합니다. 진정으로 위대한 민족은 결코 인류에게서 부차적인 역할을, 심지어 일차적인 역할을 하는 것으로도 타협할 수 없고 반드시 배타적으로 첫 번째 역할을 하려들 겁니다. 이 믿음을 잃어버린 민족은 이미 더 이상 민족이 아닙니다. 하지만 진실은 하나고 따라서 나머지 민족들은 자신만의 특수하고 위대한 신을 갖겠지만 민족들 중에서 유일한 민족만이 진실한 신을 가질 수 있습니다. '신의 잉태자'인 유일한 민족, 바로 이 민족이 러시아 민족입니다." 더 놀라운 사실은 도스토옙스키가 이와 똑같은 사상을(자신의 사상으로서!) 『작가의 일기』에서 반복해 "모든 위대한 민족은, 오로지 자신만이 세계를 구원할 수 있고, 자신이 존재하는 이유는 모든 민족의 선두에 서서 그들 전체를 자신과 일치시켜 서로 협력해가며 모두에게 부과된 궁극적인 목적을 향해 그들을 인도하기 위한 것에 다름 아니라고 굳게 믿으며, 또 그렇게 믿을 수밖에 없다. 위대한 자부심 그리고 전 세계를 향해 마지막 말을 하고 싶다는 염원, 아니 그럴 수 있다는 신념이야말로 민족 최고의 생의 보증이다"라고 말했다는 점이다. 이런 생각은 단순히 도스토옙스키 개인의 민족주의적 독선이 아니라 지극히 러시아적인 것이다. 이러한 측면에서 러시아에서 확산된 전 민족적 운동은 모두 세계주의와 밀접한 관련이 있다. 『전쟁과 평화』에 등장하는 피에르의 망상처럼 자신의 집을 개혁하는 일이 세계적 개혁으로 이어질 수 있다는 말이다. 러시아 공산주의의 세계적 메시아주의 역시 그러한 표현 중 하나에 불과하다. 샤토프는 '신을 잉태한 민족'이라고 말했지만, 앞서 인용한 체호프의 말에도 있듯 러시아에서 일컫는 '신'이 꼭 성서에 등장하는 신이라는 법은 없다.

러시아인이 스스로를 '최고의 진리'를 받드는 지상 유일의 민족이라 믿고 언젠가 러시아를 중심으로 세계가 구원받을 것이라는 독특한 사상(이라기보다 환상)을 갖게 된 것은 타타르 시대 이후인 모스크바 시대의 일이었다. 이러한 민족주의·국가주의적 세계 구원이라는 메시아 사상에 대한 이해는 러시아 문학뿐 아니라 러시아의 일반적인 현상을 제대로 해석하는 데에도 매우 중요하다.

타타르인의 지배를 받은 300년이란 시간은 러시아 민족에게 굴욕과 고뇌뿐인 수난 시대였다. 나는 앞서 이 지배 기간 동안 러시아인이 '박해받은 자'로서 농후한 묵시록적 환상을 품게 된 정신사적 과정을 언급했는데, 그 후 이어진 200년이라는 모스크바 시대 역시 형태만 다른 노예였을 뿐 이때에 이르러 묵시록적 정신은 특정 형태를 띠며 결정화되었다. 이것이 바로 '제3의 로마'라 불린 러시아 민족의 말도 안 되는 전 세계 인류의 구원이라는 망상이다.

타타르 시대에 야만족의 고통스러운 압제에 신음하던 러시아인들이 갈망한 것은 '러시아인의 러시아'였다. 황실, 교회, 인민에 이르기까지 러시아 전체는 푸시킨의 이른바 '러시아적 통일unitérusse'을 향한 불굴의 노력을 계속했으며 이윽고 염원이 성취되는 시기가 도래한다. 1480년, 이반 3세는 타타르인을 무력으로 격파해 민족을 굴욕에서 구출해 해방시켰다. '러시아인의 러시아'가 실현되었고 러시아 사상 최초로 강력한 중앙집권적 통일 국가가 전형적인 신권정치의 형태를 갖추며 성립했다. 이 국가는 모스크바 공국이라 불렸으며 역사학자들은 이들의 지배가 이어진 200년을 모스크바 시대라 명명했다. 하지만 지배당하던 인민 입장에서는 모스크바 시대 역시 주인만 바뀐 또 다른 유형의 노예 시대나 마찬가지였다. 인민은 타타르인의 올가미로부터는 해방되었으나 이제 그들을 대신해 교회와 은밀히 결탁한(이라기보다 교회를 완전히 집어삼킨) 차르의 절대적 전제하의 독재정치에 복종해야 했다. 차르와 교회는 민중을 기만하듯 러시아의 세계 구원이라는 꿈을 내세웠으나 민중은 이를 눈치채지 못했다.

기독교회에 있어서 전형적인 모스크바주의자였던 도스토옙스키는 샤토프의 입을 빌려 다음과 같이 말했다. "로마 가톨릭은 더 이상 기독교가 아닙니다. 로마는 악마의 세 번째 유혹에 넘어간 그리스도를 선전했으며 지상의 왕국 없이는 그리스도가 지상을 활보할 수 없다는 식의 말을 널리 퍼뜨리며 전 세계를 설득했는데 사실상 이로 인해 반그리스도의 선전자가 된 것입니다"라고 말이다. 이와 같은 맥락에서 『카라마조프가의 형제들』의 대심문관은 로마 교회를 대표해 말하기를, "우리는 당신 편이 아니며, 악마의 편이다. 이것이 우리의 비밀이다. 네가 마음에 들지 않는다며 거절한 들, 즉 악마가 지상의 모든 왕국을 너에게 보여줄 때 네 눈앞에 있던 그 마지막 선물은 바로 우리가 악마로부터 받은 것이다. 우리는 악마로부터 로마와 황제의 검을 받은 것이다"라고 했다. 그렇다면 동방의 그리스 정교회는 마냥 무구했다는 걸까? 모스크바주의자가 말했듯이, 서방에서는 교회가 국가로 변모해 기독교의 사제장인 교황이 로마 제국의 황제가 되었다. 이와 반대로 동방에서는 국가가 교회를 흡수해 로마 황제가 기독교의 사제장으로 탈바꿈한 셈이다. 신의 관점에서 봤을 때 어느 쪽 죄가 더 깊을까? 그리스도는 '신의 것은 신에게, (카이사르) 황제의 것은 황제에게'라며 종교적 권력과 세속적 권력을 분명하게 구분했다. 역사적으로 동서방의 모든 교회는 이들 권력을 혼동했다. 하지만 서방에서는 이러한 혼동이 채 완성되기 전에 종교적 권력과 세속적 권력 간의 피 튀기는 투쟁이 이어졌고 그 결과 신권 정치의 로마적 이념은 그 생명을 다했다. 반면 동방에서는 이러한 이념이 특별한 장애 없이 유지되면서 멋대로 자라고 뻗어나간 결과 모스크바 러시아 정교도의 절대 전제군주국에 이르러 완벽한 모습을 갖추게 된다. 오래전 러시아는 비잔틴 제국, 즉 '제2의 로마'로부터 동방 기독교의 교의와 전제정치의 로마적 관념을 수용했는데, 이 두 가지는 러시아 역사상 완전하게 합체됐고 이는 '제3의 로마trēiy Rīm'의 탄생으로 이어졌다. 메레시콥스키의 말에 따르면 '전 세계 어디에도 이토록 악착같이 신을 무시한 모독적인 국가는 없는' 무시무시한 전제군주국이 출현한 것이다.

일반적으로 알려져 있듯이 러시아인이 타고난 혁명가이며 무정부주의자라는 견해도 진리임이 분명하지만, 자유주의자인 카벨린이 말했듯, 러시아인이 국가라는 대상을 향해 '경탄할 만한 사랑'을 지니고 있다는 점 또한 역설적 진리다. 모스크바 러시아의 가장 큰 특징은 국가가 완전히 통제된 하나의 유기체를 이루고 있었다는 점에 있다. 이런 측면에서 모스크바 러시아는 모든 사상과 감정이 혼돈의 도가니였던 19세기 이후 일어난 혁명으로 한순간에 성립된 소비에트 러시아를 방불케 한다. 모스크바 러시아와 소비에트 러시아의 강력한 유기적 통일성은 일종의 독특한 민족주의적 메시아주의를 향한 열정을 내포하고 있었다. 유신론과 무신론으로 구분될지언정 세계 구원이라는 이념적 측면에서 이 둘은 동일하다. 요컨대 이는 앞 장에서 언급한 묵시록적 정신의 역사적 전개에 불과하다. 모스크바 러시아는 이를 '제3의 로마'라는 종교적·교회적 표상으로 드러냈으며 소비에트 러시아는 '제3인터내셔널'이라는 정치적 표상으로 사용했다.

어쨌든 모스크바 러시아가 국가로서 유지한 견고한 유기적 통일성은 러시아 역사가 시작된 이래 처음 있는 일이었다. 교회는 이러한 통일성의 정신적, 신학적 기초를 황제(차르)에게 제공했다. 러시아 정교회는 황제의 절대 전제와 강력한 제휴를 맺었으며(맺었다기보다 확실히 말하자면 차르와 한패가 되어) 전면적으로 신권정치 확립에 협력했다. '전제는 육체, 정교는 영혼'이 되었다. '러시아 그리스도'의 영광과 '러시아가 자신의 신과 자신의 그리스도를 통해 다른 모든 신을 정복'(도스토옙스키)하기 위한 것이라면, '신성 러시아'가 전 세계 인류의 구세주로서 세계 역사의 중심으로 나아가기 위한 모든 일은 용서받을 수 있다는 것이다! 모스크바 러시아 지도자들의 이러한 정책은 이미 이민족의 폭정으로 인해 확산되기 시작했던 일반 국민의 민족주의적 동향을 더욱 부추겼으며 민족의 묵시록적 정신을 더 강화했고, 그 결과 '러시아의 복음'이라는 신앙으로 극단화시켰다. 러시아야말로 예정된 그리스도 재림의 장소이며 세계를 구원하는 것은 러시아라는 생각이 부상하면서 러시아인의 민족의식은 더욱 고양되었다. 사람들은 처음으로 세계 역사상 러시아 민족의 사명을 자각했으며 이를 열광적으로 신앙했다. 1453년에 한창 세력을 떨치던 비잔틴 제국이 터키군에 의해 붕괴되자 러시아는 지상에 남은 유일한 그리스 정교 대국이 되었고 이 민족의 세계적 사명감은 한층 더 강화되었다. 게다가 당시 황제 이반 3세는 자신의 비가 멸망한 비잔틴 제국의 마지막 그리스 황제의 조카딸이라는 점을 내세우며 스스로를 비잔틴 제국의 황위 계승자라고 주장했다. 모스크바는 명실공히 '제3의 로마'가 되었다. 우리는 도스토옙스키라는 천재가 창조한 『악령』의 샤토프를 통해, 이상하리만치 농후한 묵시록적 환상성에 휩싸여 있는 모스크바 러시아에 감도는 국가주의·민족주의적 이데올로기의 묘한 기운을 분명하게 느낄 수 있다. 도스토옙스키 역시 매우 모스크바 러시아적인 성향을 지니고 있었다(그러지 않고서 어떻게 샤토프와 같은 인물을 창조해낼 수 있겠는가). 하지만 그는 모스크바 러시아의 영혼을 '살아 있는 관념'으로서의 샤토프에 그대로 체현시킴으로써 자신의 모스크바적 광신을 극복하고자 했다. 도스토옙스키 역시 모스크바적 광신이 결국 '러시아의 복음'이자 일종의 러시아교로 이것이 결코 그리스도의 복음이 아니라는 사실을 잘 알고 있었다. 즉 그것은 신이 아니라 민족을 신앙하는 우상숭배에 다름 아니라는 사실을 말이다. 이 '신앙'은 온 세계를 불태워버릴 기세로 활활 타오르는 듯 보였는데 그 중심에는 뭔가 기분 나쁜 존재가 신의 모습으로 둔갑한 채 앉아 있었다. 그곳에 신이 아닌 어떤 허무의 커다란 구멍이 입을 쫙 벌리고 있다. 앞서 인용한 『악령』의 유명한 대화의 마지막 부분을 보면, 샤토프의 가짜 신앙은 스타브로긴의 신랄한 질문 하나로 인해 흔들렸고 이내 그 정체가 폭로된다.

"겸사겸사, 실례지만 무례한 질문을 해도 될지 모르겠는데, 그러잖아도 내 생각으론 이제는 나도 질문할 만한 권리가 충분히 있는 것도 같거든요. 어디 한번 말해봐요, 당신의 그 토끼는 잡혔습니까, 아니면 아직 달아나고 있습니까?"

"나한테 감히 그런 말로 묻지 마시오. 다른 말로, 다른 말로 물어보라고요!" 샤토프가 갑자기 온몸을 덜덜 떨었다.

"그렇다면 다른 말로!" 스타브로긴은 그를 준엄하게 쳐다보았다. "내가 알고 싶은 것은 오직 이겁니다. 당신은 신을 믿습니까, 그렇지 않습니까?"

"나는 러시아를 믿고 러시아의 정교를 믿고…… 나는 그리스도의 육신을 믿고…… 새로운 재림이 러시아에서 일어날 것임을 믿고…… 나는 믿고……"

"그럼 '신'은? '신'은 말입니다."

"나는…… 나는 '신'을 믿게 될 겁니다."

이렇게 도스토옙스키는 러시아 민족 메시아주의 정신의 무서운 유혹과 잘못을 콕 집어 폭로한다. 하지만 앞서 언급했듯이, 자신 역시 이러한 유혹에서 완전히 자유롭지 못했다. 마치 그가 도박의 무서움을 인지하고 이를 저주하면서도 마지막까지 그 유혹에 몸을 맡길 수밖에 없었던 것처럼 말이다. 도스토옙스키뿐만 아니라 러시아인이라면 어느 정도 그러한 성질을 지니고 있었다. 그 때문인지는 모르겠으나 이런 모스크바 정신은 이후로도 러시아 민족의 영혼 깊은 곳에 뿌리 내리며 견고히 자리 잡는다. 200년 후 모스크바 러시아는 멸망했으나 그 정신은 사라지지 않았다. 흥미로운 점은 모스크바 러시아를 때려눕힌 바로 그 표트르 대제의 지도 정신이 다름 아닌 러시아주의=세계주의라는 모스크바 정신이었다는 사실이다. 대제는 세계 역사에 있어서 러시아의 특수한 사명에 대해 분명히 자각하고 있었다. 그리고 이러한 정신은 1840년대에 이르러 아이러니하게도 표트르 대제를 정면에서 부정한 '슬라브주의'가 되어 재현된다. 또한 19세기 러시아의 시조 격인 바로 그 푸시킨조차 실은 열렬한 러시아주의자였다. 러시아의 세계사적 가치를 부정하면서 러시아의 과거를 모조리 무의식이라 단정 짓고 천주

교의 교리를 따랐던 영재 차다예프의 『철학적 서간』이 출판되었을 당시 그의 친한 친구였던 푸시킨은 이에 강력히 반박하면서 '하지만 우리는 우리 특유의 사명이 있는 것이다'라고 응수하며 러시아의 역사적 의의를 강조했다. 이런 메시아주의적 사명감은 20세기 초 대혁명에 의해 잠시 좌절된 듯했으나 이내 모습을 바꿔 다시 등장한다. 아니 사실은 이런 사명감이야말로 러시아 혁명의 근본정신이다. 소비에트 러시아는 외형을 바꾼 모스크바주의에 다름 아니었다. '제3 인터내셔널'이 '제3의 로마'의 현대적 재현이었듯이 러시아 공산주의는 러시아를 중심축으로 삼은 인류 구원의 메시아주의인 것이다.

제4장

◆

환영의 도시

네바강의 물줄기가 무섭게 소용돌이치면서 핀란드만으로 흘러 들어가는 부근, 이전에는 무성한 천고의 삼림과 산천의 독기로 가득한 늪으로, 사람이라곤 찾아볼 수 없는 그런 곳에 '표트르의 도시Grad Petrá'인 페테르부르크는 마치 환영처럼 존재했다. 페테르부르크는 환영의 도시다. 뿌연 안개 속 환영의 공포와 고혹함으로 가득한 불가사의한 도시다. 『죄와 벌』에서 라스콜리니코프는, "난 춥고 어둡고 습한 가을 저녁 무렵, 사람이 아코디언에 맞춰 노래 부르는 모습을 좋아해요. 이때 행인들의 모습은 하나같이 창백해 병에 걸린 듯한 얼굴을 하고 있는 그런 습한 저녁 무렵이어야 해요. 하지만 이보다 더 좋은 건 산들바람 한 점 없는 가운데 축축한 눈이 툭툭 일직선으로 떨어져 내리는 겁니다. 좀 알겠습니까? 그리고 가스등이 그 맞은편에서 깜박깜박 빛나고 있는 거죠……."

구불구불 좁은 길, 악취를 풍기는 싸구려 술집, 지저분한 지하실, '하수도 같은' 음식점, 사람들의 열기와 먼지, 빈곤, 방탕과 부도덕함으로 얼룩진 도시인 페테르부르크는 '지구상의 모든 도시 가운데 가장 산문적인 도시'이면서 동시에 '모든 도시 가운데 가장 환상적인 도시'이기도 하다. 이곳에는 현실의 공포와 환상의 공포가 등을 맞대고 있었다. 아니 현실의 '산문'도 이곳 사람들 눈앞에서는 마치 꿈속의 환상처럼 바뀌어버리는 이상한 순간이 있었다.

라스콜리니코프는 살인을 저지른 후 어느 날 니콜라이 다리에서 네바강의 맞은편을 바라보고 있었다. 어질어질 현기증이 날 것만 같은 힘겨운 페테르부르크의 여름날이었다. "하늘에는 구름 한 점 없고 강물은 짙은 남색이었다. 네바강에서는 흔치 않은 일이다. 다른 어느 곳보다 이 다리 위에서 가장 아름답게 보이는 교회의 원지붕이 선명하게 빛나고 있었고, 맑게 트인 대기로 인해 그 장식 하나하나가 손에 닿을 듯 분명하게 보였다. 그런데 이 아름다운 광경 속에 갑자기 알 수 없는 한기가 그를 향해 불어닥쳤다. 마치 이 화려한 한 폭의 그림이 말을 잃고 소리를 잃은 영기로 가득 채워진 느낌이었다." 여름 대낮에 이 묘지와 같은 뭐라 형용할 수 없는 기분 나쁜 한기는 대체 뭘까? '말과 소리를 잃은 영기'는 대체 어떤 존재의 입김이었던 걸까? 이 도시에는 뭔가 운명적인 알 수 없는 것이 흘러넘치고 있는 듯하다. 이 '반자연적이고 철저하게 인공적인' 대도시는 누군가의 무시무시한 저주를 받은 듯하다. 꾸물거리는 망자들의 기괴한 꿈이 어두운 무덤 구멍을 통해 누렇고 지저분한 안개처럼 뿜어져 올라오는 듯하다. 그 옛날 표트르 대제가 모스크바에서 수도를 이곳으로 옮길 때, 수많은 사람의 반대를 무릅쓰고 독기 가득한 늪에 이 도시를 건설하면서 새로 개간한 도시의 도로 밑으로 과중한 노역에 희생되어 죽은 무수한 사람의 원령이 내는 신음이 지상으로 흘러나오는 것이라는 소문이 돌았을 정도다. 표트르 이전의 '자연적' 러시아를 깊이 사랑했던 슬라브주의자 악사코프는 표트르 대제와 '표트르의 도시'를 사탄이라 칭했으며 '인간은 사탄을 무찌르고, 그에게 침을 뱉고, 그를 거부하지 않으면 진정한 기독교 신앙을 만날 수 없다'고 했다. 그리고 도스토옙스키에게 '편협한 국민 정서를 자기 안에서 풀어내는 첫 번째 요건'으로 '영혼까지 끌어모아 온 마음을 다해 페테르부르크를 증오할 것'을 제시했다.

페테르부르크는 비극의 도시다. 이 도시는 결코 이곳에 사는 사람들을 행복하게 해주지 않는다. 메레시콥스키가 말했듯, '피와 살이 없는 인간들의 도시, 피와 살이 있는 환영의 도시', 세계에서 가장 불행한 도시였다. 하지만 아무래도 이곳에서 벗어날 수 없는 사람들이 있다. 페테르부르크의 영혼을 자신의 영혼으로 삼은 듯 골수까지 페테르부르크적인 사람들 말이다. 푸시킨은 페테르부르크와 숙명적인 연결 고리가 있는 그러한 전형적인 인간을 『스페이드 여왕』을 통해 보여주었다. 하지만 도스토옙스키 스스로가 이미 페테르부르크적 몽환의 짙은 안개 속에서 나온 듯한 인간이었다. 그는 이 회색빛의 침울한 안개 도시의 성격을 마치 자신의 성격처럼 이해했다. 그는 페테르부르크의 현실과 환영, 현실이 환영과 만나 극도의 산문성이 갑자기 극도의 몽환성으로 바뀌는 이상한 경험이 주는 공포에 대해 반복해서 언급했다.

"아침은 추웠다. 거리를 가득 메운 축축한 젖과 같은 안개로 자욱하다. 이유는 모르겠지만 이른 아침의 분주한 페테르부르크는 상당히 추악해 보였음에도 나는 항상 좋았다. 자신에게 주어진 일을 하느라 우왕좌왕하는 이기적이면서 항상 뭔가 골똘히 생각에 빠져 있는 인간들은, 특히 아침 8시 무렵이 되었을 때 내 마음을 끄는 무언가를 지니고 있었다. 보통 이른 아침에는(페테르부르크의 아침도 그러하다)

인간의 본성을 제자리로 돌아오게 하는 힘이 있다. 밤새 불타오르던 망상은 아침 빛과 냉기로 인해 사라져버린다. 나 자신도 종종 아침이 되어 스러져 사라진 밤의 환상을, 아니 때로는 행위를 떠올리며 양심의 가책을 느끼고, 나 자신과 내 몸이 부끄러워지곤 한다. 하지만 페테르부르크의 아침은 설령 그것이 지구상에서 가장 산문적일지라도, 한편으로는 전 세계에서 가장 환상적이라는 점을 확실히 해두고 싶다. 물론 이는 내 개인적인 견해, 좀더 적절한 표현으로는 개인적 인상에 불과하다. 하지만 나는 어디까지나 이 입장을 고집한다. 부패하고 축축하게 안개 가득한 페테르부르크의 아침이라면 『스페이드 여왕』의 게르만(거대한 한 인간으로 이상하게 순수한 페테르부르크적 인물이다)과 같은 인간의 기괴한 환상은 점차 강해질 수밖에 없다. 이 안개 속에서 어느 불가사의하고 어떻게도 쫓아낼 수 없는 환상이 내 가슴속에서 부풀어올랐던 경험은 셀 수 없을 정도로 많다. 이 환상은…… 여기 안개가 증발해 하늘 저 멀리 사라져버린다면 어떻게 될까? 이때 안개와 함께 이 부패하고 불안한 도시도 전부 같이 사라져버리는 건 아닐까? 안개와 함께 연기처럼 피어올라 자취를 감춰버리는 건 아닐까? 그리고 옛날 핀족(핀인)의 늪과, 어쩌면 늪을 배경으로 뜨거운 입김을 내뿜으며 지칠 대로 지친 말에 올라타 있는 청동의 기사만이 그 한

가운데 남아 있는 건 아닐까? 앗, 저기 거리 사람들이 붐비는 가운데 서로 충돌하고 있다. 하지만 이 모든 것은 하나도 빠짐없이 누군가의 꿈일지도 모른다. 그리고 이곳에 실재하는 진짜 인간은 한 명도 없고 실재하는 행동도 없을지 모른다. 누군지 모르지만 이 모든 것을 꿈꾸고 있는 사람이 갑자기 눈을 뜬다……면 모든 것은 홀연히 흔적 하나 없이 사라져버릴 것이다."

이것이 '지구상의 모든 도시 중에서 가장 환상적인 역사를 지닌 가장 환상적인 도시'에 관한 '미성년'의 인상이다.

하지만 이 음울한 면모는 페테르부르크의 단면에 불과하다. 페테르부르크에는 이와 전혀 다른 밝은 측면이 있었으나 도스토옙스키의 것은 아니었다. 푸시킨은 양 측면을 모두 인지했다. 오직 푸시킨만이 '러시아적인 존재'의 모든 것을 보편적 정신으로 관조했다. 이런 측면에서 보면 페테르부르크는 더 이상 안개와 환영의 도시가 아니었다. 그곳은 불세출의 영웅 표트르 대제의 정신이 빛을 발하는 상징이자, 위대한 러시아의 미래를 향한 문이었다. 그렇기에 그는 태연하게 '전 세계에서 가장 불행한' 페테르부르크를 향해 '우리는 사랑한다, 표트르의 도시여, 우리는 사랑한다, 당신의 엄연한 아름다운 모습을'이라고 노래하며, '아름다움을 뽐내라,

표트르의 도시여! 당신, 러시아와 함께 흔들림 없이 일어서라!'라고 말할 수 있었던 것이다.

악사코프가 퍼부은 저주로 인해 도스토옙스키의 가슴에 어마어마한 공포를 불러일으켰던 페테르부르크, 이 회색 도시야말로 표트르 대제가 러시아 민족의 생명과 미래를 걸고 개척한 '유럽을 향한 러시아의 창'이자 전 세계를 향한 통로였다. 대제의 정신을 누구보다 빨리 또 누구보다 깊이 이해했던 푸시킨은 「청동의 기사」에서 밝고 빛나는 페테르부르크의 영광을 칭송하고 러시아의 미래를 축복하며 대제의 사업을 대담하게 긍정했다. 게다가 그는 다른 누구보다 표트르 대제의 사업이 지닌 비극적 성격의 심각성을 느꼈던 사람이기도 했다. 이 서사를 읽은 사람이라면 도스토옙스키가 묘사한 환영의 도시와는 완전히 다른 웅장하고 화려한 신도시의 모습을 엿볼 수 있을 것이다. 푸시킨이 여기서 노래한 것은 현실의 도시 페테르부르크가 아닌 러시아의 운명적 상징이자 이 도시에 건곤일척의 운명을 건 청동의 기사 표트르의 세계 정신이었다.

청동의 기사(서사)

황량한 파도 철썩대는 강기슭에 서서

그는 위대한 상념으로 가득 차서
먼 곳을 바라보고 있었다. 그 앞에는 도도히
강물이 흐르고 있었고, 초라한 통나무배 한 척
외로이 강 위를 떠가고
이끼 낀 질퍽한 강기슭 따라
여기저기 농가들, 가난한 핀란드인의 집들이
검은 형체를 드러내고
그 주위로 안개 속에 숨겨진
태양 때문에 빛을 모르는 숲이
웅성거리고 있었다.

그는 생각했다.
여기서부터 우리는 스웨덴을 위협하리라.
오만한 이웃에 대항해
이곳에 도시가 세워지리라.
자연은 우리에게 이곳에
유럽을 향한 창을 뚫고
해안에 굳센 발로 서라는 운명을 주었도다.
이리로 새로운 뱃길 따라
모든 배가 우리를 방문할 것이고
우리는 이 광활한 곳에서 잔치를 벌이리라.

이로부터 백 년이 지나자, 북국의
아름다움이자 경이인 이 젊은 도시는
깜깜한 숲에서, 질척한 늪에서
화려하고 자랑스럽게 솟아올랐다.
예전에 핀란드의 어부가 홀로
자연의 슬픈 의붓자식처럼
낮은 강기슭에 서서
알 수 없는 물속을 향해서
자신의 낡은 어망을 던지던 그곳에
지금은 활기찬 강변을 따라
궁전이며 탑들이며 빼곡히
균형 잡힌 거대한 건물들이 들어섰다.
대형 선박들이 무리 지어
온 세상 끝에서 부유한 부두로 몰려든다.
네바는 대리석의 옷을 입었다.
물 위엔 다리들이 걸리고
네바의 질척했던 섬들은
진초록의 정원들로 덮였다.
그리고 이 젊은 수도 앞에서
늙은 모스크바는 빛을 잃었다.

젊은 새 황후 앞에서
과부가 된 옛 황후가 빛을 잃듯이.

나는 너를 사랑한다, 표트르의 창조물이여,
나는 사랑한다, 너의 엄격한 균형 잡힌 모습을,
네바의 위풍당당한 흐름을,
너의 화려한 대리석 강변을,
너의 울타리의 주철 무늬들을,
너의 생각에 잠긴 밤의
투명한 어스름, 달 없는 빛을.
방에 앉아 등불 없이
글을 쓰고 책을 읽자면
인적 없는 거리에 잠든
거대한 건물들이 선명하고
해군성의 첨탑이 반짝거리고
금빛 하늘이 어두워지지 않고
반 시간 겨우 밤을 허락하더니
저녁노을이 아침노을로
어느새 서둘러 바뀐다.
나는 사랑한다, 네 혹독한 겨울의
미동도 없는 공기와 그 차가움을,

넓은 네바강 따라 달리는 썰매의 질주를,
장미보다 더 붉은 소녀들의 뺨을,
무도회의 번쩍임과 소란함과 말소리를,
독신들의 진탕한 술자리의
거품 이는 술잔의 식식거리는 소리와
펀치 술의 푸른 불꽃을.
나는 사랑한다, 즐거운 마르스 연병장의
전투적인 활기를, 보병대와 기병대의
일사불란한 아름다움을,
거기 잔물결처럼 흔들리며
정연하게 열 지어 있는
전쟁으로 낡은 승리의 깃발들을,
전쟁으로 구멍 뚫린
이 청동제 투구들의 번쩍임을.
나는 사랑한다, 군사의 수도여,
이 북국의 황후가
황궁에 태자를 안겨주거나
러시아가 또다시 적들에게
승리한 것을 축하할 때,
또 네바강이 봄기운을 느끼며
파란 얼음을 깨뜨려

바다로 흘려보내며 환호할 때,
네 성채의 연기와 우레 같은 굉음을.

아름다우라, 표트르의 도시여,
러시아처럼 확고하게 서 있으라,
하여 굴복당한 자연이 반란 없이
잠자코 너와 화해하도록 하라.
핀란드만의 파도가
오랜 적의와 예속을 잊도록 하고
헛된 원한으로 표트르의 영면을
흔들어 깨우지 않게 하라!

도스토옙스키가 묘사한 환영과 공포의 도시와 푸시킨이 묘사한 이 아름답고 건강한 기쁨으로 충만한 '낙원'. 이게 대체 어떻게 된 일일까? 표트르 대제가 이토록 모순적이고 불가사의한 도시를 건설한 의도는 무엇일까? 이러한 페테르부르크의 수수께끼를 푸는 일은 표트르 대제의 정신을 해석하는 일이며 이는 결국 러시아의 정치적 이념에 대한 이해이기도 하다.

표트르 대제는 러시아의 정치사가 낳은 유례없는 '괴물'이었다. 원래 괴물이 많은 나라이긴 하지만 이 정도의 괴물은 처음이었다. 따라서 그가 주변 사람들의 반대를 무시하고 인간이 살지 않는 독기 가득한 늪지대에 페테르부르크를 건설한 후 모스크바에서 수도를 그곳으로 옮겼을 때, 러시아인들 역시 그를 희대의 엄청난 바보라 여기고 러시아를 망하게 할 광인이라며 두려워했다. 그의 장대한 세계사적 의도를 이해하는 사람은 단 한 명도 없었다. 사람들은 페테르부르크를 '악마의 음모'라면서 일부러 인간과 자연을 비웃기 위해 세워진 인공의 도시라 여기고 이 도시와 이를 세운 건설자를 저주했다. 푸시킨의 정신 나간 '가엾디가엾은 우리 예브게니'는 청동의 기사, 즉 표트르 대제의 동상을 향해 '정신이 혼미해져서, 마치 악마의 힘에 사로잡힌 것처럼, 이를 갈고 주먹을 꼭 쥐고' 분노와 저주 섞인 목소리로 중얼거린다.

'좋아, 기적의 건설자여,
두고 보자! ……'

라고 말이다. 하지만 뭐라 해도 청동의 기사는 '기적을 만드는 건설자chodotvórnöystroítel'였음에 틀림없다. 설령 이 거인이 나아가는 과정에서 수많은 무고한 사람이 피를 흘리고, 여러 사람이 미치고, 무수한 작은 존재가 짓밟히고 뭉개졌을 지라도 어쨌든 그는 위대한 건설자다. 표트르 대제가 만든 '기적', 이것이 바로 근대 국가, 세계 국가로서의 새로운 러시아가 아니고 무엇이겠는가. 그는 그 무엇도 고려하지 않고 거침없이 전진해 근대 러시아의 운명을 결정지었다. 그는 오래된 러시아, 그리운 어머니로서의 '루스Rus'를 단숨에 땅속에 묻어버리고, 강제로 조국에 근대 문화의 세례를 받게 했다. 이렇듯 그의 맹렬한 일격으로 인해 그동안 견고하다고 여겨진 모스크바 러시아는 미진도 없이 분해된 것이다.

원래 모스크바 러시아는 이웃으로부터 완전히 고립돼 자신의 껍질 안에 견고하게 웅크리고 있던 동양 국가에 불과했다. 메시아적 세계 구원의 꿈을 품고 있기는 했으나 이는 세계 역사적 현실과는 아무 인연도 없는 백일몽과 같았다. 세계를 구하기는커녕 실은 당장이라도 주변 상황에 의해 압사당할 것만 같은 정세에 놓여 있었다. 게다가 위험이 바로 코앞에 와 있는 상황임에도 누구 하나 이런 사실을 깨닫지 못했다. 오직 표트르만 이 상황을 온몸의 신경 구석구석까지 느끼고 있었다. 가만히 있을 때가 아니다! 지금 필요한 것은 꿈같은 세계 구원이 아니라 세계 정치다. 먼저 골수까지 부패한 현실의 러시아를 구원하고 이어서 전 세계로 나아가는 거다. 그는 결단했다. 사람들에게 바보라고 불리건 미친

놈이라 욕을 먹건 무슨 상관인가. 지금 러시아의 재생과 신생 러시아의 탄생을 위해 무엇보다 중요하고 시급한 일은 모스크바적 고립에서 벗어나 서유럽 문화를 충분히 도입하는 일이다. 서유럽의 기술문화를 기반으로 국가 기구를 근본적으로 개조하고 새로운 인간 유형(문화적 인간)을 만들어내는 일이 절대적으로 필요하다. 그리하여 표트르는 러시아에서 유럽을 향해 있는 곳의 꽉 막혀 있던 벽을 일격에 때려 부수며 활짝 열어젖혔다. 서구를 향한 최전선, '유럽을 향한 창문'이자 한편으로는 세계무역의 구심점으로서 그는 페테르부르크를 건설했다. 서구의 신선한 공기는 엄청난 돌풍이 되어 들이닥쳤다. 이윽고 러시아는 '동양'이 아닌 유럽의 동쪽 끝이라는 새로운 세계 정치적 위치에 서게 된다.

이 정도로 뛰어난 능력을 선보인 표트르 대제는 분명 천재적인 정치가이며 희대의 영웅이었다. 하지만 그는 어디까지나 러시아의 천재, 러시아의 영웅이었다. 중용의 덕이라고는 전혀 모르는 러시아 영혼의 상징적 현현顯現으로서로만 정당하게 이해될 수 있는 인물. 즉 그는 가장 러시아적인 폭력혁명의 권력화를 보여주었다.

1831년에 집필된 한 논문에서 푸시킨은 '표트르 1세는 로베스피에르와 나폴레옹을 합친 존재(즉 아이러니한 혁명)다'

라고 했으며, 1836년 10월 차다예프에게 쓴 편지에서는 '표트르 대제, 그 스스로도 이미 세계사의 한 획을 그은 인물'이라고 했다. 러시아 정신의 역사적 현현이라고도 할 수 있는 이 천재 시인에게 표트르 대제는 또 다른(하지만 완전히 다른 분야에서) 순수한 러시아적 천재였다. 푸시킨은 표트르가 미친놈이나 바보가 아니라 위대한 천재적 혁명가이며 항상 세계적 시야를 가지고 활동하는 세계 정치의 영웅이라는 점을 다른 누구보다 먼저 알아챘다. 하지만 모든 위대한 혁명가가 그러하듯, 표트르 대제 역시 그의 출현이 얼마나 무서운 위험성을 내포하고 있으며, 또 얼마나 많은 '가엾은 광인 예브게니'가 희생자들에 의한 피의 축제에 바쳐져야 하는지를 푸시킨은 그 누구보다 잘 알고 있었다. 대담하게도 푸시킨은 표트르를 러시아의 중대한 비극이라고 언급했다.

사실 표트르 대제는 철두철미한 러시아적 천성을 타고난 혁명가였다. 그는 테러리즘의 적극적이며 건설적 의의를 인정하고 이를 러시아 정치사에 실천적으로 도입한 최초의 인물이다. 그에게는 러시아의 운명이 걸린 원대한 계획과 인류의 미래에 대한 예언적 통찰력이 있었다. 이렇듯 장대하며 미래 지향적인 관점에서 본다면 도스토옙스키가 말하는 '이'포유류에 기생하는 해충는 현재 그로 인해 입는 모든 재해를 전부 시인해야 한다. 테러리즘의 무자비함이 필연적으로 무모한 인민의 피를 흘리게 하고 사람들의 개인적 행복을 앗아갈지라도 러시아의 미래와 전 인류 미래의 행복을 위해서 이 인도적 악은 위대한 '선'이 된다. 이렇듯 표트르 대제는, 라스콜리니코프의 말을 빌리자면, '마치 폭포처럼, 샴페인처럼 흘러내리며 멈추지 않는 무고한 피의 바다 한가운데를' 어떤 숭고한 목표만을 응시하면서 태연하게 건너간다. 표트르 대제의 길, 이는 무시무시한 냉혈한의 길이다.

틀림없이 이 길을 가는 표트르 대제는 레닌의 선구자이자 18세기의 레닌이며 그가 결행한 폭력적인 국정 개혁은 공산주의 폭력혁명의 원형이었다. 대제와 공산주의 지도자가 세상에서 행한 모든 폭력 행사와 잔학 행위는 첫째, 그 궁극적 목적의 정의, 둘째, 역사적 필연성에 합치되면 완전히 정당화된다. 러시아 혁명이 일어났을 당시 사람들 사이에서 공산주의자의 테러 행위가 제정 시대 헌병대의 테러리즘과 완전히 똑같지 않은가라는 비난이 일었다. 이에 대해 트로츠키는 거만한 태도로, '차르의 헌병대는 사회주의 실현을 위해 투쟁하고 있던 노동자를 목 졸라 죽였다. 하지만 우리 긴급위원회가 사살하는 대상은 자본주의적 질서의 복구를 지지하는 지주와 자본가와 군인이다. 제군은 이를 구별할 수 있겠는가? 우리 공산주의자는 이걸로 충분하다!'라고 말했다. 즉 사람을 참살하는 행위 자체에 선악이 있는 게 아니라, 그저 무엇을 위해 죽이느냐는 목적에 따라 살인의 선악이 결정된다. 그것이 지향하는 목적이 정의와 진리라면 이런 목적의 실현을 저해하는 모든 적을 대상으로 어떤 종류의 폭력을 행사해도 완전히 정당하다. 모든 인류에게 궁극적 평화와 행복을 보장한다는 위대한 목표를 가지고 역사적 필연성에 따라 돌진하는 것이라면 목적 실현을 위해 수단 방법을 가릴 필요가 없다. 그에게 모든 수단은 선이자, 도스토옙스키적으로 말하자면 '모든 것이 허용되는' 것으로서 일종의 독특한 혁명적 도덕이 성립된다. 이렇듯 혁명적 사회주의는 상식이 통하는 선악의 저편에서나 완성될 수 있다. 잘 알려져 있듯이 무신론적인 혁명적 사회주의에 대한 도스토옙스키의 격렬한 비판은 주로 이런 측면에 집중되어 있다. 톨스토이가 노골적으로 표트르 대제를 혐오하며 적대감을 보이고 대제의 도시 페테르부르크를 완전히 무시해버렸던 반면 도스토옙스키는 좋고 나쁨을 떠나 표트르 대제와 그의 사업이 초래한 심각한 결과에 대한 탐구를 평생의 최대 과제로 삼았다.

표트르 대제가 러시아 정치사에 단순히 폭력혁명의 상징으로만 남아 있는 것은 아니다. 그는 가장 러시아적인 문제로 일컬어지는 '자유'에 처음으로 주목했으며 이를 러시아 민족 앞에 제기했다. 대제가 일으킨 혁명 자체가 선인지 악인지에 대한 판단이나 민족이 이를 갈망했는지 여부를 따지기 전에 그는 러시아를 '자유'롭게 했다. 그는 모스크바 러시아를 순식간에 파괴해버림으로써 과거 5세기에 걸친 노예 정신을 단숨에 척결했다. 타타르인의 침입 이후 선조 대대로 노예 상태에 있던 러시아인은 처음으로 해방되었다. 하지만 갑자기 해방된 이들은 육체적 행복을 누릴 겨를도 없이 그야말로 위에서부터 강요하는 '자유'의 방식에 당황할 수밖에 없었다. 노예 상태는 굴욕적이고 괴롭지만 생각하기에 따라서는 특별한 근심 걱정 없이 편안한 상태로 유지할 수 있다. 무엇을 해야 할지는 전부 상대방이 생각할 부분이며 성가신 자유의지는 사용할 일이 없다. 자유가 없으면 책임도 없다. 어떤 의미에서 이런 느긋한 삶의 방식은 제법 러시아인의 성향에 맞는다. 소콜스키 공작은 『미성년』에서 "저기, 아르카디 군, 우리는, 즉 나도 당신도 말이지, 공통의 러시아적 운명이란 놈한테 걸려든 거요. 당신도 어찌할 줄 모르고, 나 역시 어찌할 바 모르겠소. 러시아인 놈은 습관이 정해준 공식 궤도에서 벗어나면 이내 안절부절못하게 되는 거지. 궤도에 올라타 있을 때는 하나부터 열까지 분명해. 하지만 조금이라도 변화가 생기면, 뭐 이건 큰일이지. 마치 바람에 농락당하는 나뭇잎처럼, 어찌해야 좋을지 몰라서 망연자실하게 돼"라고 말했다. 하지만 『미성년』의 아르카디는 이렇게 말한다. "우리는 타타르인의 침입으로 200년 동안 노예 상태에 있었지만, 그도 그럴 것이 사실 둘 다 우리 성향에 맞았기 때문이에요. 지금은 자유가 주어졌어요. 그리고 이 자유를 감당해야만 해요. 하지만 도대체 우리에게 그게 가능하기나 할까요? 노예 상태가 그러했듯이 자유도 우리 성향에 딱 맞아떨어질까요? 그게 문제예요."

표트르 대제가 러시아 민족에게 강제로 부여한 자유는 100년이 흘러 최고조에 달했다. 19세기는 난폭한 차르 독재의 외부적 압박에도 불구하고 창조적 자유가 흘러넘치는 시대였다. 자유의지로 자신이 결단하고 스스로의 책임 아래 뭔가 위대한 일을 하고자 하는 왕성한 기운과 의욕이 러시아인의 단전에서부터 끓어올랐다. 기운이 넘치고 흥분이 고조된 나머지 누가 먼저랄 것도 없이, 출발점에 서서 애가 타는 듯 제자리걸음하는 명마 프루프루(『안나 카레니나』)처럼, 너무 갑자기 격렬한 창조성에 눈을 떠 지리멸렬이 된 형상이다. 이건 이미 자유라기보다 무질서였고 혼란과 착잡함에 가까웠다. 하지만 이 또한 19세기만이 보여준 형용할 수 없는 장관이기도 했다. '죽은 영혼'의 상징적인 마차가 운명적인 질주를 시작했다. 극도의 공포, 이와 동시에 몸도 마음도 녹일 듯한 도취의 고혹함. 일단 이 트로이카가 드륵드륵

달려나가기 시작하면 어쩐 일인지 관객들은, 아니 마부 본인도 정신을 차리지 못한다. 고골의 말투는 아니지만, '에이 똥이다! 뭐 그냥 될 대로 돼라!'라며 마치 무언가에 홀린 듯 황홀함을 느끼면서 화살과 같이 쏜살같은 질주에 도취된 듯 생각 없이 몸을 내던지는 것이다.

하지만 이 무서운 러시아의 트로이카가 무궤도를 영원히 질주할 수 있는 건 아니었다. 맹렬한 기세로 달려가는 트로이카의 정면에서 한 남자가 큰손을 펼쳐 막아섰고 순식간에 이를 일정한 궤도 위로 올려버렸다. 그것이 바로 표트르 대제의 재현이라 할 수 있는 레닌이었다. 정신없이 덜컹거리던 마차가 이제는 당당한 최신식 기관차의 모습이 되어 달려나갔다. 하지만 깔끔한 일정 궤도에 올라 끝을 알 수 없는 광야를 화살처럼 질주해나가는 이 기관차가 도달하는 곳이 어디일지 그건 여전히 아무도 알 수 없었다.

제5장

◆

푸시킨

A '자, 이번에는 푸시킨으로 넘어가봅시다.'

B '좋지요. 하지만 푸시킨에 관해서는 가능한 한 짧게 하고 싶습니다. 왜냐하면 그에 대해서는 평생을 떠들어도 부족할 정도니까요. 영원히 살고, 영원히 전진하고, 죽음과 마주했을 때 멈추는 일 없이, 어디까지나 사회의 의식 가운데에서 끊임없이 발전해가는 사람들. 푸시킨은 바로 그런 사람 중 한 명입니다.'

—벨린스키, 「1841년의 러시아 문학」

시인 푸시킨의 출현은 러시아 문학이 세계문학에 진입하는 계기가 되었다. 그는 19세기 러시아 문학의 단서이자 세계적인 러시아 문학을 향한 첫 번째 축복이기도 했다. 물론 푸시킨 이전에도 시인과 문인은 여럿 존재했다. 하지만 벨린스키가 그 유명한 『푸시킨론』에서 언급했듯, 세계문학 어디에 내놓아도 부끄럽지 않은 진정한 의미에서의 '시인이자 예술가'는 단 한 명도 없었다. 푸시킨은 세계문학을 향한 러시아의 과감하고 화려한 도전이었다. 세계적인 관점에서 봤을 때 이제껏 4류, 5류 이상의 작가를 배출한 적이 없는 러시아 문학계에서 그의 등장 이후로 일류 작가들이 연속으로 배출되었다는 사실만 봐도 우리는 이를 단순한 우연의 일치라 생각할 수 없을 것이다. 러시아인은 종종 푸시킨을 불꽃이나 별똥별에 비유하곤 하는데, 사실 그가 러시아의 정신적 밤하늘을 눈부시게 비춘 것은 한순간에 불과했다. 하지만 이 별똥별이 묘한 빛의 꼬리를 길게 늘어뜨리며 지평선 너머로 사라짐과 동시에, 마치 이것이 신호탄이 되어 뭔가 마법의 입김이라도 불어넣은 것처럼, 이제껏 암흑 속에 잠들어 있던 러시아 문학계가 활기를 띠며 술렁이기 시작했다. 19세기 러시아 문학은 푸시킨의 예술적 측면은 물론이고 사상적 측면과 그 외 여러 측면에서의 발전과 전개로 이루어졌다고 해도 지나치지 않는다. 19세기 문학의 가장 현저한 특징은 심오한 사상성인데 여기서 비롯된 중요한 문제들은 대부분 푸시킨이 제기한 것이었다. 따라서 누구도 푸시킨을 거치지 않고서는 세계적인 러시아 문학의 심오함을 이해할 수 없다. 러시아 정신의 위대한 소산에 대한 의의를 파악하고 싶다면 러시아 정신의 아름다운 결정체라 할 수 있는 이 시인의 영혼 속 은밀한 의식을 들여다봐야 한다.

하지만 푸시킨을 이해하는 건 보통 일이 아니다. 벨린스키가 말했듯 그는 영원히 살면서 영원히 전진해나가는 사람이므로 고정화된 푸시킨 상을 정의 내리기란 쉽지 않다. 새로운 시대가 도래할 때마다 이전 시대가 완전히 놓치고 있던 새로운 보물을 찾아내기에 각각의 시대는 푸시킨에 관한 서로 다른 자신의 의견을 내보인다. 아니, 그렇게 할 수밖에 없다. 이렇듯 항상 새로운 의견의 가능성을 열어두기 때문에 그가 영원한 사람으로 남지 않았을까. 그렇기에 나 역시 푸시킨의 전모를 여기서 이야기할 수 있다고 생각하지 않는다. 그저 내 나름대로 이토록 훌륭한 러시아 시인의 서정성과 사상성을 힘닿는 한 그 원천까지 거슬러 올라가 탐구하고 싶다.

고골은 '푸시킨의 이름을 들을 때마다'라며 다음과 같이 말했다. '나는 이내 러시아의 국민적 시인을 떠올린다. 사실 우리 나라 시인 중 누구 하나 그 이상으로 국민적이라 부를 만한 사람은 없다. 이런 자격은 결정적으로 그에게만 주어진 것이다. (…) 푸시킨은 러시아 정신의 사실상 불가사의한, 어쩌면 전무후무한 출현이며 앞으로 200년쯤 지나 발전한 러시아인이 도달하게 될 상태를 보여주고 있다. 그에게 러시아의 자연, 러시아의 영혼, 러시아의 언어, 러시아의 성격은 마치 광학렌즈의 볼록면에 비친 풍경처럼 실로 엄청 순수하고 놀라울 정도로 청정한 아름다움으로 반영되었다.'(고골, 「푸시킨에 관하여」) 사실 푸시킨이 활약한 19세기 초의 20년간은 러시아에서 국민의식, 민족의식의 고양이 절정에 이른 눈부신 시대였다. 톨스토이가 『전쟁과 평화』의 주제로 다루며 묘사한 알렉산드로 1세의 전성기, 외부적으로는 쿠투조프 장군이 인솔한 러시아군이 나폴레옹을 격파해 나라 바깥으로 멀리 추방시켰고, 국민의 지기 싫어하는 심성이 고조되면서 내부적으로도 여태껏 없던 찬란한 창조정신이 흘러넘치던 시기였다. 이는 러시아 역사 이래 최초의 창조적 시대이자 환희의 시대였다. 러시아는 처음으로 문예부흥(르네상스)을 경험한 것이다.

서유럽의 민족들과 다르게 러시아는 르네상스를 몰랐다. 표트르 대제 이전에는 문자 그대로 차갑고 고통스러운 암흑시대였으며, 표트르 대제로 인해 이번에는 한순간에 계몽주의와 마주하게 되었다. 러시아적 인간뿐만 아니라 러시아의 역사 역시 항상 극에서 극으로 비약적인 변화를 보였다. 여기에선 중간 지대를 찾아보기가 힘들다. 베르다예프는 "우리 나라는 단 한 번도 문예부흥적 정신이나 문예부흥적 창조를 경험한 적이 없다. 우리는 자기 소생의 기쁨을 누린 적이 없다. 이것이 우리의 슬픈 운명이다"라고 말했다. 하지만 19세기 초에 이르러 뒤늦게나마 르네상스가 도래했고 그 중심에는 푸시킨이 있었다. 그의 활약은 고작 20년에 불과했으나 그 영향력은 서유럽의 200년과 넉넉히 맞먹을 것이다.

이렇듯 푸시킨이 러시아 르네상스의 중심점에 위치하며 대부분 스스로의 힘으로 세계적 수준의 러시아 문학을 펼쳐나갈 수 있었던 것은, 이 시인의 정신이 진실로 러시아적('위대한 러시아의 시인, 영혼도 피도 러시아적인……', 벨린스키)이면서 동시에 진실로 초민족적이고 세계적이었기 때문이다. 푸시킨은 골수까지 러시아적인 러시아인이었던 반면, 이와 같은 정도로 자유분방하며 보편적인 정신을 지니고 있었다. 여기서 보편적 정신이란 모든 의미에서의 자유 정신, 정신적 자유에 가깝다. 노예로서의 삶을 보낸 옛날 러시아에 이러한 보편적 정신과 자유가 존재했을 리 없으며, 푸시킨 이후로도 그보다 뛰어난 보편성을 보여준 사람은 없었다. 고골은, 푸시킨이 모든 사람과 물건에 자유롭게 동화될 수 있는 감탄할 만한 보편인이라는 사실을 발견하고 아낌없는 찬사를 보냈으나 정작 자신은 그러한 부분을 흉내 낼 수 없었다. 도스토옙스키의 기독교적 영혼이나 톨스토이의 이교도적 영혼은 푸시킨의 순수한 영혼에 비해 훨씬 더 광활하고 심오하지만 이들은 결코 푸시킨처럼 자유롭지 않았다. 하지만 원래 자유와 정신적 보편성을 갈망하는 경향은 러시아적 인간의 가장 눈에 띄는 특성이기도 하다. 이런 의미에서 러시아인은 정도의 차이는 있을지언정 누구나 보편적 인간이다. 그들에게 최대의 찬사 중 하나는 '추토키'한 사람이라 불리는 것인데, 추토키chùtkiy의 '민감한'이라든가 추토코스티chùtkost의 '민감함'이라는 말처럼 단순히 잘 느끼고 민감하다는 의미가 아니라, 모든 것, 특히 모든 새로운 것에 대한 전 인간적 수용성을 의미한다. 자신의 껍질 속에 웅크려 있지 않고 시시각각 자기 외부에 있는 이질적인 존재나 새로운 것을 향해 항상 사상적, 감정적인 창을 모두 열어두는 것이다. 러시아인은 타인의 슬픔이나 기쁨, 꿈을 비롯한 모든 것을 자기 일처럼 내적으로 느낄 수 있는 특수한 감수성을 지니고 있다. 세계적으로 알려진 러시아인의 인간미, 어머니의 대지와 같은 포용력 넘치는 러시아인의 인간성은 여기서 비롯된다. 따라서 개인 생활이건 공공 생활이건 구별 없이 사상, 예술, 문학 등 모든 분야에서 '새로운 것'은 대환영이다. 대수롭지 않은 새로운 생각, 새로운 시각, 새로운 생활 계획, 새로운 정치 형태 등 러시아인은 세상 모든 변혁에 열광한다. 항상 새롭고 또 새로운 것, 더욱더 새로운 것을 지향하며 러시아인은 방황한다. 이 나라에서는 백성조차 다른 나라에 비하면 '몸이 가볍다'. 이와 같은 경향이 극적으로 강화되고 세련화되어 일종의 천재적 능력의 경지에 이르면, 전 세계의 모든 훌륭하고 위대한 존재를 마치 처음부터 자신이 품고 있었던 것처럼 아무 어려움 없이 체득해버리는 지극히 러시아적인 재능이 되는 것이다. 이러한 재능을 '전인성全人性, vsechelovyéstvo'이라 하며 러시아인은 이런 천재성을 타고난 사람을 '전인vsechelovyék'이라 일컫고 최고 수준의 인간 전형으로 여기면서 각별히 존중한다. 표트르 대제는 의심의 여지 없이 하나의 '전인'이며 그의 전인성은 오로지 정치 분야에서만 발휘되었다. 도스토옙스키조차 마지막에는 이 무신론자 황제에 대해 명백한 전인성의 발로를 인정할 수밖에 없었다. 그리고 표트르 대제에 대해 다음과 같이 말했다. "러시아적 인간에게는 서유럽적 인간처럼 비침투성이란 게 없다. 그는 모든 존재와 더불어 살며 모든 존재 안에 흡수되어간다. 그는 민족이나 혈족, 국토 등에 구애되지 않고 모든 인간적인 존재와 공감한다. 다른 민족이 지닌 가장 예리한 특수성 안에서조차 그는 본능적으로 전 인류의 공통점을 찾아낸다. 그는 자신의 이념 안에서 여러 민족을 일치시키며 화해를 이뤘고, 종종 서로 다른 유럽 민족의 정반대 성향의 대립 이념 안에서조차 결합과 화해의 지점을 찾아낸다." 도스토옙스키는 시인 푸시킨에게서도 이와 똑같은 측면을 발견해냈다. 죽음을 앞두고 있던 그는 푸시킨 기념 강연에 참석해 이 시인의 '전인성'의 해명에 관한 내용에 주목했다. 그가 『미성년』에서 베르실로프를 통해 언급한 다음과 같은 말은 그대로 푸시킨에게 적용할 수 있다. "유럽인은 자유롭지 않지만, 우리는 자유롭다. 그즈음 나만이 러시아의 적막함을 껴안고, 홀로 유럽에서 자유였다. 프랑스인은 누구라도 프랑스인이라는 사실만으로 자신의 조국 프랑스뿐 아니라 전 인류에게 봉사할 수 있다. 영국인이나 독일인도 마찬가지다. 하지만 러시아인만 가장 유럽적일 때 비로소 가장 러시아적일 수 있다. 이것이 다른 나라 사람들과 구별되는 우리의 가장 본질적이고도 민족적인 특징이며, 이것이야말로 다른 무엇과도 바꿀 수 없는 우리의 기반이다. 프랑스에 있으면 우리는 프랑스인이고 독일인과 함께 있을 때에는 독일인이며, 고대 그리스인과 함께 있으면 그리스인, 그리고 이런 상황이야말로 가장 러시아적이며, 그래야만 비로소 진정한 러시아인이고, 그것이 러시아에 가장 잘 봉사할 수 있는 방법이다"라고 말이다. 물론 베르실로프와 달리 푸시킨은 단 한 번도 러시아 국토 밖으로 나간 적이 없지만, 파리며 베를린 같은 외국으로 놀러 다니던 다른 어떤 사람들보다 외국을 훨씬 더 깊이 이해하고 있었다. 외국

뿐만 아니라 그는 시대, 국가, 신분 계급을 불문하고 각양각색의 인간이 생각하는 대로의 전환이 가능했다. 그 어떤 문화와 마주하더라도 혹은 문화 이전의 미개 상태에 놓일지라도, 그는 문화나 문화 이전의 세계에 융화되어 그것과 내면적으로 동화할 수 있는 불가사의한 천부적 재능을 지니고 있었다. 위로는 차르부터 아래로는 농노, 도적, 거지에 이르기까지 그는 어떤 인간으로도 자유롭게 동화될 수 있었다. 이런 측면에서 보면 외국의 위대한 작가 중 푸시킨보다 우월하다고 할 만한 '전인'적 문학인은 셰익스피어 정도가 아닐까 싶다. 실제로 푸시킨은 정말 심오한 차원에서 인간적 예술을 창조하는 데 있어 셰익스피어로부터 헤아릴 수 없을 정도로 많은 것을 배웠다.

이처럼 모든 존재로 손쉽게 '마치 정령처럼' 동화되는 시인에게 이른바 외면적인 묘사라는 건 도저히 불가능하다. 꽃 한 송이를 바라보면 스스로 꽃이 되고, 밤하늘 멀리 흔들리는 샛별을 바라보면 스스로 별이 되어버리는, 그런 호프만슈탈적인 '상징'이 정말 살아 움직이고 있는 상황에서는 모든 것이 일종의 내면 풍경이다. 그리고 사람들은 푸시킨의 내면 풍경을 마주할 때 윤곽이 선명하고 밝은 결정체 같다는 첫인상을 받는다. 메리메프랑스의 작가이자 역사가는 푸시킨을

'스키타이족(동방의 '야만인')의 포로가 된 한 명의 아테네인'이라고 평가했는데, 분명 이 시인의 작품에는 러시아에 흔치 않은 고전적 가락과 격조가 있다. 그의 작품에서 지상의 모든 존재는 훌륭한 결정체가 되어 반짝반짝 빛났다. 외부 세계에 대한 왜곡 없이도 모든 것이 단번에 정화되는 느낌이다. 이러한 측면에서 푸시킨의 서정성은 감각적으로 일종의 투명한 빛을 연상시킨다. 하얀 대낮의 빛. 메레시콥스키는 이상하게도 푸시킨을 러시아의 '하얀빛'이라 불렀다. 하지만 니체가 칭송한 '정오Mittag'니체의 시 「새로운 바다로」에 등장하는 단어처럼 눈부신 태양에 대한 도취가 아닌, 조용하게 유유히 어디선가 흘러와 모든 것을 살며시 품는 온화한 빛이다. 그것은 번쩍거리며 눈을 찌르는 격렬한 한 줄기 빛에 대한 도취가 아니라 공간을 빈틈없이 채우는 전체적인 빛의 조화다. 이 빛의 공간 안에서는 모든 것이 한없이 쓸쓸하면서 한없이 아름답다. '늦가을의 부드러운 황금색 빛'을 슬퍼하고 불쌍히 여긴 보들레르처럼 푸시킨이 사랑한 빛은 늦가을의 온화한 햇살이었다. 그는 1833년 단편 시 「가을」에서, '사람은 늦가을의 하루하루를 때때로 나쁜 듯이 말한다. 하지만 독자여, 나에게는 온화하게 비추는 가을의 저 고요한 아름다움이 몹시 사랑스럽다. 가족 그 누구로부터도 사랑받지 못하는 아이처럼 그것은 내 마음을 끌어당긴다'라고 했다.

푸시킨적 서정이 조화의 극에 달했을 때 그곳에는 항상 일말의 비수와 같은 그늘과 어렴풋한 가을의 감각이 있었다. 영원한 환희를 화려하게 노래했지만 그 뒤에는 항상 사무칠 듯한 비애가 흐르고 있는 모차르트의 음악처럼, 그리고 지독하게 맑고 깨끗한 '알프스 산정'에서 숙명적으로 시인을 덮친 깊은 수심을 노래했던 횔덜린의 시처럼, 푸시킨 역시 '밝은 비애'를 품고 있었다. 세계적으로 유명한 시 「그루지야 언덕에서」(1829)는 이처럼 부드럽고 온화한 깨달음에 의한 푸시킨적 조화의 심오한 의의를 보여준다.

그루지야 언덕에 밤안개 걸려 있고
발아래 아라그비강 굽이쳐 흐르네.
내 마음 쓸쓸하고 가벼우며
내 슬픔은 너로 가득 차 있네.
너, 너만이라도…… 내 참담한 가슴이여.
이제 그 무엇도 고통스럽고 심란케 하지 않으니
내 심장 또다시 불타고 벅차오르네
사랑하지 않을 수 없기에.

캅카스 깊은 산맥의 밤안개 자욱한 그루지야 언덕에서 요란하게 울려 퍼지는 아라그비강 급류 소리를 배경으로 사랑에 무너진 남성 한 명이 방황하고 있다. 이는 대자연의 야경이면서 동시에 이 남성의 고독한 영혼이 보여주는 밤 풍경이기도 하다. 하지만 이 깊은 고독함 한구석에서 사랑하는 사람의 모습이 피어오르더니 마치 월광처럼 그의 가슴을 적시고 그의 마음속 깊은 곳에 은은한 불이 탁 켜지면서 대자연 속 밤의 어둠까지 잔잔하게 밝혀준다. 우리는 이 짧은 시 한 편에서 푸시킨적 예술의 본원적인 측면을 엿볼 수 있다. 마음의 적적함은 적적한 대로 가볍고, 가슴에 품은 그리움은 그리운 대로 밝다. 내면의 아름다운 빛에 조명된 비애, 빛 그 자체로 변해버린 비애, 이것이 러시아 문학에 있어서 오직 푸시킨만이 지닌 조화, 러시아인이 동경해 마지않는 바로 그 '러시아적 조화'다.

이 푸시킨적 조화가 좀더 완전하고 순수한 형태로 작품화되었을 때, 이윽고 애수의 그늘은 어렴풋하지만 아주 맑은 천상의 빛이 되어 주변 일대로 흘러넘치고 알 수 없는 여유로움이 모든 것을 껴안는다. 외적 세계를 어수선하게 만드는 떠들썩함과 소란스러운 목소리는 더 이상 없으며 여기 존재하는 것은 오직 영원한 고요함과 편안함, 사랑의 빛이다. 1823년 작품인 「작은 새Ptíchka」가 그러한 예술이다. 하지만 이 최고의 작품은 원문으로 읽어야 한다. 전체 8행으로 구성되며 한 음절도 빼놓을 수 없는 이 불가사의한 예술품은 그 누구도 완전하게 번역할 수 없을 것이다. 이 시의 희귀하면서도 순수한 '조화'를 구성하고 있는 것은 절이나 의미가 아니라 그러한 내용을 훨씬 뛰어넘은 어떤 설명하기 어려운 것, 순수시라 부르는 어떤 것이기 때문이다.

작은 새 Птичка

낯선 이곳에 와서, В чужбине свято наблюдаю
정든 옛 풍속을 따라, Родной обычай старины:
명랑한 봄철 명절날에 На волю птичку выпускаю
작은 새 한 마리를 놓아주노라. При светлом празднике весны.

비록 하나의 목숨에라도 Я стал доступен утешенью;
나는 자유를 베풀었으매, За что на бога мне роптать,
내 마음은 아무 데나 걸릴 데 없이 Когда хоть одному творенью
그저 한없이 즐거워라! Я мог свободу даровать!

모든 인간이 늘 변함없이 이런 심경으로 있을 수만 있다면! 푸시킨은 이것을 얼마나 갈망했을까. 그는 순진한 작은 새에게 이런 잔잔한 평온을 바라는 마음으로 시를 노래했다. 「집시」에서 푸시킨이 노래한 그 유명한 「신의 작은 새」도

그중 하나다.

세상 모르는 작은 새는
근심도 노동도 모르고
단단한 보금자리를 애써서
부산스레 만들지 않는다.
밤새 가지에 앉아 잠자다
붉은 해가 솟으면
신의 목소리 듣고는
기지개 켜고 노래한다.

푸시킨이 마음속에 그리던 최고의 인간상이란, 어떤 고민도 없이 내일의 어려움은 내일로 미루며 즐겁게 햇살 아래 장난치고 있는 순진한 작은 새들처럼, 늘 기쁜 마음으로 평생을 감사하는 마음으로 살아가는 사람이었다. 하지만 파란만장했던 그의 38년 인생에서 그가 '마음의 온화함utyeshéniye'에 몰입할 수 있었던 시기는 손가락으로 꼽을 정도에 불과했다. 푸시킨 자신은 결코 '신의 작은 새'가 아니었다. 그의 영혼에는 무시무시한 악마가 살고 있었다. 그는 태생이 조화로운 인간이 아니라 악마의 영혼을 품은魔靈的 인간이었다. 이런 의미에서 그의 조화는 베토벤, 괴테의 조화와 같은 맥락에 있다. 『파우스트』 제2부 종말의 천사의 합창에서 '항상 노력하며 힘쓰는 자만을 우리는 구원할 수 있다'라고 노래하는데, 푸시킨의 내면적 생애 역시 영원한 조화를 목표로 한 부단한 노력과 정진에 다름 아니었다. 「신의 작은 새」의 utyeshéniye는, 베토벤이나 괴테가 미쳐 날뛰는 디오니소스적 정열의 소용돌이 속에서 종종 예상치 못한 순간에 숭고하며 맑고 깨끗한 경지를 경험하듯, 엄청난 노력의 결과 일생에서 어느 순간 문득 실현되는 알 수 없는 고요함이다. 따라서 푸시킨에게 조화는 광란과 공존하는 것이었다. 보들레르가 '항상 우리 곁에는 악령이 꿈틀거리며 만질 수 없는 공기처럼 우리 주변에 있다'고 읊었듯이, 푸시킨의 조화 역시는 악령적 힘에 의해 위협당했다. 온화한 빛으로 가득한 평온한 실내에서 문밖의 소란스러움은 전혀 느껴지지 않는다. 창문과 문은 전부 굳게 닫혀 있다. 이는 순수한 내면성의 적막이다. 하지만 밖에는 무서운 폭풍이 세차게 불어닥치고 있다. 밖으로는 소용돌이치는 폭풍의 포효, 안으로는 영원한 정적과 아름다운 빛. 이는 단순한 모순이 아니라 디오니소스적 인간의 본질적 구조를 이루는 부분이다. 끓어오르는 정열로 몸도 마음도 남김없이 불태워버리는 디오니소스적 인간의 영혼 중심부에는 이러한 정적 지대가 존재한다. 이른바 '태풍의 눈'과 같은 것이다. 무시무시한 태풍으로 인해 파도가 거꾸로 소용돌이치는 한가운데에서 영원한 적막을 품은 창공이 눈부시게 빛나고 있다. 푸시킨의 조화는, 완전하고 충실한 조화와 다르게, 폭풍 한가운데에 간신히 성립된 불가사의한 정적이다. 따라서 조화의 안과 밖은 분명하게 구분된다. 즉 시간적 측면에서 봤을 때, 조화 이전과 조화 이후가, 그것들과는 완전히 다른 질의 조화를 양쪽에 걸치고 있다. 가까스로 조화가 실현되어도 조금만 부주의하면 금세 악마의 힘에 끌려가는 것이다. 왜냐하면 이 조화가 설령 시인 자신의 것이라 할지라도 시인의 의식보다 훨씬 더 깊은 곳에 있기 때문이다. 분명 자신의 것이지만 시인은 이를 의식적으로 좌지우지할 수 없다. 창문을 하나라도 연다면 문밖의 암흑과 폭풍은 방 안으로 우르르 밀어닥치며 돌이킬 수 없게 된다. 그러면 뒤늦게 저항하고 발버둥 쳐봐야 소용없다. 이것 또한 디오니소스적 인간의 근본적인 정신 구조다. 시인은 모든 것을 내던지며 모든 반항을 멈추고 굉음을 내는 격류 속에 몸을 던지면서 소리 높여 바쿠스의 찬가를 부른다. '기쁨의 소리는 왜 꺼졌느냐? 바쿠스의 노래여 울려 퍼져라!'라는 지극히 베토벤적인 테마로 시작되는 1825년의 작품 「바쿠스의 노래」는 제목만 봐도 정적인 가락이 아닌 난폭한 디오니소스 신의 입김이 깃들어 있음을 알 수 있다.

기쁨의 소리는 어디로 사라졌느냐?
바쿠스의 노래여, 울려 퍼져라!
……
거룩한 태양이여, 불타올라라!
새벽녘의 빛나는 해돋이 앞에
이 등잔불이 빛을 잃듯이,
영예로운 지혜의 태양 앞에는
허위의 영명함도 빛을 잃고 흐려지나니
태양이여 만세, 어둠이여 꺼져라!

하지만 이렇게 등장한 '거룩한 태양'의 빛은 앞서 그 온화한 가을의 경지가 아닌 번쩍이며 기분 나쁘게 빛나는 마성의 빛이다. 이 빛은 조화로 인한 것이 아니라 디오니소스적 암흑에서 비롯된 것이다. 시인은 이 묘한 빛에 의해 영혼도 넋을 잃을 정도의 악마적 쾌감에 자아를 잃고 심연 속으로 끝없이 추락해간다. 바로 도스토옙스키적인 몰락의 정열, 드미트리 카라마조프의 악마적 도취다. 이와 같은 순간에 푸시킨은 모든 생명의 신비에 과감히 도전하고 모든 죽음의 공포에 직면하는 정열적인 호걸로서 디오니소스적 인간의 무시무시한 정체를 우리 눈앞에 슬며시 보여준다. 조금 전까지 부드러운 사랑과 기쁨과 애수의 노래를 불렀던 그가,

이제는 완전히 다른 마왕에 버금가는 사람이 되었다. 푸시킨은 이런 부분에서도 표트르 대제와 쏙 빼닮은 형제 같다. 그리고 푸시킨은 격렬한 쾌감에 몸을 떨면서 인간을 살육하는 역병을 '찬미'한다.

투쟁 속에
암흑의 심연의 경계에
분노한 대양,
그 무서운 파도와 폭풍의 암흑 속에
아라비아의 돌풍 속에
휘몰아 오는 페스트 속에 기쁨이 있는 것.

파멸을 위협하는 모든 것이
그 속에 필사의 존재인 인간의 심장에
형언할 수 없는 즐거움을 감추고 있네.
그건 아마 불멸의 저당물인가봐!
불안 가운데 그 즐거움을
찾아서 알아낸 자는 복되도다.

그러니, 페스트여, 그대를 찬미하노라.
우리에겐 무덤의 암흑이 무섭지 않다.

너의 초대에도 끄떡없다!

(「페스트 속의 향연」)

사람들은 종종 푸시킨을 사랑의 시인이라고 부르지만, 디오니소스적 폭풍권 내에서 연애를 노래하는 그가 조화권 내에서의 경우와 전혀 다른 사람이 된 듯 무서운 애욕의 시인으로 변모하는 것도 당연하다. '눈보라처럼 쌓여가는 격렬한 정념'을, '낙지 다리처럼 들러붙어오는 여자의 사지'를, 적나라한 욕정을, 그는 태연하게 노래한다. 톨스토이는 푸시킨을 '한심한 가요나 만드는 난봉꾼'이라고 생각했다. 푸시킨은 이상하리만큼 돈 후안에 관심을 보였다. 그는 끈질기게 목숨을 걸고 갈망하는 애욕의 도취를 원했다. 「이집트의 밤」에서 클레오파트라가 바로 이 무서운 악마적 정욕의 화신으로 묘사되었다. 육감적인 도시 알렉산드리아의 늦은 밤 궁전 밀실 안 자욱한 향의 연기 속에서 흔들거리는 등불 아래 희미하게 보이는 여왕의 요염한 자태는 악마적 정욕이 여성의 몸으로 바뀌어 형상화된 것임이 틀림없다. 푸시킨은 이 광기에 가까운 욕정의 도취에 빠져 무시무시한 육욕의 근원과 직접 마주한다.

정욕의 경매에 올 사람 어디 없나.

나의 사랑을 소첩이 팔겠다.
말해보아라, 당신들 중 그 누가
생명의 대가로 소첩의 하룻밤을 사겠는가?

딱 하룻밤, 죽음을 불사하고 비밀스러운 환락을 추구하며 그녀의 가슴에 몸을 던진 치정의 영웅들에게 극적인 기쁨을 선사한 후, 날이 밝으면 냉담하게 목을 비트는 클레오파트라의 애욕은, 이후 도스토옙스키가 즐겨 그리던 독살스러운 애욕인 '자신의 수컷 상대를 먹어치우는 암컷 거미의 정욕'을 떠올리게 한다. 그에게는 『미성년』의 베르실로프의 입을 통해 사랑하는 대상을 향해 '나는 그 여성을 죽일 것이다'라고 외치게 하고, 로고진의 입을 통해 나스타샤를 찔러 죽이는 그런 흉악한 욕정이 품어져 있었다.

푸시킨의 조화는 이런 무시무시한 폭풍 한가운데에 있기에 한없이 아름답고 우리는 이를 더없이 그리워할 뿐이다. 조화 이전의 폭풍 지대에 있다가 이곳으로 온 사람들은 모든 것이 너무나 고요한 이런 상황에 오히려 놀란다. 그 어떤 괴로움이나 근심도 없고 모든 존재는 그저 있는 그대로 괜찮은 거다. 세계가 이렇게 온화하고 조용했던가. 한 마리 작은 새를 풀어준 어느 봄의 축제 날처럼 하늘은 개어 밝고 맑으며, 걱정은 그림자조차 찾아볼 수 없을 만큼 고요함이 흐른다. 이렇게 훌륭하고 고요한데 어째서 그토록 고통에 몸부림치고 있었던 걸까. 온 하늘을 암흑으로 뒤덮고 태양을 숨겨놓았던 흑운은 지금 어디로 숨어버린 걸까. 비가 개고 난 뒤의 상쾌하고 투명한 대기 가운데 화창하게 쏟아져 내리는 태양 빛을 쬐는 지상의 만물은 기쁜 듯 반짝반짝 빛을 낸다. 「밀운密雲」「겨울 아침」 등의 자연시는 단순히 외적 자연을 묘사했다기보다 실은 자연적 평화와 완전하게 융화된 아름다운 영혼에 의한 평화의 도래를 노래한 것이다.

강추위와 해, 훌륭한 날이다!
아름다운 벗이여! 아직 너는 조으느뇨-
예쁜이여, 잠을 깰 때로다,
달콤한 피로에 닫힌 두 눈을 반짝 뜨고,
북쪽의 서광을 맞으러,
북쪽의 별처럼 나오라!

엊저녁에는, 기억하지, 눈보라가 몰아쳐,
희미한 하늘에는 어둠이 감돌았고,
달은 해말쑥한 얼룩처럼
우울한 구름 사이로 누루므레 엿보이고,

그리고 너는 구슬프게 앉아 있었구나
허나 오늘은…… 창밖을 내다보아라.

화려한 보료를 펼친 듯한
푸른 하늘 아래에는
햇볕에 반짝이며, 눈이 쌓였다.
앙상한 숲만이 거무스레한데,
서릿발 사이로는 잣나무가 푸르고,
어름장 아래로는 시냇물이 반짝인다.
(「겨울 아침」, 1829)

이렇듯 자연시를 통해 우리는 푸시킨 특유의 상징적 리얼리즘이 지닌 매우 아름다운 결정을 볼 수 있다. 시인은 외적 자연의 순수한 환희를 담담하게 그려내고 있는 듯하다. 하지만 사실 이는 내적 자연에 대한 묘사이기도 하다. 뭔가 다른 심적 상태를 상징하기 위해 사용되는 것이 아닌 그 자체로 완전히 충족되는 자연 묘사지만, 이는 이내 내면 세계의 풍경으로 전개된다. 바깥 세계의 환희와 내면 세계의 환희는 일체이며 이 둘은 구별되지 않는다. 이것이 푸시킨의 리얼리즘이자 진정으로 보편적인 정신이며 모든 존재로 동화되는 '전인'이기에 가능한 최고의 기예다. 언뜻 별거 없어

보이는 자연 묘사야말로 푸시킨의 독무대였다. 푸시킨 이후로 그 누구도 이를 흉내 낼 수 없었다. 톨스토이나 도스토옙스키 같은 최고의 거장조차 바깥 세계와 내면 세계를 구별해서 묘사했다.

일반적인 서정시인이 내적 영혼에 이토록 풍요롭고 상당한 수준의 시재詩才를 갖추고 있다면 자기 자신은 물론 주변에서도 그걸로 충분히 만족했을 것이다. 하지만 푸시킨은 시인이면서 동시에 위대한 선지자이자 예언자적 사상가였다. 푸시킨은 시적 영혼의 성장뿐만 아니라 좀더 큰 문제, 모든 것 중에서도 가장 러시아적 문제인 러시아의 미래, 인류의 운명에 관심이 있었다. 자기 영혼에 훌륭한 조화가 이루어졌을지언정 외적 세계, 즉 자신과 그 외의 사람들이 연관된 영역에 조화가 없으면 안심할 수 없었다. 이런 측면에서 외적 조화의 탐구는 푸시킨에게 거대 주제이자 19세기 러시아의 최대 과제였다. 이러한 관점에 따르면, 20세기 프롤레타리아 혁명 역시 위의 과제를 사상적·문학적이 아닌 직접적인 행동을 통해 단번에 해결하려 한 시도의 일종으로 볼 수 있을 것이다.

어찌 됐건 인간적 조화를 추구하며 외적 세계로 나가보니 조화는커녕 곳곳에 보이는 건 처참한 부조화였고 나날이

커가는 불안과 초조함이었다. 이 부조화의 원천은 무엇일까? 인간이 이렇게까지 분열적인 존재가 된 원인은 무엇일까? 그는 예리한 통찰력으로 서유럽 기술문화의 병독이 그 원인임을 알아차렸다. 표트르 대제가 도입한 서유럽적 문화는 러시아를 어두침침한 동방의 한쪽 구석에서 세계사의 무대로 끌어내면서 헤아릴 수 없이 많은 은혜를 베풀었으나, 다른 한편 무시무시한 '매독'을 사회 곳곳에 흩뿌린 것이다. 19세기 러시아 사회의 암이라 불린 '잉여 인간無用人, líhniy chelovyék'이 바로 이 병독의 궤양에 해당된다. 이들은 푸시킨 시대에는 그리 눈에 띄지 않았고 사람들도 이를 사활을 걸 만한 문제로 보지 않았으나 푸시킨은 예언자적 감각으로 이를 알아차렸고 하나의 인간상으로 그려냈다. 하지만 일반 독자들이 그러한 푸시킨의 의도를 알 도리는 없었다. 사람들은 황야의 황폐한 땅 위에 독을 품은 듯한 무성한 초목과 그 주변 일대에 열병의 기운을 내뿜는 나무 「안차르」(1828)의 형상이 무엇을 의미하는지에 대해서도 1830년대에 이르러서야 비로소 알게 된다. 안차르는 표트르 대제가 유럽에서 러시아 흑토로 옮겨 심은 문화의 나무였다. 푸시킨은 표트르의 거대한 세계적 의도와 열렬한 혁명정신을 긍정하는 동시에 대제가 러시아인의 사회에 미친 문화적 병독을 철저하게 비판하지 않을 수 없었다. 그의 일대 걸작으로 알려진

『예브게니 오네긴』을 보면 그 예술성은 차치하고라도, 사상적 측면에서 봤을 때 서구 문화에 대한 과감한 항의 그 자체였다. 초기 작품인 『캅카스의 포로』(1820~1821)를 시작으로 푸시킨 문학 제3기의 대표작인 「집시」(1824)와 마지막 『예브게니 오네긴』에 이르기까지, 이 일련의 작품들은 하나같이 문화인의 비극성을 사상적 테마로 삼았다. 푸시킨은 서양 문화에 심취해 생각 없이 들떠서 신나 있는 이들을 향해 평생에 걸쳐 열심히 경종을 울렸던 것이다.

푸시킨이 바이런의 반역과 교만을 걱정하던 극초기에 완성한 작품으로 『캅카스의 포로』가 있다. 이 작품은 전형적인 문화병 환자인 '잉여 인간'의 문제를 콕 집어 주제로 다루고 있다는 점이 특징이다. 문화의 나무 안차르에서 나오는 독기에 영혼을 침식당해 살아 있는 시체가 되어버린 도시 태생의 귀공자가 그 주인공이다. 그는 존재에 대해 어떠한 사고도 할 수 없다. 인간이라는 사실에 그 어떤 의미나 가치도 느끼지 못한다. 인생이라는 황량한 사막 가운데에서 사랑이 얼마나 중요한가를 머리로만 이해할 뿐 실제로 그는 아무도 사랑할 수 없다. 그는 자신에게 한결같은 애정을 쏟아붓는 순진한 체르케시아산의 소녀에게 자신의 무능한 사랑을 고백하고 결국 자신과 상대방까지 멸망의 구렁텅이로 빠뜨린다. 이후 오네긴과 타티아나의 비극은 이러한 과정을 표면적인 변형을 통해 반복한 것이었다.

「집시」는 이런 주제를 한층 심화시켜 그 근원적 의의를 찾고 있다. 이 작품의 주인공 알레코Aléko(시인이 자신의 이름 알렉산드르Aleksandr를 따서 만든 이름)는 '잉여 인간'으로서 내적으로나 외적으로나 완벽한 형체의 인간상을 보여준다. 마음 깊은 곳까지 차갑게 얼어붙은 에고이즘의 영혼, 철저한 인간 증오, 비참한 존재의 허무감. 시간이 흘러 환멸을 느낄 것을 두려워한 그는 가슴속에 정열이 피어오르는 족족 짓밟아 죽였다. 알레코는 정말 보들레르적 '권태'의 애처로운 희생양이다. 파리의 시인과 똑같이 푸시킨 역시 이러한 인간의 병적 상태를 '우울spleen, ennui'이라 불렀으며 종종 러시아어로 한드라khandrá라고도 했다. 보들레르와 푸시킨의 조응은 실로 놀랍다. 푸시킨은 보들레르적 우수의 영혼에 스며드는 암흑과 근대적 실존의 고뇌를 완벽히 이해했다. 「집시」가 나오고 4년 후의 작품인 「추억」에서 밤의 공포에 신음하는 시적 실존의 공포에 대한 묘사를 보면 모든 표현이 보들레르적이다.

사람들을 위해 낮의 소란스러움이 잦아들고
조용해진 거리의 광장에
어렴풋한 하얀 밤의 그림자와,

낮의 번뇌를 위로하는
잠이 내려올 즈음,
나는 혼자서 밤의 적막 한가운데에
괴로워하며 잠 못 드는 시간을 보낸다.
할 일도 없는 한밤중에
회한의 독사가 마음을 찌른다.
몰려드는 환상이 소용돌이치며,
우수로 가득해 망가진 머릿속에,
괴롭게도 무수한 사상이 북적인다.
추억은 소리도 없이 나의 눈앞에
긴 화폭을 펼쳐놓는다
나는 혐오의 감정으로
나의 생애를 곱씹으며
몸을 부들부들 떨며 저주의 말을 내뱉고
탄식하며 씁쓸히 눈물짓는다
하지만 슬픈 기록은 지워지지 않는다.

페테르부르크의 밤은 '백야'로 유명하다. 이것만큼은 보들레르의 암흑과 다르지만 그럼에도 불구하고 여기서 묘사된 정경은 파리 시인 특유의 정신적 풍경에 가깝다. 알레코에게는 이런 저주 내린 절망적인 상황에서 하염없이 펼쳐진 어둠을 바라보고 있을 만한 뻔뻔함도 없다. 이에 그는 이 같은 속박에서 벗어나고자 집시 무리에 몸을 맡긴 것이다. 문화라는 것을 한 번도 접한 적 없는 집시들과 함께 있으면 진정한 정신적 건강을 되찾을지도 모른다는 생각이었다. 알레코는 여기에 자기 재생에 대한 갈망을 추구하면서 이를 마지막 기회로 삼아 자신의 모든 것을 건다. 집시들은, 앞서 인용했던, 그 훌륭한 '신의 작은 새'를 노래한다. 알레코는 이들의 일원이 되어 완전한 집시로 탈바꿈한다. 야생적 매력이 넘쳐나는 집시 여인과 사랑도 한다. 그는 지금껏 몸 안에 쌓여온 모든 문화적 잔재를 깨끗하게 씻어냈으며 이제 자신은 완전히 새로운 인간, 즉 문화 이전의 자연적 인간으로 다시 태어났다고 생각한다. 이로써 스스로 구원받았고 이제 다 괜찮을 것이라고 말이다. 하지만 이 또한 그의 착각이었다. 표면적으로는 바뀌었는지 몰라도 그의 성질은 이전과 달라진 게 없었다. 즉 집시 알레코는 자연인의 탈을 쓴 문화인에 불과했다. 이러한 사실은 우연히 어떤 연애 사건을 계기로 드러난다. 집시 장로는 그의 기만을 통렬히 지적하며 그를 이전의 문화세계로 되돌려보낸다.

노래의 마술적인 힘으로

내 안개 낀 기억 속에

밝은 날들 또 슬픈 날들의 환영이
이렇게 생생하게 되살아나누나.

그곳 초원 가운데서,
옛 진지들의 경계 너머에서 만나곤 했다.
집시들의 평화로운 마차들을,
소박한 자유의 자식들을.
그들 느릿한 무리를 따라
나 자주 황야를 헤매었고
그들의 소박한 음식을 함께 나누어 먹고
그들의 불 앞에서 잠들었다.
천천히 행군하며 부르는
그들 노래의 흥겨운 울림을 사랑했고
오래도록 소중한 마리울라의
사랑스러운 이름을 되뇌었다.

하나 그대들 사이에도 행복은 없다,
자연의 가난한 자식들이여! ……
낡아빠진 천막 아래에도
고통스러운 꿈들이 살아 있으니.

일반적으로 문학사적 관점에서는 이런 「집시」의 결말에 대해 푸시킨이 바이런주의를 극복한 것이라 해석하는데, 이미 이 시기의 푸시킨에게 바이런주의는 사소한 부분에 불과했으며 정말 중요하게 생각한 문제는 러시아의 운명이었다. 알레코와 같은 자손이 앞으로 러시아의 현실 사회에서 엄청난 속도로 증식해나가리라는 점은 그의 예언자적 통찰로써 확실시되었으며, 이는 푸시킨에게 러시아의 사활이 걸린 중대한 문제였다. 따라서 「집시」를 통해 제시한 두 가지 주제, 첫째, 인간의 자연성(자연적 조화) 탐구, 둘째, 자연성을 상실해버린 문화적 '잉여 인간'의 비극 중에서(물론 이 둘은 서로 밀접하게 연관되어 있으나) 특히 후자에 관해 그는 대작인 『예브게니 오네긴』에서 결말을 통해 끝까지 추구해나간 것이다.

푸시킨의 대표작으로 의심의 여지가 없는 『예브게니 오네긴』은 1825년부터 1832년까지 거의 전후 10년 가까운 세월 동안 쓴 대작이자 푸시킨이 한창 궤도에 올라 있던 시기의 작품이다. 지금까지의 작품을 화려하게 수놓았던 낭만주의적인 장식은 이 작품에서 엄격하게 배제되었다. 바이런의 『돈 후안』을 의식적으로 모방해 가볍게 농을 치는 부분은 있지만 이는 경솔하고 무식한 주인공의 성격과 생활을 묘사하기 위한 수단이었으며, 묘사의 기반에는 초지일관 강한 비판정신이 흐르고 있다. 저자는 러시아에서 증식하는 잉여 인간과 이를 만들어내는 부패한 속물들의 사회를 철저하게 비판했다.

잉여 인간에 관해 게르첸러시아의 사상가이자 소설가은 다음과 같이 말했다. '잉여 인간은 타고나길 일이란 걸 해본 적 없는 게으름뱅이다. 자신이 살고 있는 세계에서 스스로가 쓸모없는 존재임을 자각하고 있음에도 이러한 상황을 헤쳐나갈 만한 강인한 성격을 지니고 있지 않은 사람이다.' 이러한 정의는 이른바 성장을 마친 '오블로모프'적 잉여 인간에게는 딱 들어맞는 말이며, 의외로 오네긴 역시 완전히 예외라고 할 수 없다. 오네긴에게는 날카로운 창끝과 같은 것이 느껴지기에 겉으로는 전혀 달라 보일 수 있으나, 사실 오네긴에서 조금만 더 나아가면 오블로모프의 '게으름주의'가 된다. 다만 이러한 전진의 방향성이 몹시 러시아적일 뿐이다.

오네긴은 같은 잉여 인간일지라도 오블로모프적인 게으름뱅이가 아니라 진정한 댄디였다. 학문적 수준도 있고 사리분별력도 있다. 두뇌 회전이 굉장히 빠르고 방탕을 일삼는 현재 자신의 생활이 무의미하다는 사실도 잘 알고 있다. 하지만 어느 것에서도 가치나 의의를 찾지 못한다면 더 이상의 전진은 불가능하다. 그는 굳게 닫힌 방 안의 탁한 공기를 증오하고 있지만 스스로 일어나 창문을 열 생각이 없어 보인다. 어차피 창문 밖으로 보이는 것 역시 허무함뿐이기 때문이다. 또한 주변에 보이는 이른바 사교계에는 '찬란하게 빛을 내는 바보들'(오네긴의 표현 인용)과 부르주아 근성으로 악취가 코를 찌르는 속물들뿐이다. 그야말로 인간이 아닌 아름답게 치장한 '버러지들'이다. 자신이 인간이라는 사실에서 어떠한 의의도 찾을 수 없었던 오네긴은 인간으로서 존재하기는커녕 이런 버러지들과 교제하며 살아가야 하는 상황 속에서 결국 도회적인 댄디즘에 빠질 수밖에 없었다. 어리석고 공허한 속물들과 대등하게 지낼 수는 없다. 이들보다 더 높은 장소에 서서 이런 '아무 생각도 없는 우둔한 자들, 날품팔이, 궁핍과 번뇌의 노예들'을 내려다보며 그들을 허황된 말로 압도해야 했다. 그리하여 방종하고 기괴한 일들이 펼쳐지기에 이른다.

하지만 이렇듯 돌이킬 수 없는 거만의 끝은 결국 사람을 좀더 깊은 허무함 속으로 밀어넣는다. 처음에 죄 없는 멋쟁이이자 천박한 방탕아로서 밤낮없이 즐기던 때에는 그나마 인생에 쾌락이라는 목적이 있었으나, 나중에는 그조차 바보같이 느껴지면서 결국 아둔한 속물들을 깔보며 방종하던 날들이 전부 헛된 것이었음을 깨닫고, 인생에 남은 것은 권태밖에 없다고 느낀다. 예브게니 오네긴이 바로 이런 인간이다. 그의 마음속에는 손톱만큼의 열정도 남아 있지 않고 오로지 독할 정도로 날카로운 두뇌로 인해 무엇을 봐도 쓸데없다는 생각이 든다. 한때 그는 아름다운 사교계의 명성을 여신처럼 숭배하던 순정남이었으나 지금은 사랑에 대해 생각하는 것만으로도 따분하다. 책을 읽어도 재미가 없다. 무언가 글을 써보려 해도 펜이 나아가지 않는다. 도회의 환락은 구토를 유발하고 자연의 풍경은 하품의 씨앗(오네긴의 표현)일 뿐이다. 돌처럼 딱딱해진 마음 때문에 이제 그 누구도 사랑할 수 없게 된 오네긴은, 마치 『캅카스의 포로』에서 그러했듯, 그에게 가련한 사랑을 바치며 구원의 손길을 내밀어준 한 여인의 영혼을 멸망의 심연으로 떨어뜨려버린다. 그의 희생양이 된 타티아나는 진정한 괴테적 의미에서 '자연'이었다. 러시아의 흑토에서 자라난 식물과 같은 소녀, 러시아적 인간성의 근원으로부터 '어머니 러시아'의 귀여운 자식으로 태어난 아이. 하지만 그녀는 오네긴의 잔인한 거절 때문에 결국 사교계의 화려한 여왕이 된다. 공허한 사교계의 '반짝반짝 빛나는 어리석은 자'의 일원이 된 것이다. 이처럼 푸시킨은 순수한 러시아적 영혼이 서구 문화를 맞닥뜨리면서 맞은 위기의 상황에 대해 처음부터 심각하게 예견하고 있었다. 하지만 푸시킨이 『예브게니 오네긴』을 쓰던 당시 사회에는 이러한 비극적 인간이 아직 구체화되어 만연하기 전이었던 터라 일반 독자들은 이 시의 선견적 통찰력을 이해하지 못했다. 이들은 『예브게니 오네긴』을 읽고, 젊은 시절 놀다 지쳐서 인생에 권태를 느낀 남성이 자신을 사랑하는 여성을 차갑게 거절하며 시간이 흘러 거꾸로 그녀에게 버림받아 도망치는 해학적인 이야기라고 생각했다. 그리고 곤차로프의 『오블로모프』나 투르게네프의 『귀족의 둥지』와 같은 작품이 등장하고 현실 속에 존재하는 수많은 오네긴을 목격하기 시작하면서 비로소 러시아인의 미래를 투시했던 푸시킨의 통찰력에 감탄하게 된다. 그리고 시간이 더 흘러, 한 세기가 끝날 무렵에 안드레예프와 체호프는 이러한 인간의 마지막 결말을 묘사한 것이다.

하지만 어리석은 대중에 둘러싸인 오네긴의 비극적 상황은 그를 창조한 푸시킨 자신의 비극적 상황이기도 했다. 정말이지 짓궂은 운명의 장난이 아닐 수 없다. '요란하게 빛나는 바보들과' 흘러넘치는 허식과 탐욕에 시달리면서 '양심이라고는 없는 방만한 속물들과 더불어' 살아갈 수밖에 없었던 것은 오네긴뿐만이 아니라 푸시킨도 마찬가지였다. 오네긴이 그러하듯 푸시킨 주변에도 전부 비열하고 속물적인 인간들뿐이었다.

교활하고 속 좁은
장난만 일삼는 도련님,
나쁜 심성의 친구, 그리고 우스꽝스럽고 지루한
아둔하고 집요한 재판관,
형태만 갖춘 교회의 수행은 개의치 않는 요부나,
스스로 원해 자진해서 된 농노들,
진부한 유행계의 광경들
정중하며 붙임성 좋은 배신 행위,
잔혹하고 소란스러운 세상의
냉담한 선고나,
비위에 거슬리는 공허한 내용,
타산과 의도와 수다와,
이런 개골창에서 나도 당신도
모두가 파닥거리며 헤엄치고 있는 거다, 친애하는 제군들이여!

속물들로 우글거리는 인간 세계의 개골창에 나뒹굴며 어떻게 계속 사랑을 노래하고 화해를 추구할 수 있을까. 그는 황제의 악독한 감시를 받고 헌병대에 쫓기며, 수준 낮은 사교계의 여성들에게 바보 취급을 당하면서 겉으로는 얌전히 고개를 숙이고 있었지만 마음 깊은 곳에서는 다른 사람들의 옹졸함과 바보 같은 행동을 비웃고 있었다. 정신적 왕국에서 그는 영웅이었다. 푸시킨에게는 자신이 진정한 황제라는 확고부동한 자각이 있었다. 사교계에서 '극한의 화려함을 뽐내는 금수들'의 차가운 눈초리를 받을 때마다, 그는 몰래 스스로에게 '그대야말로 황제다. 홀로 살아가라'(「시인에게」, 1830)라고 속삭이며,

시인이여, 사람들의 사랑에 너무 감사하지 마라.
그들이 정신을 잃고 찬양할지라도
이는 덧없는 찰나의 웅성거림이다.
바보들의 비방이나 차가운 군집의 조소가 들려와도
의연하고 냉정하게 그리고 엄숙하게 있어라

라고 했다. 이렇듯 그는 점차 깊어지는 고독이라는 구름 뒤로 몸을 감춘다. 시인이 묵묵히 고독의 길을 가다보면 어느덧 그의 눈에는 아득히 저 아래 산기슭에서 꿈틀거리는 사람들의 모습이 구더기 무리로 보이기 시작한다. '너희는 땅벌레다. 하늘의 아이가 아니다!'(「우중愚衆」) 그는 시인의 명성에 이끌려 그 뒤를 쫓는 사람들을 향해 '속세의 인간들이여, 저리로 가라!'라고 소리친다. 그는 비정한 인간이다. 이제 그에게는 저 멀리 산봉우리가 하늘의 푸르름에 녹아들어 영원한 영광이 눈부시게 빛을 내는 곳밖에 보이지 않는다.

이렇듯 그는 형극에 처해 끔찍이도 고독한 길에 오른다. 천재가 가는 길은 어차피 고독하다. 고독은 천재의 숙명이다. 그는 이를 분명히 자각하고 있었다. 따라서 그는 애환과 초조함에 사로잡혀 지상을 방황하는 레르몬토프와 달리 왕성한 야심을 품고 먼 미래의 영원한 영광을 좇는 고고한 길을 선택한 것이다. 그 불행한 죽음이 있기 전해인 1836년 8월 31일, 그는 「나는 기념비를 세웠다」라는 시를 통해 제힘으로 저 높이 솟은 자신을 위한 무형의 기념비를 건립한 것을 자랑스러워하며 홀로 축복했다.

'나는 인공으로가 아닌 나의 기념비를 세웠노니. 그리로는 인민의 발길 그칠 새 없으리라. 그 탑을 굴함 없는 머리 치여 들고 창공 높이 솟았도다, 저 알렉산드르 탑보다 더 높이.'
'아니다 나는 죽지 않으리라—거룩한 거문고 줄에 울린, 나의 영혼 육체보다 길이 살아 불멸하리라. 그리하여 나는 영광에 싸이리라—이 세상에 한 사람만이라도 시인이 살아 있다면.'
'나의 명성은 위대한 온 루스에 퍼져, 이 땅에 사는 모든 인민 내 이름을 부르리라. 자부심 많은 슬라브 후손도, 핀족도, 지금은 미개한 퉁구스도, 초원의 벗 칼미크도.'

제6장

◆

레르몬토프

부서진 배로 흘러들어오는 물처럼, 제아무리 막으려 해도 나의 영혼에 스며들어오는 이 냉혹한 아이러니.(1835년의 서간)

1837년 1월, 남자를 밝히던 미모의 부인이 바람을 피워 참을 수 없는 모멸과 야유를 받았던 푸시킨은 프랑스에서 온 호색꾼인 근위 기병 단테스 남작과의 결투 끝에 총탄에 맞아 38세의 나이로 숨을 거둔다. 하지만 놀랍게도 당시 황제 주변의 상류사회는 오히려 단테스 남작을 두둔하고 이 천재 시인의 죽음을 기뻐하는 모양새였다. 게다가 마음속으로 푸시킨의 죽음을 애도하는 귀족은 있었을지언정 공공연히 궁전에서 활개치고 다니는 가식적이며 간사한 패거리를 규탄할 만한 용기를 지닌 이는 없었다. 분위기로 보았을 때 당시는 푸시킨의 전성시대가 아니었다. 그를 중심으로 꽃피우기 시작한 창조적 자유의 빛은 이내 사라졌고 니콜라이 1세의 즉위와 더불어 암울한 검은 구름이 러시아 전역을 뒤덮기 시작했다. 이제 이 시대의 중심은 시인이 아니라 헌병 사령관 벤켄도르프였다. 모든 자유 사상과 관저를 향한 비평, 사회 기구에 대한 조금의 불만이라도 제기한 이는 곧바로 정치적 범죄로 치부되어 처벌당했다. 이 세상 어디에도 유례가 없는 광기 어린 검열제도가 시작된 것이다.

하지만 오직 한 사람, 이런 상황을 참을 수 없어하는 남자가 있었다. 여럿이 달려들어 불세출의 천재를 죽여놓고서도 부끄러운 줄 모르는 잔인하고 파렴치한 간신배들의 짓거리를 눈앞에서 본 레르몬토프는 태생이 격정적으로, 더 이상 입 다물고 있을 수만은 없었다. 엄청난 분노와 분개의 감정이 끓어올랐다. 내 행동으로 인한 결과가 어떻든, 또 이 때문에 어떤 가혹한 상황에 놓일지라도 난 개의치 않겠다! 그는 이런 마음으로 곧장 펜을 들어 그 우매한 자들을 향해 날선 비난의 글을 날렸다. 이것의 결정체가 「시인의 죽음」이라는 한 편의 시가 되었다. '시인이 죽었다. 영광의 포로. 가슴에 총을 맞고 복수에 목말라하며 그 당당한 머리를 힘없이 숙인 채, 헛소문과 비방 때문에 그는 쓰러졌다'로 시작하며 '당신들의 그 검은 피와 더러운 것들을 전부 합한대도 그 시인의 순수한 피를 정화시킬 수는 없을 것이다'로 끝맺는 그야말로 통렬한 비탄과 분노로 가득한 이 16행짜리 시는, 공식적으로 인쇄되지는 않았지만 이내 지인에게서 지인을 거쳐 전국으로 유포됨으로써 이전까지 세상에 거의 알려지지 않았던 레르몬토프의 이름을 러시아 전역에 알렸다. 23세의 청년 레르몬토프는 이 시를 통해 '떠나가서 두번 다시 울리지 않을 그 묘한 가성'을 한탄하는 한편 대담하게도 황제를 둘러싼 고위 관료들을 '당신들, 왕좌 주변을 서성이는 욕심 그득한 패거리여, 자유와 천재와 명성의 목을 친 자들이여'라고 저격했다. 그야말로 천재 반역자 레르몬토프에 걸맞은 문단 데뷔였다. 이로써 그는 모두가 인정하는 푸시킨의 후계자로서 러시아 문학의 공개 무대에 등장한다.

푸시킨의 명맥을 이었다고는 하지만 레르몬토프는 위대한 선행자와는 완전히 대조적인 인간이었다. 푸시킨이 러시아 문학에 처음으로 등장한 조화로운 리듬의 사람이자 밝은 사랑의 시인이라면, 레르몬토프는 러시아 문학에 처음으로 등장한 부조화의 사람이자 어두운 증오와 분노의 시인이었다. 메레시콥스키는 『레르몬토프론』에서 레르몬토프의 반역정신을 니체의 초인주의와 비교했는데, 여기서 푸시킨을 러시아 시가詩歌에 있어 오후 빛의 근원, 레르몬토프는 늦은 밤 빛의 근원에 비유했다. '러시아의 시가는 이 두 사람을 양축으로 삼아 그 사이에서 너울댄다'라고 했다. 실제로 푸시킨의 세계는 밝고 투명했다. 어두운 정열이 폭풍처럼 쉴 새 없이 불어닥칠 때도 여전히 한구석에 고전적인 가락을 유지했다. 이렇게 푸시킨의 시는 사람의 마음을 밝게 만들었다. 이 세상의 슬픔과 괴로움에 상처받은 사람도 푸시킨의 시를 읽으면 어느새 스르르 마음이 풀렸다. 사람들은 힘든 일상으로 지친 영혼을 끌어안고 이 시인을 찾았으며 그를 통해 형용할 수 없는 위안과 생명을 향한 강한 열정을 얻었다.

레르몬토프에게는 이러한 치유의 힘이 없었다. 그에게는 현실과 화해할 마음이 티끌만큼도 없었다. 그는 현실을 철저히 거부하고 반역하는 입장으로, 전형적인 부정적 정신의 소유자였다. 물론 레르몬토프가 1841년에 발표한 세계적으로 유명한 작품인 『조국』을 보면 푸시킨적 조화가 그러하듯 정적이며 온화한 '마음의 따스함'을 배경으로 현실과 화해하려는 듯한 느낌을 받는다. 하지만 푸시킨의 경우와 다르게 이는 결코 그의 정신적 기조가 아니었다. 현실 부정, 영원한 고독, 바람이 거친 황야의 자유와 같은 것들이야말로 그의 본질이었다. 아직 열다섯 살의 어린 소년일 때부터 그는 자신을 폭풍에 날아가는 한 장의 나뭇잎에 비유하면서, '은밀한 고민을 가슴에 품은 이 자유의 아이는, 전혀 웃지 않고 항상 저주의 말을 내뱉었으며 어디를 가도 혼자였고 사람들 사이에서 친구를 만들지 못했다'라고 했다. 종종 그의 부정적 정신을 단순히 사회적·역사적으로 해석하면서 니콜라이 1세의 반동적 사회질서에 대한 반역이라고 여기는 사람들이 있는데, 사실 그렇게 간단히 판단할 일은 아니다. 그의 반역은 좀더 심오한 곳에 기반을 두고 있다. 그렇기에 그의 부정적 정열은 정말 단순한 반역이 아니라 매우 러시아적인 것이다. 물론 레르몬토프가 니콜라이 1세나 벤켄도르프 헌병 사령관이 지배하는 암울한 사회적 공기를 견뎌내지 못한 것은 사실이다. 하지만 설령 사회 기구가 개선되더라도 그는 계속해서 '현실'에 반역했을 것이다. 그의 반역은 단순히 사회적·역사적 현실에 대한 것이 아니라 윤리적, 종교적, 그 외 인간 생활의 모든 영역의 다양한 의미에 있어서 주어진 현실에 대해 절대 타협할 수 없는 것이었기 때문이다. 간단히 말하자면 이 지상에 인간으로 태어난 것 자체가 이미 불만의 씨앗인 셈이다.

레르몬토프의 시집에서 우리는 '자유'라는 단어를 몇 번이고 찾아볼 수 있다. 그는 항상 자유를 노래하며 '나의 사랑하는 젊은 부인'이라 불렀다. 하지만 그가 동경하는 자유는 이 세상에서는 절대 찾아볼 수 없는 종류의 것이었다.

이 감옥의 문을 열어주오.

쏟아져 내리는 햇살을,

까만 눈동자의 소녀를

갈기가 까만 말을 나에게 주오.

……

나는 그 말에 뛰어올라

휭휭 마치 바람처럼 황야를 달려나갈 것이리니.

하지만 그 황야는 '우주처럼 끝이 없는' 공간이어야 했다. 그런 우주적인 자유의 나라로 그를 데려다줄 까만 갈기의 말은 이 지상에 없었다. 이렇듯 그는 애환 속에 다시 내동댕이쳐졌다. 어디서부터 어떻게 봐도 자신이 생각하는 자유와는 정반대의 감옥과 같은 세계에 갇혀 모든 도피처를 차단당한 그의 마음은 어둡기만 했다.

하지만 감옥의 창문은 높이

무거운 문의 자물쇠는 단단하다.

……

나는 고독하고, 쓸쓸하다,

주변은 벌거벗은 벽이 에워싸고

등불의 불빛도 어슴푸레하다.

(「죄인」, 1837)

손도 닿지 않는 높은 감옥 창문을 통해 저 멀리 감청색으로 빛나는 창공을 바라보면서 그는 종종 이런 생각을 한다. "어째서 새로 태어나지 않은 걸까. 어째서 나는 지금 저 멀리 날아가는 황야의 거대한 까마귀로 태어나지 않았을까. 어째서 나는 드넓은 하늘을 자유자재로 휘젓고 다니며 자유만을 사랑하면서 살 수 없는 걸까."(「소원」, 1831) 그리고 구원 없는 슬픔에서 눈을 돌려 지상을 바라본 그는 걷잡을 수 없이 끓어오르는 격렬한 분노를 느낀다. 감옥 같은 현실 세계의 추악함은 물론이고 이러한 세계에 아무 불평 없이, 아니 오히려 즐거운 듯 신나서 떠들어대는 무기력한 사람들 무리를 목격한 그의 입에서는 저주인지 욕인지 모를 끔찍한 말들이 뿜어져 나온다. 이렇게 그는 부정과 파괴, 그리고 반역의 길로 들어선다.

레르몬토프는 세상과 인간, 나아가 신에 대해 참을 수 없는 분노를 느꼈다. 지상의 어떤 존재도 그의 저주를 피할 수 없었다. 그는 치명적인 독을 품고 있었다. 악인이건 선인이건 그에게 호의를 갖고 있든 말든 그는 자신에게 다가오는 사람의 면상에 대놓고 독침을 갈긴다. 물론 그에게도 따뜻한 마음이 없는 건 아니었다. 아니 사실 마음 깊은 곳은 다른 사람보다 몇 배는 따뜻한 순정남이었다. 그는 얼마나 사람을 진심을 다해 사랑하고 싶어했을까? 직접 창작한 '악마'의 입을 빌려서 그는 이렇게 고백했다. '나는 하늘과 화해하고 싶다. 나는 사랑을 하고 싶다. 나는 기도하고 싶다. 나는 선을 믿고 싶다'라고. 하지만 그의 의지와는 달리 화해를 위한 모든 노력은 마치 눈에 보이지 않는 악마에게 방해라도 받은 듯 자연스레 좌절해버리고 만다. 악마의 포옹 속에 뜨거운 사랑의 입맞춤을 한 타마라 공주는 가슴 깊이 스며 들어오는 독기를 빨아들이며 끔찍한 비명과 함께 죽음을 맞는다. 결국 악마는 영원한 고독 속에 남아 있을 수밖에 없다. 그는 점점 더 차가운 인간이 되어간다. 푸시킨은 문학적으로 이른바 '차가운 오네긴'을 창조했으나 스스로는 밝고 따뜻한 사람이었다. 반면 레르몬토프는 문학이 아닌 그 스스로가 차가운 얼음과 같은 심장의 소유자였다. 사람들은 푸시킨의 세계를 뒤로하고 레르몬토프의 세계로 가는 문을 여는 순간 엄청난 냉기에 흠칫 놀란다. 레르몬토프는 '눈썹 하나 까딱하지 않는' 가면과 같은 '얼굴에서 묘지의 냉기가 뿜어나오는' 악마를 묘사했는데, 실제 레르몬토프가 살아온 세계만 봐도 뭐라 형용할 수 없는 기분 나쁜 한기가 느껴진다. 그는 27년이라는 짧은 인생에서 '독충'이라는 별명을 얻었고 거의 모든 사람으로부터 미움을 받으며 살았다. 그가 파티고르스크의 불행한 결투에서 죽음을 맞았을 때 지역 사제는 장례를 거부했으며 그가 살았던 집 주인은 이 '악마'의 액막이를 한다며 특별 기도를 올렸다. 그의 비명횡사에 관한 소식이 수도로 전해지자 니콜라이 1세는 '개는 개답게 죽는 거지!'라고 소리쳤다고 한다.

사실 레르몬토프의 인상은 인간이기보다 마성의 어떤 것에 가까웠다. 괴테가 「마왕」에서 묘사했듯 이 세상의 것이 아닌 불길한 분위기로 가득한 음침한 국가. 따스한 양지에서 서로 몸을 맞대고 이를 휴머니즘이라 부르며 감사하면서 살아가는 속물적인 세상 속 인간들에게 이런 비인간적이며 기분 나쁜 세계가 좋게 여겨질 리 없었다. 그가 사람들을 싫어했듯이 그들 역시 이런 이해할 수 없는 남성을 싫어했다. 레르몬토프에게는 정체를 알 수 없는 거대한 파충류처럼 이상한 감촉이 느껴졌다. 당시 그와 친하게 지내던 사람들은 하나같이 그의 주변을 맴도는 기분 나쁜 이상한 압박감과 특이하게 '짓눌리는 듯한 괴로운 눈초리'에 관해 잊지 못할 기억을 떠올린다. 암울하고 우울한 그의 눈초리를 경험한 사람들은 등줄기가 서늘해지면서 눈을 피할 수밖에 없었다고 한다. 투르게네프는 '레르몬토프의 표정에는 어딘가 불길하고 비극적인 것이 있었다. 그 거무스름한 얼굴이나 크고 움직임 없는 까만 눈을 통해 일종의 어두운 악령적인 힘, 내재된 경멸과 정열이 밀려오는 듯했다. 그의 울적한 눈초리는 천진난만한 아이처럼 나와 있는 입술 형태와 묘한 부조화를 이루었다. 새우등의 넓은 어깨 위의 큰 머리와 땅땅한 안짱다리였던 그의 체형은 전체적으로 좋은 인상이 아니었다. 하지만 그의 본질적인 위력은 그 누구도 분명히 알 수 있었다'라고 그의 젊은 날을 추억하며 기록했다(『문학적 회상』).

레르몬토프는 의심의 여지 없이 무언가에 홀린 사람이었다. 악령에 홀린 사람이라기보다 오히려 스스로 하나의 마성을 지닌 존재였다. 심술궂은 운명의 장난이거나 어떤 잘못으로 이 세상에 흘러들어온 이국인. 지상 어디에도 고향이 없는 떠돌아다니는 여행객. 그는 넓은 세상 어디에서도 머무를 장소를 갖지 못하고 친척 하나 없는 지독하게 고독한 인간이었다. 평론가 얀코 라브린은 레르몬토프의 악마를 우주적 고독cosmic isolation의 상징으로 보았다. 보들레르 역시 묘하게 쓸쓸하면서 아름다운 그의 시 「이방인」에서 그러한 영혼의 고독을 노래했다. 아빠, 엄마도 없고 형제나 자매, 친구도 없으며 태어난 나라의 이름조차 모르는 보들레르의 이 '불가사의한 이방인'은 마치 어딘가에 매료된 듯이 '나는 구름을 사랑하오…… 흘러가는 구름을…… 저기…… 저 먼 곳으로 가버린 경이로운 구름을!'이라고 외친다. 이와 똑같이 레르몬토프도 하늘 위 흘러가는 구름을 사랑하고 자신을 여기에 비유했다. 그에게도 분명 '불가사의한 이방인'의 의식이 있었다. 그는 지상의 모든 사람 중에서 오직 자신만 완전히 이질적이며 결국 이 세상에 있는 한 영원히 떠돌며 고독이 자기 운명이 될 것이라는 사실을 괴롭지만 느끼고 있었다. 이 끝없이 이어지는 고독의 심연을 통해 그 특유의 서정성의 근원을 찾을 수 있다. 일말의 따스함도 남기지 않는 차갑게 얼어붙은 비인간적인 바로 그런 서정성 말이다.

하늘의 구름, 영원한 방랑자여,
파아란 초원을, 진주알로 누비며
나처럼 쫓기며 달리고 있구나,
정다운 북쪽에서 남쪽을 향해
……
너희는 정열도 걱정도 모른다
영원히 차갑고 영원히 자유롭게
너희는 고향도 없고 추방도 없다.
(「구름」, 1840)

끝없이 펼쳐진 하늘을 건너
가볍게 날아가 광활한 구름의
줄무늬 같은 무리.
이별의 순간 슬픔도
또 만나는 순간 기쁨도 모르니
가는 이에게 바라는 것 없고
미움도 남지 않는다.

가슴 아픈 불행한 날에
적어도 그 하얀 구름을 떠올려라
지상 모든 것에 대한 집착을 끊고
그들과 같이 비정하면 된다.
(「악마」 제1부)

지상의 모든 사람, 모든 존재에 대해 이렇게도 냉혹하고 비정했던 레르몬토프였지만 저 멀리 별이 반짝이는 곳, 지상 건너편에 있는 나라를 향한 사모의 감정은 강렬했다. '진정한 행복도 없고 영원불멸의 아름다움도 없으며 그저 존재하는 것은 보잘것없는 정열뿐, 공포 없이는 사랑하는 일도 미워하는 일도 할 수 없는' 지상의 인간 세계에 호의라고는 없던 그는 '꽃망울 피어오르는 군성 위의 나라'이자 영원한 미의 나라를 그리며 홀로 초조해했다. 레르몬토프의 영혼에는 날 때부터 진정한 천재 예술가에게서 볼 수 있는 미의 수행자로서의 숙명적인 낙인이 찍혀 있었다. '나는 세 살 때 어떤 노래를 듣고 너무 감동받아 울었던 일을 지금도 똑똑히 기억하고 있다'(1830년의 노트)고 말한 레르몬토프는 결코 평범한 인간이 아니었다. 그는 처음부터 영혼 깊숙한 곳에 이 세상의 것이라 할 수 없는 훌륭한 아름다움의 영상을 간직한 채 태어났다. 하지만 그 영원한 아름다움의 영상의 실체가 무엇이었는지, 그리고 그것을 언제 어디서 봤는지는 그 자신도 알 수 없었다. 그는 이 영원한 아름다움의 실체를 지상에서 찾고자 했다. 그 어렴풋한 형체만이라도 찾겠다는 심정으로 미친 사람처럼 애태우며 지상에 보이는 모든 아름다운 것을 찾아 헤맸다. 하지만 슬프게도 지상 세계의 어떤 아름다움이나 조화도 그 청정하고 순수한 천상의 환영에 비하면 무척 공허하고 오염되어 있었다. 눈에 보이는 아름다움과 조화를 하나하나 끄집어내보지만 이를 손에 넣는 순간 혐오의 감정이 북받쳐 오른다. 레르몬토프의 돈후안주의는 여기서 시작된다. 그에게 '영원한 여성'이란 처음부터 이 세상에 존재하지 않는 아름다움의 이념인 것이다. 이 세상에 존재하지 않는 영원한 여성을 애타게 그리워하며 현실 속에서 여성을 만나지만 이내 환멸을 느끼면서 만나고 버리기를 반복한다. 돈 후안은 환영의 아름다움과 고귀함에 이끌려 정처 없이 지상을 방황하는 숙명적 수행자인 것이다. 매우 자화상적인(물론 작자는 이를 철저히 부정했으나) 『우리 시대의 영웅』(1840)의 주인공 페초린이 잉여 인간 제1호라 할 수 있는 오네긴과 같은 '잉여 인간'이면서 동시에 전혀 달랐던 것도 그 때문이었다. 둘 다 차가운 인간이었지만 페초린의 차가움은 오네긴의 권태기적이고 무기력한 차가움이 아니었다. 페초린은 왕성한 기운으로 야심과 열정을 가슴에 품은 의욕적이고도 행동하는 남자였다. 단 지칠 줄 모르는 욕망은 있었으나 이를 보여줄 유일한 대상이 없었다. 결국 안타깝게도 무엇 하나 제대로 못 한 채 초조해하며 그러한 재능을 허무하게 소비해버린다. 잉여 인간 제2호는 오네긴보다 더 비극적이다. 그리고 페초린 이후로 도스토옙스키는 『악령』에서 스타브로긴을 통해 마지막의 그 무시무시한 귀결을 맺게 된 것이다.

레르몬토프는 분명 보통 사람이 아니었으며 영원한 아름다움의 이미지를 품고 이 세상에 태어났다. 회화적 재능뿐 아니라 훌륭한 음악적 재능도 겸비했던 그는, 자신이 세상에 태어나기 전 전생에서 들은 적 있는 노랫가락을 통해 영원한 미적 환영을 표상했다. 모스크바대학에 재학 중이던 그가 17세에 쓴 「천사」는 레르몬토프의 대표작 중 하나이자 그가 마지막까지 좋아했던 작품으로 문학사적으로도 유명한데, 여기서 그는 자신의 예술적 근원에 도달했다.

천사가 밤하늘을 날아가며
조용히 노래를 부른다.
달도 별도 무리 지은 구름도
청량한 노래에 빠져든다.
……
천사는 이제 막 탄생한 영혼을 품에 안고,
슬픔과 눈물의 나라로 데리고 간다.
노랫말은 잊어버렸으나, 그 어린 영혼은
그 가락을 기억하고 있다.
묘한 동경에 가슴 두근거리며
그는 이 세상에서 오래도록 고뇌했다.
지상의 의미 없는 노래나 시는
그 천상의 노래를 절대 대신할 수 없으리.

시인 헤벨은 '사람은 이 세상에 태어나기 전에 훌륭한 음악을 들은 적이 있다'고 말했으며, 보들레르는 현기증을 일으킬 정도로 농후한 「전생」의 환영을 통해 영원한 아름다움의 형상을 표현했다. 이러한 예술가들은 태어나기 전에 들은 음악, 태어나기 전에 본 광경에 대한 애틋한 사모의 감정을 지닌 채 이를 어떻게든 지상의 현실 속에 재현하고자 노력하며 이는 이들의 예술활동의 근원이 된다. 그리고 여기서 우리는 레르몬토프가 지닌 서정성의 제2의 원천을 엿볼 수 있다. 순수한 예술가로서 레르몬토프의 본분은 역시 천상의 가성, 태어나기 직전에 들은 이 세상의 것이 아닌 가성에 대한 탐구였다.

시인 레르몬토프에게 초현실적이며 영원한 아름다움과 조화의 세계는 단순한 환상이나 이상이 아니라, 오히려 진정한 현실에 가까웠다. 그는 분명하게 기억하고 있었고 여기에 의심의 여지 따위는 없었다. 직접 자신의 두 귀로 듣고 두 눈으로 본 것이었다. 누가 뭐라 해도 그것은 어딘가에 분명히 존재하는 것이었다. 설령 스스로 이를 부정하고 기억에서 지우려 해도 그 형체는 집요하게 시인의 의식 속을 파고들었고 밤낮없이 그를 책망했다. 이로 인해 그는 어떤 날은 흥분하고 환희했으며 어떤 날은 실망하고 절망했다. 이 기억의 실체를 직접 확인할 수만 있다면! 그것은 바로 앞에 손만 뻗으면 금방 닿을 듯이 가깝게 느껴지는가 하면, 또 다른 순간에는 한없이 먼 지평선 어딘가에 있는 듯한 느낌이었다. 이러한 것들이 그를 평범하지 않은 예외적인 인간이

자 뮤즈에게 '선택받은 자'라는 영광의 위치에 서게 하면서 동시에 지상에 있는 그를 누구보다 불행하게 만들었다.

전생의 기억이라는 건 말하자면 일종의 '신화'에 불과하다. 하지만 그 신화를 통해 레르몬토프적 서정성의 근원을 밝힐 수 있을 뿐만 아니라 이 어두운 수수께끼와 같은 인간의 비극성이라는 비밀까지 해명할 수 있다. 플라톤은 철학 정신의 근원으로 '상기'론을 제시했다. 인간의 영혼은 누구나 이 세상에 태어나기 전에 다섯 가지 색으로 빛나는 진실성의 실체를 관조하고 있는데 대다수는 지상에서 태어남과 동시에 그러한 기억을 완전히 상실한다는 것이다. 그리고 이때 잃어버린 기억을 영혼 속에서 각성시켜나가는 것이 철학이라고 한다. 근대의 합리주의적 사상가는 이를 플라톤의 선험주의나 '신화'로 단순화해 말하기도 하는데, 이들에게는 진정 심오한 의미에서의 시적 감각은 없는 듯하다. 적어도 레르몬토프나 그와 같은 정신적 세대에 속하는 예술가들에게 플라톤적 '상기'는 결코 단순히 설명의 편의를 위한 비유로 사용되지 않았다. 이는 문자 그대로 진정한 현실이었다. 어쨌든 그 정도로 이 감각은 선명하고 생생한 것이다. 특별히 타인이 환기해주지 않더라도 그들은 이를 처음부터 의식하고 있었다. 지금 상태에서 이러한 의식은 기억이라고도 부를 수 없을 정도로 근거 없는 것일 따름이지만,

그 원천을 파고들면 분명 영원한 아름다움의 실체에 도달할 수 있으리라는 사실을 그들은 믿어 의심치 않았다. 이렇게 그들은 '홀린 사람'처럼 지상세계를 뛰어넘어 아득한 기억의 실타래 너머로, 그러한 초월적 아름다움의 세계를 알아내려고 했다. 이와 같은 동경과 초조함이야말로 레르몬토프의 데모니즘이었다. 그렇기에 초현실적인 존재에 대한 초조함에 사로잡힌 시인의 모습에서 어딘가 비인간적이고 이상한 분위기가 느껴진들 이는 전혀 이상할 게 없다. 물론 그는 지상에 있는 내내 지독하게 고독하고 불행했으며 심술궂었을지언정 말이다.

형용할 수 없는 아름다움의 왕국을 꿈에서도 잊지 못하던 그에게 현실 속 인생은 당연히 추악하고 천박하며 못난 집단으로밖에 보이지 않았다. 그는 이런 지저분한 세계를 가만히 앉아 받아들일 수 없었다. 그는 세계를 혐오했고 세계 역시 그를 싫어했다. 세계를 거부하고 세계로부터 거부당한 그는 '밤하늘에 떨어져 내려오는 유성 빛의 줄기처럼 나는 이 세상에서 불행한 존재다'라고 말하며, '나는 이 세상에서는 영원히 고아의 운명을 피할 수 없다. 이런 세계를 나는 저주하지 않을 수 없다'고 외쳤다. 그의 영혼 깊은 곳에는 우주적 차원의 고독하고 황량한 허무함과 끝없는 적막함에 대한 공포가 있었다. 주변 사람들에 대한 그의 모멸감과 교만한 태도가 이를 잘 보여준다. 그의 반역정신은 여기서 기원한다. 그가 바이런의 낭만주의에 열렬히 공명한 것은 우연이 아니었다. 다만 푸시킨과 레르몬토프는 똑같이 바이런주의의 세례를 받았다고는 해도 그 수용 방식의 깊이가 완전히 달랐다. '러시아의 영혼을 지닌 바이런'과 스스로 자신에 대해 사고했던 레르몬토프는, '바이런의 왜소함'을 버리고 홀연 '위대한 셰익스피어'를 따른 푸시킨과는 반대로, 마지막까지 바이런적 반역과 파괴와 교만함을 관철했다. 그는 바이런보다 '좀더 바이런적'이었다. 그는 자신과 「카인」의 시인 사이의 깊은 연관성을 분명하게 자각하고 있었다. 1831년 공개된 그의 유명한 무제의 시에서 '아니, 나는 바이런이 아니야. 나는 별개의 인간이다'라는 첫째 행을 해석할 때 보통 레르몬토프가 바이런으로부터 멀어졌다고 간주하곤 하는데, 이렇게 단순히 부정적으로 해석하는 건 지나치게 고지식한 게 아닐까 싶다. 오히려 그는 바이런에 대한 친밀감이 아주 확실했기 때문에 이런 표현을 통해 그러한 자신을 부정한 것이 아닐까.

1832년 아직 16세의 소년이었던 그는 나중에 러시아 서정시의 걸작 중 하나로 손꼽히는 「돛」을 썼으며, 이를 통해 자신을 소용돌이치는 거대한 파도와 포효하는 세찬 바람 속에 무언가에 홀린 듯이 그저 혼자 먼 바다 쪽을 향해 나아가는 한 척의 찢어진 작은 배에 비유했다.

아래로는 파란 파도 넘실대고
위로는 황금빛 햇살이 눈부신데
하지만 이 배는 반역자, 미친 듯이 폭풍을 갈구한다.

아름다운 감청색 바다나 작열하는 태양의 빛도 필요 없고 그저 폭풍을 갈구한다. 레르몬토프는 불어닥치는 폭풍 한가운데에서 찢어진 작은 배를 조정하며 나아간다. 폭풍으로의 도취와 더불어 영원한 여유로움을 알고 있던 푸시킨과 다르게 그의 작품에는 폭풍과 암흑밖에 없다. 감청색 바다와 빛나는 햇살, 이 세상 어떠한 아름다움과 조화도 결국 그의 마음을 훔치지 못했다. 그는 차디찬 고독의 바닥 깊은 암흑 속에서 홀로 이를 악문 채 떠나갔다.

제7장

◆

고골

레르몬토프의 죽음과 함께 러시아 시가의 르네상스를 밝히던 횃불은 완전히 꺼져버렸다. 고작 40년이라는 짧은 생명으로 시가의 시대가 끝난 것이다. 그렇다고 러시아에 시인이 없어졌다는 의미는 아니고, 시인은 있으나 이를 들어주는 사람이 없어졌다는 말이다. 1840년대를 기점으로 일반 독자의 요구는 일변했다. 사람들은 더 이상 시적 도취를 추구하지 않고 경쟁적인 현실과 생활 속 사실을 추구해갔다. 산문의 시대가 도래한 것이다. 바로 그 위대한 19세기 러시아 소설의 시대가 이제 시작하려 하고 있었다. 그리고 그 선두에는 니콜라이 바실리예비치 고골이 있었다. '그 이름으로 우리 문학사상 한 시대의 획을 그은 사람, 우리 러시아의 영광 중 하나'라는 투르게네프의 표현에는 조금의 과장도 없다.

푸시킨에게서 비롯된 러시아 문학은 고골에 이르러 문자 그대로 러시아 문학이 된다. 고골은 극도의 순수 러시아적 성향으로 향토적이라 말할 수 있을 만큼 순러시아적인 작가다. 고골은 푸시킨을 '위대한 국민적 시인'이라 불렀으나 사실 푸시킨은 향토적이라는 의미에서는 전혀 러시아적이지 않았다. 본질적으로 보편인이자 '전인全人'이었던 이 시인의 문학은 협의의 러시아적 문학이라기보다 일약 세계적 문학이 되었다. 하지만 이런 무색투명한 빛에 가까운 푸시킨에게서 비롯된 러시아 문학은 고골에 이르러 이내 농후한 러시아적 색채를 더한다. 처음부터 끝까지 러시아적이었으며 다른 작가들에게서는 다소 보이던 혼합물조차 눈을 씻고 찾아봐도 없었다. 어디서 어떻게 봐도 틀림없는 '러시아' 문학이다. 숨이 막힐 정도로 러시아인의 체취가 강하게 느껴지는 문학. 러시아의 흑토에서 자란 러시아 사람이 아니고서는 절대 그 누구도 만들어낼 수 없을 법한 향토 문학. 다만 향토 문학이라고 해도 이른바 지방색을 내세운 지방 문학은 아니며 당당히 세계적으로 인정받는 지방 문학이었다. 우리가 보통 막연하게 러시아적이라고 생각하거나 러시아적이라고 느끼는 거의 모든 요소가 고골의 작품 속에 응축되어 있다.

여기서 흥미로운 점은 이 순수 러시아 일색의 덩어리 같은 문학이 투명하고 세련된 푸시킨 문학과 직접적으로 연결되어 있다는 사실이다. 나는 모든 19세기 러시아 문학이 푸시킨에게서 비롯되었다고 말하려는 게 아니다. 물론 이 경우 역시 러시아 문학사의 일반적인 원칙에 해당되긴 하지만 이와는 별개로 고골은 푸시킨과 매우 친밀했으며 개인적으로 그의 제자였다. 물론 이들은 상상을 뛰어넘을 정도로 기묘한 사제지간이긴 했지만 말이다. 푸시킨이라는 위대한 선배가 없었다면 고골은 문학사상 절대 그 불굴의 이름을 남길 수 없었을 것이다. 그는 푸시킨에게 완전히 기대고 있었다. 허세나 체면도 없이 정말 완벽히 신뢰하고 있었다. 그리고 푸시킨 역시 이 특이한 제자의 신뢰를 저버리지 않았다.

푸시킨은 처음부터 고골의 천성이 매우 훌륭하고 일방적이면서 조금은 이상하다는 사실을 꿰뚫어보고 있었다. 『디칸카 근교 마을의 야회』의 전편이 1831년 가을에 나왔을 때 가장 먼저 그 예술성을 인정하고 칭찬해준 사람도 푸시킨이었다. 푸시킨은 출판사에 '바로 막 『디칸카 근교 마을의 야회』를 읽었습니다. 매우 훌륭한 작품이었어요. 진정한 흥미를 느꼈습니다. 과장되거나 점잔을 빼는 듯한 부분도 없고 그저 있는 그대로 날것의 재미가 있었어요. 게다가 곳곳에 묻어나는 시적인 정서까지. 정말 번뜩이는 감각이 아닐 수 없어요! 모든 부분이 이제껏 러시아 문학에서 볼 수 없었던 독특한 것이었고 나는 지금까지도 멍한 기분입니다. 이렇게 진짜 재미있는 책을 읽게 될 독자를 축복하고 싶습니다. 그리고 이 책의 저자를 위해 앞으로의 성공을 진심으로 기도합니다'라는 내용의 편지를 보냈다. 게다가 미신과 환상, 시적 정서와 해학, 비극과 희극, 이야기와 현실이 작가의 무한한 공상력에 의해 자유분방하게 뒤엉킨 이 황당한 예술의 창조자 고골이, 그와는 거의 대조적인 위치에 있던 투명한 지혜의 결정체인 예술가 푸시킨에게 사사건건 조언을 구하고 있었다니 더 놀라운 일이다.

1837년 3월 16일(이날은 푸시킨이 죽임을 당하고 2개월이 채 지나지 않은 시기인데) 고골은 플레트뇨프에게 다음과 같은 편지를 보냈다. '나는 푸시킨의 조언 없이는 무엇 하나 계획할 수가 없습니다. 저는 글 한 줄을 써도 푸시킨의 모습을 떠올리며 적었습니다. 그 사람이 무슨 말을 할까, 그 사람이 어떤 점을 지적할까, 그 사람이 어디서 웃고 어디서 영원한 그리고 확고한 인정을 해줄까, 이런 부분이 제 관심사였습니다. 그리고 이것이 내 힘을 북돋워주었습니다.' 러시아 문학사상 불굴의 명작이 된 『죽은 혼』조차 원래 푸시킨이 요구한(푸시킨이 '당신이 아니었다면 절대 말해주지 않았을 테지만'이라면서 이 이야기의 소재를 주었다고 고골은 말했다) 주제를 고골만의 방식으로 자유롭게 풀어낸 것이다. 또한 『죽은 혼』을 집필 중이던 1835년 10월 7일 푸시킨에게 쓴 편지에서 그는 마치 떼쓰는 아이처럼 또 다른 희극 소재를 달라고 졸라댔다. '부탁입니다. 부디 소재를 주십시오. 해학적인 것이든, 그렇지 않은 것이든 아무거나 좋습니다. 그저 순러시아적인 소재로 부탁드립니다. 희극이 쓰고 싶어 온몸이 근질거립니다'라는 내용이었다. 10월 말, 푸시킨은 미하일로프스코에서 페테르부르크로 오자마자 그에게 소재를 주었다. 그 결과물이 바로 고골의 걸작 중의 걸작이라 불리는 『검찰관』이다. 본인은 지극히 순러시아적이던 고골이 민족적 색채나 정서적 측면에서 러시아성이 희박했던 푸시킨에게 '순러시아적인 것'을 요구했다는 사실은 매우 해학적이다. 이런 부분에서도 그의 희극성을 분명하게 엿볼 수 있다. 그리고 푸시킨의 훌륭한 구성적 지성과 큰 사람 됨됨이도 엿볼 수 있다.

그런데 고골에게는 구성적인 정신력이란 게 전혀 없었다. 소설이나 희극의 소재라면 남에게 받지 않고도 남아돌 정도로 지니고 있었지만, 이러한 재료의 과잉을 도대체 어떻게 풀어내야 할지 몰라 우왕좌왕하는 사이에 전혀 걷잡을 수 없는 방향으로 흘러가버렸다. 모순되고 뒤죽박죽인 소재들을 하나의 주제로 묶으면서 작품을 자연스럽게 완성해나가려면 투철한 지성적 구상력이 필요하다. 하지만 이런 측면에 있어서 고골은 마치 어린아이와 같았다. 그는 천재였지만 상당히 한쪽으로 치우친 천재였다. 스스로도 감당이 되지 않을 만큼 항상 어딘가 엇박자가 나면서 균형이나 평형을 전혀 유지할 수 없었다. 어떤 의미에서 그는 태생적으로 불균형적이었다고 할 수 있는지도 모르겠다. 이러한 성향은 다른 사람이 절대 흉내 내지 못할 그만의 독특한 창작물을 만들어냄과 동시에 그에게 비극적 최후를 초래했다. 푸시킨이 세상을 떠난 이후로 고골 자신이 창조한 정신 나간 트로이카는 어디로 갈지 갈피를 잡지 못한 채 데굴데굴 굴러다니기 시작한다. 이는 문학적 측면에서뿐만이 아니었다. 그에게는 인생에서도 진정으로 신뢰할 수 있는 조언자가 필요했으나 그런 친구는 좀처럼 만나기 힘들었다. 결국 그는 평생에 걸쳐 처음부터 끝까지 상상을 초월할 만한 실패담을 선보인다. 고골이야말로 살아 있는 돈키호테였다. 예를 들어 1835년 무렵 상트페테르부르크대학의 역사학 교수가 된 고골을 상상해보자. 정말이지 진기한 풍경이 아닐 수 없다. 어떤 착각을 한 건지 고골은 자신이 교단에 서면 모든 러시아의 젊은 세대를 감명시킬 만한 훌륭한 강의를 할 수 있다고 생각한 모양이다. 그는 운 좋게도(?) 상트페테르부르크

대학의 역사학 교수가 된다. 물론 얼마 지나지 않아 전교생의 웃음거리가 된다. 이 무렵 투르게네프가 학생으로 있으면서 고골 교수의 강의(!)에 출석했는데 그 우스꽝스럽고 진기한 모습을 후세에 전하기도 했다. 무엇보다 그가 역사의 '역'자도 모른 채 대학 강의를 했기 때문에 고골의 돈키호테식 태도는 기가 막힐 따름이었다. 물론 고골 본인은 매우 진지했다.

1837년 푸시킨의 비보를 전해 들었을 때 그는 완전히 기가 죽어버렸다. '내 생활의 가장 큰 기쁨은 그와 함께 전부 사라졌다. 내 모든 작품은 그로부터 영감을 받은 것이었다. 나는 더 이상 어떤 작업도 할 수가 없다'라며 울부짖었다. 그 때문인지는 모르겠으나 푸시킨이 죽고 난 후 고골의 인생은 지리멸렬해 혼란에 혼란을 거듭하는 등 그야말로 우스꽝스럽고 기이한 일들의 연속이었다. 미신적 정교의 도그마라든가 추락한 관료 정치에 대한 무조건적인 복종을 설파하기도 했고, 무시무시한 검열제도를 옹호하기도 하면서 세상 사람들의 조소와 분노를 산다. 그 결과 '인류 구원의' 예언자가 된 것처럼 문학을 지독한 죄악이라 주장하면서 어리석기 짝이 없는 구세 설교를 했으며 더 심한 세상의 몰매를 겪다가 결국에는 이성을 잃은 건지 예루살렘 순례까지 해버리는 알 수 없는 행동을 한다. 모처럼 그는 『죽은 혼』 제1부가 크게 성공해 주변의 축복을 받았으나 결국 이런 안 좋은 상황 속에서 제2부, 제3부는 참담한 실패로 끝난다.

이따금 '무슨 소설 속 이야기도 아니고'라는 말을 하는데 실제로 고골만큼 완벽하게 이상한 사람은 문학작품 속 주인공 중에서도 찾아보기 힘들다. 게다가 이 특이한 괴짜가 훌륭한 문필 재능을 타고났기에 더 도드라진다. 엄청난 실패와 혼란을 겪으면서도 종종 그가 궤도에 올라 그의 본분을 펼치며 종횡무진이라도 하면 이 세상 누구도 따라 할 수 없는 작품이 완성되는 것이다. 바로 여기에 고골 문학의 진정한 재미가 있으며 세계적인 의의도 찾을 수 있다.

벨린스키 이후로 러시아에서는 고골 문학을 사실주의나 자연주의라고 불렀다. 하지만 이런 문학사적 분류를 프랑스 문학사에서의 리얼리즘이나 자연주의와 같은 개념으로 해석한다면 이는 엄청난 잘못이 아닐 수 없다. 물론 고골의 작품은 얼핏 매우 사실주의적으로 보이기는 한다. '페테르부르크 단편'이란 이름으로 유명한 일련의 작품(「외투」「네프스키 거리」「초상화」「광인 일기」)에서 명확히 드러나는 사회적 동정, 즉 비천하고 밑바닥에 있는 불쌍한 사람들에 대한 따뜻하고 인간적인 동정은 1850년대~1870년대의 사실주의적 문학에 큰 영향을 주었을 뿐 아니라 일종의 모티프가 되었다는 점은 두말할 필요가 없는 문학사적 사실이다. 심지어 『죽은 혼』에서도 참담한 사회 현실에 대한 묘사를 찾아볼 수 있다. 하지만 사회 현실을 묘사했다는 측면에서는 같다고 할 수 있을지라도 그 정신은 객관적 리얼리즘과 완전히 다르다.

무엇보다 고골처럼 애초에 극단적인 경향의 영혼을 지니고 태어난 인간에게 냉정하고 객관적인 관찰이 가능할 리 없다. 그뿐 아니라 그의 영혼 저변에는 거의 무제한으로 끊임없이 흘러넘치는 엄청난 공상력과 상상력의 원천이 있었다. 이 가공할 만한 공상력의 원천이 고골의 의도와 상관없이 계속해서 뿜어져 나와 그가 당황하는 사이 이내 그의 시선을 농후한 공상의 장막으로 뒤덮는다. 그는 이러한 공간적 도취에 몸도 마음도 흠뻑 젖을 때 천국을 느꼈다. 그리고 너무나 쉽게 『디칸카 근교 마을의 야회』나 『타라스 불바』와 같은 명작을 써내려갔다. 『타라스 불바』가 나왔을 때 그 묘사가 너무 생생하고 진실에 가까웠기 때문에 작은 러시아를 모르는 일반 독자는 이를 15세기 카자크 생활의 역사적 서술로 착각했을 정도다. 하지만 실제로 이 소설에서 활약하는 호탕하고 우람한 카자크인은 물론이고 그 배경을 이루는 작은 러시아의 풍경에 이르기까지 대부분이 그의 자유분방한 상상력이 만들어낸 것이라는 사실을 알게 된 세상 사람들은 두 번 놀란다. 이 엄청난 상상력, 그리고 상상이 이내 창조로 이어지는 환시의 능력이야말로 고골의 뛰어난 강점이었다. 고골은 독일 낭만주의를 대표하는 한 사람인 호프만으로부터 적지 않은 영향을 받았다고 널리 알려져 있는데, 사실 그의 낭만주의적 상상력은 호프만에 비할 게 아니라 오히려 셰익스피어나 라블레와 견줄 만한 위대함을 지니고 있었다. 이러한 측면에서 러시아 문학계에서 그와 당당하게 어깨를 나란히 할 만한 사람은 그 전후로 찾아볼 수 없다.

게다가 초창기 고골의 상상력은, 예를 들어 『디칸카 근교 마을의 야회』나 『타라스 불바』에서처럼 훌륭한 환상의 묘기를 보여주는 정도지만, 시간이 흘러 생각지도 못한 방향으로 전환하면서 인간성에 대한 진지한 탐구로 이어진다. 인간성 탐구라기보다 오히려 인간성 폭로에 가깝다. 현실에서 유리되어 천공을 자유자재로 누비고 다니던 공상력의 마녀들이 이제는 현실 속 인간 생활에 관심을 가지면서 뻔뻔한 속물들이 살고 있는 지상 세계를 배회하기 시작한다. 그리하여 이내 엄청난 소동이 벌어진다. 마녀들은 인간들이 방심한 사이에 그들이 감사해하는 '인간미'라는 지반 속으로 마치 토룡처럼 꿈틀대며 파고들어서는 그곳에 숨어 있는 갖은 더러운 존재를 가차 없이 후벼 파낸다. 아름다운 꿈을 묘사하면서 '사람들의 박수갈채를 받는다거나 황홀해하는 여자아이들이 목덜미를 껴안는' 상상이라면 이 세상 낭만주의 문학에서 얼마든지 찾아볼 수 있겠지만, '부주의한 사람에게는 전혀 보이지 않는, 특별할 거 없는 평범한 일상의 밑바닥에 숨어 있는 온몸의 털이 곤두설 법한 수렁'을 잇달아 폭로하는 상상력의 문학은 그리 흔한 게 아니다. 이는 인간 생활의 추악한 측면을 냉혹하게 묘사해 보여주는 에밀 졸라의 짐승 같은 사실주의로 대표되는 폭로문학과 닮은 듯하지만 그 성질은 완전히 다르다. 현실의 추악한 측면을 노골적으로 보여주는 게 아니라 일종의 독특한 상상의 렌즈를 통해 현실을 재생시키는 것이다. 이 불가사의한 렌즈를 통해 보면 현실 곳곳에 지금껏 누구도 발견하지 못한 작은 버러지들이 한심한 모습으로 득실대는 모습이 분명해진다. 굳이 큰 힘을 들여 단테의 '지옥'까지 내려가지 않더라도 지루할 정도로 평범한 인생 그 자체가 실로 추악하고 욕심 많은 괴물들이 엉켜 있는 모습인 것이다. 고골 자신도 이 확대경이 굉장히 자랑스러웠는지 『죽은 혼』을 통해 '태양을 보는 망원렌즈도 중요하지만, 눈에 보이지 않는 벌레를 들여다볼 렌즈도 이에 뒤지지 않을 정도로 훌륭한 것이다'라며 자랑스러워한다.

현실 속 아름다움을 정말 심오한 예술로서 파악하려면 특유의 천성이 요구되듯이 현실이 내포한 추악한 것들을 제대로 인식하기 위해서도 특수한 재능이 요구된다. 추악한 분자가 아무리 예쁜 가면을 쓰고 어디에 어떻게 숨어 있더라도 이내 알아챌 수 있는 기이한 후각. 태생적으로 고골의 정신에는 다양하고도 중요한 것들이 결핍되어 있지만, 이에 대한 보상으로 선생인 푸시킨이나 다른 누구에게도 없는 유일한 무언가를 지니고 있었다. 즉 추악한 것을 찾아내는 감각, 이 세상에 잘 없는 그런 감각 말이다. 그가 자신만의 확대경으로 인간 세계를 관찰하기 시작하면 어느새 사람들의 일상적이고 평범한 생활 속 추악하고 비열한 부분들은 엄청나게 확대되고 왜곡되어 나타난다. 어디 숨어 있었는지 모를 보기도 싫은 추악한 것들, 괴기한 것들, 비열한 것들, 우스꽝스러운 것들, 기형적인 것들이 꿈틀대며 기어 나온다. 이렇다 할 특별한 사건이 일어나지 않는 이상 어디가 아프거나 가렵지 않던 일상이었는데 알고 보니 무서운 생지옥이었던 것이다. 고골은 사람들에게 흉한 버러지들이 떼지어 다니는 모습을 보여주면서 깔깔대며 웃는다. 그는 진심으로 너무 이상하다는 생각에 깊은 곳으로부터 터져나오는 웃음을 도저히 참지 못한 채 입을 크게 벌려 웃는데, 그 웃음소리에서는 어딘가 모르게 어둡고 비통한 울림마저 느껴진다.

왜냐하면 이상하지만 결코 기쁜 것은 아니기 때문이다. 기쁘기는커녕 괴로워서 몸부림치는 버러지들을 손가락질하며 그저 웃어넘기고 있는 고골의 마음은 사실 매우 진지하고 비통하다. 메레시콥스키는 '고골의 웃음은 악마에 대한 인간의 투쟁이다'라고 했다. 그의 바보 같은 웃음은 목숨을 건 악마와의 투쟁 그 자체였다.

고골의 극도로 예민한 감수성에 의하면 추악한 버러지들은 미세한 입자처럼 공기 중을 빈틈없이 채우고 현실을 침식하며 해악을 끼치고 있었다. 그는 이를 마치 악마의 기분 나쁜 감촉처럼 생생하게 피부로 느꼈다. 그래서 고골의 악마는 바이런이나 레르몬토프의 악마처럼 크고 과장되어 사람이 놀랄 만한 모습을 하지 않고 눈에 띄지 않는 매우 평범한 모습에 특이할 것 없는 얼굴이었던 것이다. 그는 이를 '연미복을 입은 악마'라고 불렀다. 악마가 연미복을 입고 거리를 누비다니 정말 고골다운 생각이 아닐 수 없다. 하지만 곰곰이 생각해보면 그런 평범함 속에 악마의 가장 무서운 측면이 있는지도 모른다. 악마의 정체라는 표현까지는 과장일 수 있겠으나 적어도 이러한 사고방식은 악마의 꼬리 정도는 파악한 셈이다. 고골 이전까지는 이런 식으로 악마를 파악한 유례가 없었다. 이제껏 문학계에서 악마라 하면 존 밀턴이나 바이런이 묘사하는 그런 과장된 사탄뿐이었다. 하지만 고골에게 위대하고 웅장한 반역의 비극과 같은 것은 일종의 연극이며 진정한 악마는 그리 기괴할 것도 없는 일상다반사 가운데 숨어 있는 것이었다.

요컨대 고골의 '연미복을 입은 악마'란 인간이 지닌 속물근성을 말한다. 무릇 인간이 있는 곳 주변으로 병의 터를 만들어 인간성을 근본에서부터 오염시키는 부르주아 근성 말이다. 베르다예프가 말했듯 부르주아 근성을 향한 증오는 러시아 정신의 일반적인 특징이다. 게다가 이 속물근성은 뻔뻔하게 인생 속으로 흘러들어와서는 생명의 풋풋함을 완전히 시들어 썩게 만든다. 훗날 도스토옙스키 역시 작품에서 고골적 악마의 활약을 그린다. 한 예로 『카라마조프가의 형제들』에서 이반과 마주한 악마에게서도 전혀 악마적인 모습을 찾아볼 수 없다. 이 악마는 속물근성의 상징적 형태에 불과한 것이다.

이런 의미에서 고골의 문학은 본질적으로 '희화'적 문학이다. 고골적 희화는 객관적이거나 외면을 묘사하는 풍자가 아닌 순수하게 내성적이라는 데 특징이 있다. 본인만 높은 곳에 올라서서 세상 사람들의 광기에 찬 모습을 내려다보며 냉소하고 야유하는 객관적인 빈정거림은 그가 추구하는 방식이 아니었다. 따라서 고골의 풍자는 일반적으로 말하는 사회 풍자와는 그 성질이 완전히 다르다. 하지만 불행하게도 『죽은 혼』이나 『검찰관』을 읽은 사람들은 그 내용을 지독한 사회 풍자로 해석했으며 이에 분노하거나 감격했다. 그리고 스스로를 이 풍자의 대상이라고 생각한 사람들, 즉 사회적 침체와 부패를 대표하는 당시 공무원들은 엄청나게 분개했다. 반대로 사회의 진보주의를 대표했던 청년층은 고골을 위대한 '진보'의 복음을 전파하는 선각자로 떠받들었다. 하지만 둘 다 잘못된 해석을 하고 있었다. 고골은 인생의 추악한 면에 대해 단 한 번도 우월하거나 거만한 태도를 취한 적이 없다. 그에게는 타인의 악을 방관할 만한 여유가 없었다. 푸시킨은 현실의 추악함에 참을 수 없을 때면 항상 자유롭고 눈부시게 고독한 높은 봉우리로 날아올라 그곳에서 저 멀리 아래쪽 우글대는 속물들을 내려다보며 '지상의 버러지들!'이라고 일갈할 수 있었다. 푸시킨에게는 자신이 진정한 '황제'이자 영웅이라는 명백한 자각이 있었다. 하지만 불행인지 다행인지 고골에게는 그러한 자각이 손톱만큼도 없었다. 오히려 자신이야말로 '지상의 버러지'라는 처절한 자각이 있었다. 그렇기에 절체절명이었다. 자기 자신이 추악함의 덩어리에 다름 아니기에 더 이상 도망칠 곳이 없는 것이다. 그리고 언젠가 맑은 지하수를 발견할 수 있으리라는 기대감으로 자기 마음속 토양을 파헤치기 시작한다.

하지만 지하수는커녕 나오는 것은 추악하고 기괴한 괴물들뿐이다. 그는 잇따라 줄줄이 나오는 추악한 괴물들을 하나씩 가리키고 큰소리로 웃으며 풍자 섞인 조소를 퍼붓는다. 하지만 이 조소는 결국 고골 자신의 살을 도려내고 뼈를 깎는 일이다. 그렇기에 그의 큰 웃음소리가 어느새 구슬픈 울음 섞인 소리로 바뀐다 한들 전혀 이상할 게 없다.

그토록 입버릇이 고약했던 고골은 사실 근본부터 선한 사람이었다. 순수하고 아기 같은 선의로 가득한 사람이었다. 그는 저속한 현실을 냉정하게 백안시하는 삐뚤어진 사람이 아니었다. 인간성의 천박함과 비속함을 전부 자기 자신에게서 느끼고 이를 참지 못해 괴로워하고 초조해하며 자지러지게 웃다가, 결국에는 노골적으로 소리 내어 우는 좋은 사람이었다. 이런 선량하고 착한 사람이 어째서 사회 풍자와 같은 글을 쓰겠는가. 그가 쓴 글은 전부 자기 풍자에 불과하다. 그는 정말 훌륭한 속물의 전형을 많이 만들어냈으나 그것들은 전부 고골이라는 한 인간의 분신이었다.

여기서 또 이상한 부분이 있다. 가만히 이 분신들을 보고 있으면 이들은 마치 곪은 종기처럼 조금씩 부풀어 오르다가 이내 거대한 러시아적 인간의 분신이 되며, 계속 성장해 결국 인간성 자체의 분신이 되는 것이었다. 결국 이는 작은 고골이라는 인간의 분신이 아니라, 러시아적 인간, 아니 인간 그 자체의 어둡고 어리석은 측면을 그대로 반영했다는 뜻이다. 이러한 수법은 이후 도스토옙스키에게 계승되어 이른바 도스토옙스키적 '관념 변증법'을 탄생시킨다. 고골 역시 자신의 이러한 수법에 자부심을 느꼈다. 그래서 『죽은 혼』을 그저 해학 소설로 대충 이해하고 주인공 치치노프의 우스꽝스러운 모습을 보며 바보같이 깔깔거리며 웃는 독자를 향해, '가슴에 손을 얹고 가만히 잘 생각해보시오. 어쩌면 당신도 치치노프가 아닐까요?'라는 한마디를 소설 속에 남긴 게 아닐까 싶다.

제8장

◆

벨린스키

고골이 '영원한 인간의 속물근성'인 악마를 상대로 사투를 감행한 것은 1830년대~1840년대의 일이었다. 하지만 그런 노력이 허망하게도 속물인 악마는 계속해서 야금야금 사회를 침식해들어갔다. 상상을 초월하는 폭정 아래 잿빛이 된 무기력과 권태감은 사람들의 영혼을 갉아먹었다. '잉여 인간'은 더 이상 문학 속 주인공이 아니라 현실 속 주인공이 되어 하나둘 그 특색을 드러내기 시작한다. 숭고한 것을 추구하지만 실제로는 손 하나 까딱할 수 없는 『죽은 혼』의 마닐로프나 곤차로프와 같은 존재가 여기저기 널브러져 있고 무거운 공기가 사람들의 머리 위에 내려앉는다. 세기 말에 이르러 일종의 한계 상태에 도달한 듯한 암담하며 절망적인 세계는 이미 이 무렵부터 모습을 드러내기 시작했다. 그런데 이처럼 무기력한 사회생활과는 정반대로 활발한 움직임도 동시에 일어나고 있었다. 바로 러시아의 이론적, 비판적 지성의 화려한 탄생이었다. 이전까지 자신의 '사상'이란 것을 가져본 적 없는 러시아에 돌연 사상의 씨앗이 싹을 틔우기 시작했다. 싹이 나고 쑥쑥 성장하더니 어느새 꽃을 피우고 열매를 맺었다. 이런 측면에서 보면 1840년대는 매우 생기 있고 무모할 정도로 기운 넘치는 시기였다. 물론 유치하고 때로는 말도 안 되는 바보 같은 일도 벌어졌다. 혈기가 앞서 상식을 벗어난 행동도 많이 했다. 하지만 러시아는 이 정열적인 10년 동안 완전한 어른으로 탈바꿈했다.

러시아의 지식계급이 '서구주의'와 '슬라브주의'의 2대 진영으로 분열되면서 격전을 시작한 것도 이 시기였다. 서쪽인가 동쪽인가? 이 최대의 문제를 둘러싸고 러시아 전역에서 이성과 감정이 들끓었다. 비판적 지성에 눈을 뜬 청년들의 가장 큰 관심사는 세계사적 측면에서 바라본 러시아의 운명이었다. 러시아는 처음부터 독특한 사명을 지니고 세계에 태어난 걸까? 러시아 민족은 인류가 진보하는 데 다른 민족은 할 수 없는 남다른 기여를 할 수 있는가? 아니면 러시아는 그저 유럽 제국의 진보에 비해 한참 뒤처진 미개 국가이고, 따라서 진보한 서구 문명을 하루빨리 따라잡아야 하는 걸까? 간단히 말하자면 표트르 대제를 긍정하느냐 부정하느냐의 문제였다.

오, 운명의 위대한 지배자여!
그렇게 그대는 바로 낭떠러지 위
높은 곳에 올라 쇠로 된 굴레로
러시아를 뒷발로 일으켜 세우지 않았던가?

푸시킨은 「청동의 기사」에서 이렇게 노래했다. 하지만 네바강 언저리에서 오른손을 높이 들고 서쪽 저 멀리 유럽을 가리키며 고삐를 힘껏 당겨 말의 뒷다리로 세우고 있는 표트르 대제의 동상은 결국 1840년대에 이르러 러시아의 정신적 위기를 상징하는 모습이 되었다. 이대로 앞으로 나아갈 것인가, 아니면 뒷걸음질칠 것인가? 슬라브주의자는 표트르 대제의 개혁을 러시아에 대한 배신으로 보았다. 그들에게 표트르의 개혁은 러시아 특유의 민족적 생명에 대한 잔혹한 폭력이자 민족의 유기적 발전을 강압적으로 중단시킨 것에 불과했다. 그들은 과거 러시아 역사상 분명히 독창적인 움직임이 있었다고 확신했으며 이를 무참히 짓밟아놓은 황제를 증오했다. 이들의 눈에는 표트르 이전의 오래된 러시아, 슬라브의 영혼이 짙은 안개처럼 자욱하게 피어오르는 아련한 '루스'야말로 아름다운 이상향이었다. 한편 서구주의자는 표트르 대제에게서 러시아의 구원을 보았다. 이들은 러시아의 과거에서 그 어떤 독창성도 인정하지 않았다. 러시아 민족은 과거 역사상 무엇 하나 위대한 것을 이루어내지 못했고 이제껏 한 번도 위대한 이념을 세상에 전파한 적도 없으며, 표트르 이전의 러시아는 일개 미개국이고 세계 문명의 흐름에 뒤처진 동방의 한구석에 있는 시골에 불과하다는 것이다. 19세기 러시아가 낳은 최초의 위대한 철학적 지성인 차다예프는 이미 1830년대에 이렇게 말했다. "서유럽의 분위기는 스스로 의무와 법과 정의와 질서의 이념을 만들어낸다. 하지만 우리는 아직 세상에 어떠한 영향도 미치지 못했고 세계로부터 그 무엇도 받아들이지 않았다. 우리는 인류의 진보에 한 번도 공헌한 적이 없다. 혹은 우리가 인류의 진보로부터 무언가를 수용할 때도 꼭 이를 왜곡하고 훼손시켰다. 그래서 우리는 지금부터 다시 태어나지 않으면 안 된다. 새로운 기초 위에 서서 스스로를 재교육하지 않으면 안 된다."(『철학적 서간』, 1836) 이렇듯 서구주의자는 표트르 대제가 가리키는 방향, 즉 서유럽적 문화성을 향한 길로 곧장 나아가고자 했다.

바쿠닌, 게르첸, 벨린스키, 키레옙스키, 호먀코프, 악사코프 등 이후 세계적으로 이름을 날릴 준재들이 당시 서로 뒤엉켜 열띤 논쟁을 벌였을 모습은 상상만 해도 가슴이 벅차오른다. 러시아적 이념 문제를 중심으로 불거진 논쟁의 현장은 분명 세기의 장관이었을 것이다. 하지만 슬라브주의와 서구주의의 대립 과정을 일일이 살펴보고 대표 사상가들의 입장을 상세히 검토하는 일은 러시아 사회사상사에 가까우며 문학사상사를 주제로 한 이 책의 취지에는 어긋난다. 그럼에도 불구하고 오직 한 사람 벨린스키만큼은 다른 몇 명분의 내용을 할애하더라도 여기서 거론하지 않을 수 없다. 그의 문예비평은 러시아의 '살아 있는 언어'로서 결정적으로 이후 러시아 문학이 걸어갈 길의 방향을 결정지었다. 무엇보다 벨린스키는 존재 자체로 러시아적 인간의 총결산이라 할 수 있는 인물이었다. 적어도 19세기 후반 러시아적 인간의 현저한 특징은 모조리 벨린스키라는 한 인물을 통해 그것도 최대한으로 확대된 형태로 엿볼 수 있다. 그의 모든 장점과 단점, 감수성과 감각 그리고 생활양식에서 외형에 이르기까지 말이다.

비평가 벨린스키는 러시아 정신이 낳은 거인 중 한 명이다. 그는 1840년대의 중심인물로서 문자 그대로 한 세기를 풍미했을 뿐만 아니라 냉랭하게 우뚝 솟은 산처럼 아득한 시대의 꼭대기에서 가만히 먼 미래를 응시했다. 그의 날카로운 통찰력은 러시아의 현재와 미래를 일망했다. 벨린스키는 오로지 자신만의 비판적 관점을 근거로, 표트르 대제 이후의 과거 작가들을 각자 있어야 할 위치로 되돌려놓았고 현재 작가들의 업적을 정확하게 평가해 미래를 등에 업고 가야 할 사람들로 하여금 아직 그것이 바다인지 산인지 모르는 출발점의 첫걸음부터 재빨리 인지시키는 등 마치 '아버지처럼' 이들을 키웠다. 푸시킨이나 레르몬토프의 시를 제대로 해석해 독자가 다가가기 쉽게 만든 것도 벨린스키였다. 세상 사람들에게 고골의『검찰관』『죽은 혼』의 의의를 설파한 것도 그였다. 투르게네프, 도스토옙스키, 곤차로프, 게르첸, 그리고로비치, 네크라소프에 이르기까지 모두 벨린스키의 축복을 받아 이 세상에서 스스로 서게 되었다. 19세기 후반의 문학, 위대한 러시아 소설의 성황은 벨린스키가 뿌린 씨앗이 가을에 결실을 맺은 것에 다름 아니었다.

벨린스키가 타고난 비판가라는 사실은 누구나 알 수 있었다. 그가 거침없이 맹렬한 기세로 그의 선고를 지면에 발표할 때마다 주변은 떠들썩해지고 여기저기 희비를 오가는 아우성을 불러일으켰다. 페테르부르크나 모스크바뿐만 아니라 중심지에서 저 멀리 지방 구석에 이르기까지 청년들은 마치 정신 나간 사람처럼 그의 논문과 시평을 닥치는 대로 읽어내려갔다. 사람들은 그를 '러시아의 레싱'이라 불렀다.

미천한 태생으로 매우 궁핍했고 변변찮은 교육, 게다가 일찍이 불치병인 폐결핵에 걸려 제대로 공부다운 공부도 하지 못한 벨린스키는 학식이나 교양이란 측면에서는 이 독일의 석학과 견줄 수 없겠지만 그 시대에 직접적으로 어마어마한 영향력을 미쳤다는 측면에서는 레싱보다 우위에 있었다. 벨린스키의 경우 타고난 감각적 예리함이 다른 모든 결함을 보완하고도 충분히 남았다. 바쿠닌이나 게르첸 같은 사상계의 지도자가 모두 어엿한 귀족으로서 그에 걸맞은 교양을 익히고 프랑스어나 독일어를 모국어처럼 사용하며 영어나 이탈리아어 정도는 자유롭게 읽을 수 있었던 것과는 대조적으로 벨린스키는 프랑스어조차 제대로 읽지 못했다. 벨린스키는 당시 지식계급 사이에서 유행했던 헤겔 철학마저 '정말 열정적으로' 귀동냥을 해 습득했다. 그 대신 아름다움과 추함, 진실과 거짓을 단번에 구분하는 정확한 감수성에 있어서는 누구도 그의 적수가 되지 못했다. 더욱이 그의 지나친 성실함과 '진리'를 향한 뜨거운 열정은 더 말할 것도 없다.

그는 많이 미워하고 많이 사랑했다. 경멸하고 분노할 만한 대상에 대해서는 온몸을 내던질 정도의 대담함으로 철저히 매도했으나 반대로 자신이 좋다고 인정한 것에 대해서는 온 마음을 다해 사랑하고 옹호했다. 모스크바 시대의 친구들은 벨린스키에게 아리오스토의 광란의 오를란도Orlando Furioso에 빗대어 광란의 베사리오네Bessarione Furioso(여기서 베사리오네는 그의 이름 Vissarión을 이탈리아어로 읽은 것)라는 별명을 지어주었는데, 이 말 그대로 그는 열혈한이었다. 온몸에서 뿜어나오는 열정, 끓어오르는 격정. 연기를 내뿜는 활화산 같은 쾌남아, 여기에 눈물 많고 감수성도 예민하며 순수한 마음을 지닌 사람이었다. 자부심이라든가 자존심은 전혀 찾아볼 수 없고 한결같은 인간적 성실함으로 무장되어 있었다. 그의 이 엄청난 열정은 언제 어디서나 오로지 딱 하나, 바로 '진리'만을 위해 존재했다. 궁극적으로 위대한 인간의 진리를 향한 열정만이 그의 전부였다. 그 외의 것에는 아무 관심이 없었다. '우리는 아직 신의 존재에 대한 문제를 해결하지 못했다. 그런데 당신은 배가 고프다는 말이 나오는가!' 나중에 유명한 일화로 남은 이 구절은 어느 날 그가 투르게네프에게 홧김에 내뱉은 말이었다. 그때 베를린 유학생활을 마치고 막 돌아온 젊은 투르게네프는 매일같이 그를 찾아와서 당시 청년들이 고뇌하던 철학적인 거대 문제(신의 존재, 영혼 불멸, 세계의 기원, 인간의 운명 등등)에 관해 논의했다. 그런데 아무래도 타고나길 나름 꾸밀 줄 알고 들뜬 마음으로 청춘기를 보냈던 투르게네프의 경우 종종 그런 딱딱하고 추상적인 논의가 너무 길어지다보면 이내 현실 속 식사에 대한 생각으로 마음이 기울어졌던 것도 무리는 아니다. 하지만 벨린스키 입장에서는 신의 존재나 인류의 미래와 같은 큰 문제를 해결하지 못한다면 굶어 죽는대도 상관없을 정도의 패기가 있었다. 그리고 그는 식사와 수면도 잊고 '진리'를 위해 이런 큰 문제들과 끊임없이 맞서 싸웠다. 그의 몸을 갉아먹고 있던 병마조차 그의 정신적 활력만큼은 앗아갈 수 없었다. 그의 상태는 보기 흉할 정도로 빼빼 마른 체구와 푹 꺼진 가슴, 붉은빛의 볼로 인해 한눈에 폐결핵 환자임을 알아차릴 수 있을 정도였다. 하지만 끊임없이 끓어오르는 가래와 오락가락하는 열에도 전혀 개의치 않는 듯 열정적으로 끈질기게 친구들과의 논의를 이어갔다. 그리고 뭔가 갑자기 괜찮은 사상이 떠오를 때면 평소 속눈썹에 반쯤 가려 보이지 않던 하늘색 눈이 갑자기 커지면서 눈동자 깊은 곳으로부터 매력적인 금빛 섬광이 번뜩였다.

벨린스키에게 진리나 사상은 이 세상에서 가장 가치 있는 것이었으며 그의 생활에서는 이것이 전부였다. 그는 진리를 향한 열렬한 사랑 외에는 어떤 것에도 관심이 없었다. 그의 현실은 매우 검소했으며 맛있는 음식이나 술도 멀리하는 등 문자 그대로 금욕적인 수도원 생활을 떠올리게 했다. 이렇듯 실생활은 황량한 잿빛이었으나 그의 불타오르는 사상적 꽃은 흐드러지게 만개했다.

그 타오르는 노작의 삶의 숨결은

엄격한 진리를 향한 돌진,

새로운 사상……

이라고 네크라소프는 「벨린스키를 추억하다」에서 노래했다. 하지만 문제는 이러한 사실보다 오히려 '진리'의 내용, '진리'의 파악 방식에 있다. 벨린스키에게 감격을 준 진리는 대체 어떤 성격의 것이었을까? 이 진리에는 가장 러시아적인 성격이 반영되어 있었다. 원래 러시아 정신의 가장 특징적인 부분 중 하나로 전체적이고 포괄적인 세계관의 탐구를 들 수 있다. 러시아인은 모든 문제를 한 번에 재단하고 해결하는 궁극적 입장을 갈망한다. 이 같은 입장(적어도 스스로에게 그렇게 확신할 수 있는 입장)을 발견하기까지 그들에게 마음의 평안은 없다. 모든 조건을 하나로 충족시켜주는 관점, 즉 베르댜예프적으로 말하자면 '인생의 모든 문제에 해결책을 주고 이론이성과 실천이성을 결합해 사회적 이념에 철학적 기초를 부여해주는' 종합적인 입장이야말로 그들이 추구한 '진리'였다. 실증적 학문이 도출해내는 진리나 추상적인 논리의 귀결 역시 진리임에 틀림없다. 하지만 그들이 추구하는 '진리'와 비교하면 이런 것은 진리라고 부를 가치가 없다. 수학의 진리가 하나 발견되었다고 해서 바로 인간 악이나 사회적 부당함이 줄어들 것 같은가? 러시아인은 바로 그러한 실천적 활력을 지닌 살아 있는 진리를 추구했다. 즉 진리이면서 동시에 정의여야 하는 것이다. 러시아적 광신의 두 가지 형태, 즉 정교도적 기독교와 열정적인 공산주의적 성격도 이로써 설명될 수 있다. 러시아를 대표하는 사상가들은 종교인이자 사회주의자였으며 자기 입장을 하나의 전체적이며 종합적인 진리로 내세웠다. 이는 살아 있는 진리로서 모든 문제를 완전하게 해결할 수 있으며 이로써 인생 자체를 정의 내릴 수 있다고 생각한 것이다. 이런 측면에서 벨린스키는 러시아적 사상의 경향을 처음이자 가장 전형적인 형태로 보여준 셈이다. 벨린스키가 셸링에서 피히테, 피히테에서 헤겔, 헤겔에서 포이어바흐, 포이어바흐에서 사회주의로 전전하는 편력을 보인 것도 전부 전체적 진리 탐구를 위한 도정에 다름 아니었다. '예술을 위한 예술'에서 시작해 '인생을 위한 예술'을 거쳐 마지막에는 혁명적 사회주의에 다다른 벨린스키의 이론적 입장의 변천사에서 엿볼 수 있는 그 반복되는 전향에 대해서도 쉽게 모순이라든가 변절이라고 단정할 수 없다. 왜냐하면 여기에는 처음부터 끝까지 하나의 축이 확실하게 관통하고 있기 때문이다.

벨린스키의 이상하리만큼 열정적인 성향은 한번 불이 붙으면 엄청난 몰입을 보이며 마치 고삐를 당겨도 멈추지 않는 말을 연상시킨다. 일단 이거다라는 전제만 있으면 어떤 결론이 나오건 상관없이 갈 수 있는 데까지 가야 직성이 풀린다. 그렇기에 벨린스키는 헤겔에 심취했던 시기에 '현실적인 것은 이성적이다'라는 유명한 헤겔적 테제를 기반으로 '현재 존재하는 것은 모조리 필연적이며 이성적이고 현실적이다'라고 설파했다. 이는 당시 러시아에 나타나기 시작한 모든 폭력이나 전제, 관헌의 횡포까지 이성적이고 정당하다고 단정짓게 되는 결론에 이르면서 게르첸의 비웃음을 살 정도였다. 하지만 벨린스키는 할 수 있는 만큼 해보고 거기서 나오는 결론이 만족스럽지 않으면 이를 헌신짝처럼 집어던진 뒤 완전히 새로운 입장에서 다시 탐구를 시작하는 데 주저함이 없었다. 이런 식의 입장 바꾸기를 반복한 그가 마지막으로 도착한 지점이 바로 혁명적 사회주의와 무신론적 입장이었다. 이는 사상 편력으로 일관된 벨린스키의 평생을 총결산한 것으로서 중요할 뿐만 아니라 무엇보다 러시아의 미래를 결정짓는 예언적 상징으로서 특히 주목을 받았다.

벨린스키는 러시아 사상사에서 하나의 분수령을 이룬다. 그는 러시아적 '자아'를 자각하는 역사적 과정의 중심축이었다. 러시아에서 '자아'를 자각하는 역사는 그를 중심으로 흘러갔으며 이는 20~30년 후에 이른바 러시아의 혁명주의적 인텔리겐치아(『악령』의 시갈료프주의)가 되었고 마침내 공산주의로 이어졌다. 벨린스키의 출현은 러시아 공산주의의 선구적 현상이었다. 사회인도주의적 견해뿐만 아니라 일반적인 세계관에 있어서도 그는 놀라울 정도로 공산주의에 가까웠다.

여기서 특히 주의할 점은 그가 러시아 인텔리겐치아의 진정한 선조라는 사실이다. 그는 1840년대 사람이지만 정신적으로 2세대는 충분히 앞질러갔다. 벨린스키는 1860년대~1870년대에 걸쳐 나타난 결정적인 러시아적 인간 유형을 이미 1840년대에 완전히 구현해냈다. 러시아에서 '인텔리겐치아'라는 단어는 막연히 지식계급을 가리키는 것이 아니라 모든 측면에서 엄밀하게 다른 사람들과 차별되는 독특한 인간적 유형을 의미한다. 그리고 이러한 유형의 인간이 19세기 후반 러시아의 정신사와 정치사를 주도적으로 움직였다. 이른바 라즈노친치라고 하는 '어중이떠중이'가 그것이다. 이들은 귀족계급이나 부르주아계급에도 속하지 않고 중류 이하의 여러 잡다한 신분 계급(특히 성직자의 아이들, 신학생 등) 출신으로 혼자 힘으로 대학 교육을 받아 사회로 나온 사람들이다. 이런 의미에서 벨린스키는 인텔리겐치아를 대표하는 최초의 인물이었다. 그가 살던 시대에는 아직까지 지식계급이라 하면 거의 귀족과 동일시되었고, 따라서 그의 주변에서 활약하는 지도적 사상가는 전부 귀족이었으며 그들 사이에서 오직 벨린스키만 독특했다. 그는 태생이나 성장 과정, 사고방식이나 감수성, 그리고 체질과 체형에 이르기까지 의심의 여지 없이 진정한 라즈노친치였다. 시인 네크라소프가 「곰 사냥」이란 작품에서,

시꺼먼 노동자여, 나는 말이지. 빈둥대는 백수(아무것도 안 하는 귀족)가 아니다!
라고 당신은 종종 우리에게 말했지. 그리고 무작정
진리를 향해 돌진해간, 위대한 독학자 그대.

라고 언급했듯이 말이다. 이렇게 생각하면 벨린스키는 혁명적 사회주의자를 선구할 운명을 타고난 게 아닌가 싶다. 1839년 잡지 『조국 시보Otyéchestvennöye Zapíski』의 편집을 의뢰받고 모스크바에서 페테르부르크로 온 그는 이미 '러시아 현실'에 대해 전투적인 입장이었다. 같은 해 11월호에 그는 다음과 같은 글을 썼다. '나는 오래 살면 살수록 또 생각을 하면 할수록 러시아가 좋아진다. 하지만 이 사랑은 오로지 러시아의 본질을 대상으로 하고 있으며 그 속성과는 무관하다. 러시아의 현실은 나를 절망의 구렁텅이에 빠뜨린다. 하나부터 열까지 오염되었고 비열하며 화가 치밀어 오를 정도로 비인간적이다!' 그는 더 이상 현실을 용인할 수 없었

다. 유일하게 필요한 건 타협이나 화해가 아닌 투쟁이었다. 그리하여 그는 재빠르게 헤겔 철학을 버리고 뜨거운 투쟁적 의욕으로 불타오르는 혁명적 사회주의와 무신론에 빠져들었다. 한때 독일 관념론의 전사였던 그는, 이제 그 화살의 방향을 바꿔 모든 형태의 관념론을 향해 맹렬한 기세로 덤벼들기 시작했다. 살아 있는 개개인으로서의 인간과 인격을 신이나 이성, 세계라 일컫는 추상적 존재의 억압으로부터 구원해야만 했다. '개개인이 전 세계의 운명보다 훨씬 더 중요하다!' 모든 이는 자유롭고 평등하지 않으면 안 된다. '박해받는 자'가 이 세상에 한 명이라도 있어서는 안 된다. 벨린스키는 자유, 평등, 동포애라는 사회주의적 인권의 이념을 단순히 사상적 문제가 아닌 절실하고 현실적인 초미의 문제로 바라본 최초의 러시아인이었다. 이렇듯 그는 인류 구원을 위한 유일한 수단으로 사회혁명을 요구하는 한편, 이처럼 부조리하고 불결한 세계에 인간을 방치한 '신'을 정면으로 반박한다. 이는 반역에 그치지 않는다. 신의 얼굴을 향해 냅다 절교장을 던진 셈이다.

신에 대한 벨린스키의 이런 태도는 러시아 사상사에서 매우 중요한 의의를 지닌다. 이것이야말로 진정 골수까지 러시아적인 인간의 무신론이다. 벨린스키는 문학 이전의 이반 카라마조프였다. 도스토옙스키는 이반을 창조할 때 벨린스키를 모델로 삼았다. 벨린스키는 이반 카라마조프의 문제를 몸소 겪었다. 게다가 추상적 사상으로서가 아닌 심오한 인간적 체험으로서 말이다.

무신론이라 해도 일반적인 무신론과는 전혀 성질이 다르다. 신이 있고 없고의 문제, 즉 신의 존재 증명을 문제로 삼은 것이 아니라 존재의 유무와 상관없이 그냥 싫은 것이다. 신을 절대로 허용할 수 없다는 것과 신의 존재를 완전히 부정 혹은 무시하는 것은 닮은 듯하지만 전혀 다르다. 이런 차이를 이해하지 못한다면 벨린스키나 도스토옙스키, 니체도 이해할 수 없다. 이반 카라마조프는 이렇게 말했다. "이 세상 어딘가에 조화가 있다 하더라도 그건 너무 가치가 높아요. 그런 입장료를 낼 돈이 나에겐 없어요. 따라서 나는 급하게 나의 입장료를 신에게 돌려드립니다. 결백한 인간이라면, 빨리 돌려드리는 게 맞아요. 따라서 나는 이것으로 실행합니다." 이는 도스토옙스키의 유명한 '아이의 눈물'이라는 논리다. 어찌하여 신이 만든 이 세계는 이토록 악과 고뇌로 가득한 걸까? 어찌하여 죄 없는 갓난아이까지 고통스러운 고문을 받아야 하는 걸까? "설령 모든 인간이 괴로운 이유가 고통으로써 영원한 조화를 속죄하기 위함이라 하더라도, 도대체 무엇을 위해 아이들까지 끌어들여야 했을까? 무엇을 위해 아이들이 고통받아야 하는 걸까? 어째서 아이들까지 고통으로써 미래의 조화를 속죄해야 하는 건지 도무지 이해할 수가 없다. 아니, 도대체 왜 아이들까지 고통에 빠뜨리면서 어디 있는 개뼈다귀인지도 모를 미래의 인간을 위한 조화의 비료가 될 필요가 있는 것인가?" 이반은 이런 큰 대가를 치러야 하는 신의 나라라면 필요 없다고 말한다. 그런데 벨린스키는 20년도 더 전에 이와 똑같은 이야기를 분명히 했다. "나는 자신의 피를 나눈 동포, 나의 뼈의 뼈, 살의 살이라고도 할 수 있는 전 인류가 완전한 마음의 평안을 얻기까지 행복 따위는 신경 쓰지 않는다. 사람들은 종종 태연하게 진정으로 위대한 조화의 출현을 위해서라면 부조화도 필요하다고 말한다. 이런 생각은 음악을 좋아하는 이들에게는 통용될 수 있다. 하지만 불행히도 무슨 연유에서인지 그 부조화의 일부를 자신이 받아들여야만 하는 당사자는 기분이 좋을 수가 없다"고 말이다. 이와 같은 사고방식이 이후 러시아 사상사에서 얼마나 중요한 역할을 하게 되었는가는 두말할 필요도 없을 것이다.

'입장권의 반환'은 엄밀히 말하면 무신론이 아니라 극도로 비뚤어진 유신론이다. 니체의 경우에서 알 수 있듯이 기독교 입장에서 이런 유신론은 단순한 무신론보다 훨씬 더 질이 나쁘다. 신의 존재를 머리끝부터 부정해버리는 편이 차라리 간단해 보인다. 신을 인지하면서도 이를 부정하는 사람들은 신을 모르는 무신론자에 비해 훨씬 더 두려운 강적이다. 게다가 러시아적 무신론은 인류를 향한 열렬하고 광기에 가까운 사랑과 동정에서 시작된 것이며 인류애의 고양이 이를 지탱하고 있었다. 그러다보니 일반적인 러시아인의 특징 중 하나인, 본인의 가장 가까운 존재에 대해 느낄 법한 심오한 인간적 사랑을 인류 전체로까지 자연스럽게 확대할 수 있는 성향이, 여기서 최대한으로 발현되기에 이른다. 러시아인은 '당신의 가까운 그 사람을 사랑하세요'가 아니라 '당신에게서 멀리 있는 사람을 사랑하세요'라고 말한다. 도스토옙스키는 이반의 입을 빌려 "도대체 어떻게 '가까운 존재'를 사랑할 수 있는가? 아무래도 나는 그게 납득이 안 돼. 내 생각에 '가까운 존재'는 사랑할 수 없거든. '먼 존재'이기에 비로소 사랑할 수 있는 거지"라고 이야기했다. 러시아인에게 '인류'는 결코 추상적이며 보편적인 개념이 아니라 매우 구체적이고 무엇보다 절실한 실재였다. 그런데 이 '인류'가 불행하고 비참한 상태에 놓여 있으니 어찌 여기에 동정하지 않을 수 있겠는가. 그리고 어찌 이런 부조리한 세상에 인간을 내친 신에게 깊은 '원한'을 갖지 않을 수 있겠는가.

가브리엘 마르셀이 말하기를 사르트르 무신론의 근원에

는 신에 대한 '일종의 선천적 원한ressentiment'이 잠재되어 있다고 했다. 하지만 이 말은 사르트르뿐만 아니라 니체 그리고 러시아의 무신론자들에게도 해당된다. 신에게 깊은 원망과 질투를 느끼고 '신이 존재하는 걸 원하지 않는' 사람들. 일반적으로 현대 프랑스 실존주의의 특수한 세계 감각이나 사상적 문제의 성립 방식이 매우 러시아적이라는 사실은 단순한 우연이 아닐 것이다. 제2차 세계대전이 끝난 이후 서유럽에서 시작된 현대의 여러 문제는 이미 19세기 러시아에서 사활을 건 문제로서 제기했던 것들이다. 그리고 벨린스키는 이를 시행한 최초의 인물이었다. 그는 이런 의미에서 먼 미래를 내다본 선지자였다.

제9장

◆

튜체프

'위험인물'인 벨린스키는 1848년 37세의 한창나이에 비참한 죽음을 맞았으나 그의 정신은 그 시대에 압도적인 승리의 개가를 올렸다. 동시대는 물론 향후 세대에서도 그의 승리는 의심의 여지가 없는 사실이었다. 하지만 벨린스키적 정신의 승리란, 요컨대 '산문'정신의 승리였다. 순수하게 일의적으로 예술적 미를 추구하던 시가는 문학의 왕자 자리에서 쫓겨났으며, 이제 소설가나 시인 등의 문학인은 무엇보다 먼저 시민이어야 했다. 따라서 당시 작가들은 그들이 속한 사회와 시대 상황을 직시해야 했고, 현실에 초연한 듯 '작은 새의 지저귐' 운운하며 자기만족에 안주해서는 안 되었다. 그 역시 시대적 관심에 귀를 기울이며 역사적 현실에 본인의 문학을 녹여내야 했다. 1842년 벨린스키는 "높은 나뭇가지에서 지저귀는 작은 새는 우리가 있는 곳으로 내려와야 한다, 그렇지 않으면 설령 이 작은 새가 최고의 창조적 정신이라 할지라도 영원히 우리에게 감동을 주지 못할 것이다"라고 말했다. 현실 속 인간 생활과 어울리지 못하는 문학은 더 이상 사람들의 공명과 공감을 얻을 수 없다는 말이다. 이런 부름에 가장 먼저 지상으로 내려온 천재적 시인이 네크라소프였다. 그는 인민의 시인, 노동 민중과 일하고 함께 노래하는 민중의 시인, 이른바 '시민적 서정시'의 거물로서 1850년대 이후 문단의 주류에서 주도적인 역할을 해냈다.

하지만 이렇게 불리한 상황에서도 끝까지 나뭇가지에서 내려오려 하지 않는 작은 새들도 있었다. 좋고 나쁨을 떠나서 문학과 현실 전반적으로 산문정신이 풍미했던 이 시대에도 세상의 동향에서 완전히 고립되어 예술지상주의의 아성을 지켜내는 시인들이 있었던 것이다. 아폴론 마이코프, 페트, 알렉세이 콘스탄티노비치 톨스토이 등 일반적으로 '순수예술의 시인들'로 불리는, 극소수이지만 신비한 예술적 천성을 지닌 사람들이 그들이다. 이들은 자기 시대에 빛을 보지는 못했으나 이러한 전통은 알게 모르게 계승되어 세기의 마지막까지 이어졌으며, 결국 혁명 전후에 이르러 화려한 러시아 상징주의로 개화한다. 그리고 이 순수예술로서의 전통 시가의 출발점에 시인 튜체프가 있었다. 지면 관계상 이 흥미로운 러시아 상징주의 시가의 성쇠를 전부 서술하기는 어렵지만 적어도 그 창시자에 대해서는 이야기하고 넘어가려 한다.

튜체프는 러시아 문학사상 다른 누구보다 '밤의 아이'라는 호칭이 어울리는 사람이었다. 그야말로 '밤은 깊다!'라고 외친 니체의 그 깊은 밤을 가슴에 묻은 시인, 우주와 영혼의 그윽한 밤의 풍경을 읊는 시인이었다. 게다가 러시아가 낳은 최초의 상징적이자 철학적인 시인이 그 특유의 깊은 수심이 드리운 말로 묘사해내는 밤의 풍경은 결코 현실 속 감성적인 야경이 아니었다. 즉 현실적인 밤의 어둠은 상징으로만 사용해 표상되었을 뿐이고 완전히 다른 차원의 밤의 어둠이었다.

여기서 놀라운 점은 이 시인을 처음 발견하고 무명에서 세상의 빛을 보게 해준 이가 네크라소프였다는 사실이다. 튜체프와 네크라소프라니! 사람들은 이런 기묘한 조합을 생각이나 할 수 있었을까! 네크라소프의 '시민적 서정시'라는 관점에서 본다면 예술은 적어도 가장 중요하게 사회와 대중에게 봉사해야 한다. 구체적으로 말하자면 사회제도나 정치 기구의 결함을 지적하고 '박해받는 자'에 대한 인도주의적 동정으로 독자의 가슴을 울리지 않으면 안 되었다. 찬란한 봄 햇살 아래 나비의 날개가 오색 빛으로 반짝이는 순간을 떠올려보자. 분명 아름다운 장면이지만 시인은 이를 노래하기보다 먼저 말 한 마리 갖고 있지 않은 비참한 백성의 실상을 노래해야 했다. 하지만 이러한 시민적 예술관은 튜체프의 입장과 전혀 다른 것이었다. 그에게 예술은 매우 뛰어난 소수의 성스러운 영역에 가까웠으며, 예술을 통해 사회적 공동생활이란 목적에 복무해야 한다는 인식은 전혀 없었다. 이렇듯 네크라소프는 그와 이데올로기나 사상적 입장은 전혀 달랐지만 누구보다 섬세하고 예리한 미적 감각을 지닌 시인이었다. 자신과 모든 측면에서 정반대인 데다 완전히 무명이었던 튜체프의 시가는 이상한 매력으로 네크라소프의 심금을 울렸다. 그는 이 시인의 작품 속 뿌리 깊은 곳으로부터 휘몰아치는 가을바람의 울림에 반응했다. 우주의 근원에서 시작되어 야심한 밤 인간계의 집 창가에서 무섭게 포효하는 가을바람이 내는 소리. 이 무섭도록 쓸쓸한 풍운에 감동한 네크라소프는 결국 펜을 들어 자신이 담당한 당시의 일류 잡지였던 『현대인』 1850년도 1월호에 튜체프에 대한 아름답고도 의미 깊은 소개 글을 썼다. 그는 이 튜체프론에서

가을 석양빛에 있는,

신비하고 감미로운 매력

으로 시작하는 작품 「가을 저녁」을 인용함으로써 '이 희한한 시인은 모든 언어가 마음을 움직인다. 마치 시도 때도 없이 훅 불어닥치는 가을바람의 소리와 같다. 이 소리를 가만히 듣고 있는 건 괴롭다. 하지만 듣기를 멈추는 건 더 슬프다'라고 말했다.

이로부터 3년 후인 1854년, 투르게네프의 헌신적인 노력의 결과 튜체프의 시집이 처음으로 출판되었다. 그리고 같은 해 『현대인』에 투르게네프의 해설문이 실리면서 드디어 일반사회에서도 튜체프를 '위대한' 시인으로 대우하기 시작했다. 이렇듯 전폭적인 도움에 힘입어 천재라는 이름이 걸맞은 시인 한 명은 러시아 문학사에서 말살될 운명으로부터 가까스로 비껴갈 수 있었던 것이다. 사실 튜체프가 문학사에서 1850년대 인물에 속하는 것도 이러한 사정이 그 배경에 있기 때문이다. 1850년대까지는 이 세상 누구도 튜체프를 알지 못했다. 하지만 실제로 그는 1803년 태생으로 푸시킨보다 고작 4년 늦은 동시대인이었다. 곰곰이 생각해보면 거의 반세기 동안 러시아인들은 자신의 나라에 튜체프라는 시인이 있다는 사실조차 몰랐다. 이토록 훌륭한 시인이었음에도 말이다!

이러한 사실은 다른 측면에서 보면, 튜체프의 시가 그 정도로 일반 독자에게 다가가기 어려운 예술이었음을 말해준다. 사실 그의 시는 누구나 자유롭게 접할 수 있는 민중적인 노래가 아니었다. 그의 시에는 원천적으로 일종의 형이상학적 체험과 우주의 본원적 기반에 대한 직감적 인식이 있었으며 이러한 요소들이 시를 난해하게 만들었다. 민중적인 시가와는 완전히 다른 관점의 것이었다. 튜체프에게 시의 가장 중요한 목적은, 우주의 근저와 존재의 심층부를 직감적으로 파악하고 이러한 인식을 형상을 통해 상징적으로 표현하는 것이었으며, 평범하고 시시한 일상이나 지극히 인간적인 생활 속 감정을 노래하는 것이 아니었다. 그러잖아도 악취가 만연한 인생의 추태를 구태여 시를 통해 노래하는 일은 무의미하게 여겨졌다. 정확히 이 무렵, 고골은 범일상 속 저속한 현실을 주제로 한 불굴의 문학을 만들어냈는데, 이는 산문이므로 또 다른 차원이다. 적어도 튜체프 입장에서 시인이라면 그러한 주제는 다뤄서는 안 되는 것이었다. 게다가 예로부터 전 세계의 수많은 시인이 노래해왔듯이 현상적 세계를 배경으로 한 휘황찬란하고 황홀한 감성적 미경을 주제로 삼는 것조차 시의 본분에서 일탈한 것이라 여겼다. 그런 피상적이고 표면적인 아름다움을 노래하기를 중단하고, 오히려 눈부신 외피에 덮여 보이지 않는 우주의 본모습을 직관함으로써 이를 언어로 표현하는 일이야말로 시인에게 주어진 유일한 의미이자 특권이라고 생각했다.

따라서 튜체프에게 시는 무엇보다 시적 직관의 인식 작용을 의미한다. 바꿔 말하면 시는 형이상학적 인식을 위한 수단이다. 그리고 사실 그의 작품 속 묘한 매력은 전적으로 그의 특수한 존재 체험에서 비롯된다. 그의 시는 추상적이거나 사변적이진 않으나 근본적으로 철학적이다.

실재적 세계에는 낮의 측면과 밤의 측면이 있다. 낮의 측면, 즉 누구나 볼 수 있는 밝은 세계는 이른바 우주의 표피이자 껍데기이며 이곳에서는 화려한 감각적 미가 약동하고, 게르첸이 말했듯이, 태양 빛을 받은 수많은 아름다운 결정체가 반짝반짝 무지갯빛으로 빛나고 다양한 색채와 형상이 즐겁게 어우러져 있다. 푸시킨은 오직 이러한 실재적 결정체만을 시의 대상으로 삼았다. 푸시킨적 '관조觀照, sozertsániye' 미를 직접적으로 인식함란 세계적 표피의 훌륭한 풍광을 시적 영혼을 갈아 만든 거울로 반사시켜 있는 그대로 보여주는 일이었다. 반면 튜체프에게 시적인 인식의 대상은 이런 표피적 아름다움의 형상이 아니었으며 오히려 세계적 외관을 꿰뚫어보는 일을 의미했다. 비유하자면, 이 시인의 통찰력은 빙하를 녹이는 봄의 태양과 같았다. 그가 가만히 눈을 찡그리며 바라보고 있노라면, 이내 단단하고 아름다운 실재 세계의 표면은 녹아내리기 시작하고 여기저기 빠끔빠끔 입을 벌리듯 무서운 균열이 생기면서 어두운 심연이 모습을 드러낸다. 절대 밖에서는 볼 수 없는 그런 우주의 심층부 속 비밀을 마치 금단을 깨고 몰래 들여다보는 듯한 까닭 모를 두려움과 함께 형용할 수 없을 정도로 매력적인 순간이 눈앞에 펼쳐진다! 그리고 시인은 마치 무언가에 홀린 듯 털이 곤두서는 느낌을 받으면서도 공포로 가득한 암흑 소요의 깊은 곳을 들여다본다. 따라서 이 시는 일반적인 의미에서 결코 아름답다고 볼 수 없다. 아름다운 세계를 아름답게 노래하기보다는 그저 공포와 암흑 일색의 이상한 광경을 보여주기 때문이다. 하지만 이 또한 관점에 따라서는 다른 데 비할 수 없을 정도로 뛰어난 아름다움을 지녔다고 말할 수 있다. 이 시인은 존재의 궁극적 심오함이란 굉장히 두려우면서도 한편으로는 상당히 아름답다는 사실을 아주 잘 알고 있다. 즉 일반적인 표층적 아름다움과는 성립되는 차원이 다르며 진정한 심층적인 아름다움이란 단순히 아름다울 뿐만 아니라 두려운 존재라는 것이다. 빛이면서 동시에 어둠인, 바로 여기에 아름다움에 따라붙는 영원한 신비가 있는 게 아닐까 싶다. 아름다움이란 빛과 어둠의 투쟁이며 모순된 쌍방의 일치라고 한 도스토옙스키적 테제는 바로 이러한 측면을 말하고자 한 게 아닐까 싶다. '소돔의 이상과 마돈나의 이상' 사이에서 찢겨 갈라진 고통스러운 고뇌를 종교적 도취로까지 승격시킨 도스토옙스키가 아름다움과 연관된 근원적 모순성을 인간 영혼의 심층부에서 추구했다면, 시인 튜체프는 이를 인간이 아닌 우주의 심층부에서 추구한 것이다.

우주의 심층부에 숨어 있는 태곳적 암흑은 스스로를 의식하지 않고 시인의 의식을 빌려 희미하게나마 세상 밖으로 모습을 드러낸다. 시적 직관의 의식이란 우주 자체의 의식을 말한다. 바꿔 말하면, 시인의 의식이 진정으로 순수한 시적 도취에 들어서는 순간 이는 우주의 근원이 스스로를 의식하는 장소가 되는 것이다. 그리고 시인의 의식이 우주와 완전히 일치되는 순간이야말로 사람을 망연자실하게 하며 글로는 표현할 수 없는 그런 아름다운 매력을 발산한다. 튜체프는 아무도 없는 깊은 밤, 시적 의식이 비춰내는 희미하게 떠오른 우주적 카오스의 두렵고도 아름다운 모습을 달빛에 반사되어 빛나며 넘실대는 바다의 파도로 상징했다.

아아 밤의 바다, 너는 어찌 이리 아름답느냐!
이곳은 찬란하게 빛나고, 이쪽은 어두운 감청색,
달빛을 온몸으로 받으며 살아 있는 듯한 바다는
걷고 호흡하며 빛을 낸다.

평생 모를 자유의 확산 위에
번쩍번쩍 빛나고 주춤하며 저 멀리 천둥처럼 우렁차게 울려 퍼진다

아련한 달빛을 온몸으로 느끼는 바다여,
인기척 없는 밤의 세계에, 너는 참으로 아름답구나.

거대한 파도, 바다의 너울이여
너는 누구의 날을 축하하고 있는가.
요란하게 빛나는 물결이 다가온다.
잠귀 밝은 별들이 하늘에 흩날리고 있다.

이런 동요 속에서, 이런 반짝임 속에서,
꿈꾸듯 망연히 나는 서 있다.
아 정말이지 기분이 좋다.
이 매혹 속에 영혼이 잠길 수만 있다면.
(1865년 작품, 무제)

아무도 없는 밤의 세계에서 마치 누군가의 날을 축하하듯 달빛을 온몸으로 받으며 반짝이고 웅성거리며 흔들리는 무한의 확산. 여기서 노래하는 밤바다는 우주의 원초적 모습이다. 창백한 달빛 아래 굽이치며 몸부림치는 이 순간의 바다는 마치 무서운 전설 속 거대한 뱀을 떠올리게 하지 않는가. 우주 그 자체의 크기와 같은 거대한 뱀의 모습. 튜체프는 이를 '자연priróda'이라 불렀다. 그가 시를 통해 '자연은 당신들이 생각하고 있는 그런 것이 아니다'라고 말했듯이 우주는 일반 사람들에게 그 불가사의한 정체를 숨기고 있다. 평소에는 물이 차오를 듯한 미녀의 모습이지만 누구도 보지 않는 밀실의 어둠 속에서는 그 두려운 정체를 드러내는 동양의 전설 속 거대한 뱀처럼 말이다. 돌이켜보면 폴 발레리 역시 우주의 상징으로 묘하게 아름다운 형상의 뱀을 즐겨 묘사했다. 어쨌든 튜체프가 달빛을 받으며 희미하게 떠오르는 심야의 바다를 통해 상징하고 있는 것은 우주의 근간, 깊디깊은 바닥을 알 수 없는 곳에 위치한 원초적 카오스에 대한 자각이었다. 자각이라는 표현 대신 혼돈의 현현이라 해도 좋겠다. 눈도 귀도 없는 하등한 연체동물처럼 자각이나 의식이 없는 채 맹목적인 것이야말로 혼돈의 혼돈에 다름 아니기 때문이다.

우리는 이런 무서운 광경을 목격한 인물을 축복받은 사람이라고 해야 할까, 아니면 저주받은 사람이라 해야 할까? 서구에서는 보들레르 이후 '심연의 감각'을 둘러싼 논의가 종종 불거지긴 했으나 숙명적으로 '심연의 감각'을 타고난 사람이 행운인지 불행인지는 알 수 없다. 이 세상에는 봐서는 안 될 것, 적어도 평범한 사람이라면 보지 않는 편이 다행이라 할 수 있는 무서운 것이 매우 많다. 현실 세계의 구석에서 꿈틀대는 카오스의 모습을 직관하는 일 역시 그중 하나일 것이다. 이러한 체험은 종종 사람을 미치게 만들거나 깊은 니힐리즘으로 이끈다. 철학자 에티엔 질송은 심연에 숨어 있는 카오스적 존재의 직관을 '아래로의 엑스터시'라며 신비주의의 일종으로 여겼는데, 이는 예로부터 서구 신비주의 역사상 '조명illuminatio'이라 불려온 것과는 정반대 체험에 해당된다. 이렇듯 예의 숙명적인 시인 및 사상가들은 신비주의적 체험이 꼭 현실 위쪽을 향하며 형이상적 차원에서만 성립되는 것이 아니라 현실 아래쪽에서도 성립될 수 있다는 사실을 몸소 입증했다.

오직 사물 중심의 일상 세계만 유일한 '현실'로 알고 살아가는 사람들에게 이는 광적이고 병적인 환상처럼 보일 수 있지만, 불가사의한 비전에 홀린 시인이나 투시자 입장에서는 오히려 세상 사람들이 말하는 '현실'이야말로 환영이고 덧없는 가상세계에 다름 아니었다. 이따금 현상계가 이로울 것 없는 미관을 보여주기도 하겠지만 이는 아름답게 수놓아진 장막이며 진짜 현실을 엄폐하는 피복에 불과하다. 비유하자면 취약한 사람들 눈에 실재계의 끔찍한 진짜 모습이 노출되지 않도록 누군가가 위에서 살짝 뿌려놓은 연막이라고나 할까. 결국 사람들은 이런 연막을 유일한 실재 세계라고 생각하면서 대부분의 시인은 현상계의 아름다운 절경에 눈이 멀어 그 건너편의 세계를 찾으려 하지 않는다. 하지만 튜체프와 같은 시인은 자신의 의지와 관계없이 갑자기 눈앞에서 이 반짝거리는 장막이 스르륵 걷히는 공포의 순간을 마주하게 된다. 이 두려운 인식의 순간! 이 비극적이며 숙명적인 순간에 시인은 인간의 눈이 본래 봐서는 안 될 금단의 장소인 우주의 근원적 암흑을 가까이서 목격하게 된다. 모든 존재의 가장 깊은 곳에 숨어 있는 비합리성의 원천, 그는 '신'과 정반대인 '어떤 존재'를 눈앞에 마주하고는 움츠러든다. 튜체프는 태곳적 카오스와 정면으로 마주하면서 공포와 전율의 순간이 도래하는 장면을 슬그머니 다가온 '밤'의 어둠 속 기운에 기대어 노래한다. 그 유명한 「낮과 밤」이라는 작품이다.

영혼의 신비로운 세계로,
그 위에 이름 없는 은하수,
황금 실로 수놓은 베일이
신의 높으신 의지로 드리워져 있다.
그날은, 눈부시게 빛나는 베일
그날은, 대지가 소생하는,
아픈 영혼을 치유하고,
인간과 신들의 친구!
낮은 어두워지고 밤이 되었다.

밤이다! 이 세상에 그대가 오고

은혜로운 베일의 천을

뜯어내고, 멀리 던져버리고

우리 깊은 운명의 세계에서 왔다.

자신의 두려움을 어둠을 두고 맹세하며,

그와 나 사이에 아무런 장애물도 없다.

그게 이유다. 그래서 우리에게 밤이 그토록 무서운 것이다.

(「낮과 밤」, 1839)

튜체프는 한밤중에 불어닥치는 태풍의 처절한 포효 가운데서도 대지의 깊은 곳, 우주의 밑바닥에서 울려 퍼지는 원초적 혼돈의 비명을 듣는다. '밤의 폭풍이여, 너는 왜 그렇게 포효하는 것이냐, 왜 그렇게 미친 듯이 흐느끼는 것이냐'로 시작하는 무제의 시는 어딘가 우주적인 애수의 음률로 이루어진 그의 대표작 중 하나다. 이 시에서 그는 지상의 폭풍에 이끌려 대지의 밑바닥을 인식하고 번뇌하면서 시작된 혼돈의 공포와 참을 수 없는 유혹을 노래하고 있다.

아, 그 무서운 노래를 멈춰다오

태곳적 카오스, 고향과 같은 카오스의 노래를.

밤의 영혼들은 마치 갈구하듯

이 노래에 매혹되어

죽어야 할 가슴에서 몸을 해방시켜

끝없이 녹아들며 번뇌한다.

아 잠든 폭풍을 깨우지 마라,

그 밑에는 혼돈이 꿈틀거리고 있으니.

지상에서 거세게 몰아치는 한밤중 폭풍의 신음이 '밤의 영혼들', 즉 밤의 감각을 타고난 사람들의 깊은 곳에 알 수 없는 번뇌를 불러일으킨다. 이는 모든 존재의 태곳적 기원, '고향과 같은 카오스'를 향한 참기 힘든 향수다. 그리고 끝이 보이지 않는 존재의 깊은 곳에서 가까스로 잠이 든 태곳적 카오스가 지상의 폭풍우에 의해 꿈틀대기 시작한다. '밤의 영혼들'은 이 두 폭풍이 교차하는 장소에 있다. 그래서 시인은 지상의 폭풍을 향해 '아, 그 무서운 노래를 멈춰다오. 태곳적 카오스, 고향과 같은 카오스의 노래를'이라고 말한다. 하지만 그는 이렇게 외치는 한편으로 두렵고 '무한'한 암흑 속 심연을 살짝 들여다보고 싶은 유혹을 느끼고 있었다.

튜체프의 정신에서 출발해 위대한 상징 시인이자 종교철학자가 된 솔로비요프(1853~1900)는 "아마 괴테조차 세계 존재의 어두운 근원을 튜체프 정도로 깊이 있게 파악하지는 못했으며, 베일에 싸인 모든 생명의 기저를 튜체프만큼 강렬하게 느끼거나 명료하게 인식하지도 못했을 것이다. 하지만 이러한 기조 위에 세계 발전의 의미, 인간 영혼의 운명, 그리고 전 인류의 역사까지 연결되어 있는 것이다"라고 말했다. 즉 대지 밑바닥에서 지금도 꿈틀대고 있는 기분 나쁜 '혼돈'은 모든 존재의 원천이며 태고의 고향으로 모든 것은 여기서 비롯됐다. 인류도 자연도, 모든 생명 있는 존재는 그곳에 진정한 원천이 있다. 이는 형이상학적 의미에서 모든 존재자의 '존재 이전'에 해당된다. '처음 하느님께서 하늘과 땅을 지어내셨다'라는 「구약성서」의 창조설에 관해 그리스 신화는 '처음에 혼돈이 존재했다'고 표현했다. 신들은 태초의 혼돈을 정복하면서 점차 질서 있는 세계를 만들어나갔는데 이것이 '세계(코스모스)'였다. 코스모스란 본래 정연한 형태의 미를 뜻했다. 코스모스의 지반 위에 인간들이 살고 그곳에 문화가 형성되었다. 하지만 카오스는 정복되었을 뿐 사멸된 것이 아니었다. 단순히 인간의 표면적 세계에서 모습을 드러내지 않았던 것이다. '모든 모순과 추악함으로 입을 쩍 벌리고 있는 기분 나쁜 심연이자 뒤집힌 무한성'(솔로비요프)인 카오스는 여전히 지하 깊은 곳에서 꿈틀거리고 있었다. 그리고 이 괴물의 음흉한 신음은 대지 깊은 바닥에서부터 올라와 인간 세계 곳곳에 어두운 부정의 그림자를 드리운다. 존재에 있어 모든 악과 부조리, 모순, 그리고 모든 암흑과 추악함은 이 '세계의 영혼 가장 깊은 곳의 본질이자 모든 존재의 근본적 기저'가 코스모스의 불빛 안으로 던진 어두운 그림자나 다름없었다.

'혼돈'의 그림자만으로도 이렇게 암담한 기분인데 죽음의 그림자의 원천을 눈앞에서 본 사람은 대체 어떤 느낌이었을까? 평범한 사람은 평생 정진하더라도 볼 수조차 없는 세계의 심층부를 직접 목격한다는 것은 분명 시인에게 허용된 매우 드문 특권일지 모른다. 하지만 이는 특권이면서 동시에 엄청난 대가를 치르게 한다. 카오스의 심연을 들여다보고 여기에 매료된 이는 더 이상 쓸쓸한 기억에서 벗어날 수 없다. 게다가 튜체프는, 허무함이라는 암흑과 직면하면서 그곳에 자리 잡고 강렬한 소리를 냄으로써 존재의 환희를 연주했던 바흐적 예술과 같은 담대함도 지니고 있지 않았다. 튜체프는 점차 되돌릴 수 없는 절망과 침묵만 가득한 비관주의와 허무주의의 늪에 빠져들었다. 저항도 초조함도 무의미했다. 시인은 의미 없는 발버둥질을 전부 포기하고 물결처럼 은근히 다가오는 어두운 밤의 공포를 가만히 지켜보며 슬픈 체념을 곱씹는다. 말하고 말로써 마음을 표현하는 것이 시인의 임무라지만 애초에 인간의 단어로는 완전히 표현할 수 없는 이 형이상적인 밤의 감촉을 어떻게 전한단 말인가. '말로 표현된 생각은 전부 허위'였다. 그는 시인으로서 허용된 유일한 예술의 수단조차 더 이상 신뢰할 수 없었다. 그는 「침묵」이라는 시에서

침묵하라, 숨어라, 감추어라
자기 감정이나 공상을
마음 깊숙한 곳에서
그것들이 뜨고 지게 하라
밤하늘의 별처럼 묵묵히

라고 우리에게 이야기하고 있다.

제10장

◆

곤차로프

문학의 세계는 매우 다양하다. 발자크처럼 평생 잇달아 대작을 쓰고 딱히 유일무이한 대표작이랄 게 없고 전부 읽어야 그 이야기 흐름의 전모를 알 수 있는 작가가 있는가 하면, 『돈키호테』의 세르반테스처럼 단 하나의 작품으로 세계문학의 일류 자리까지 오른 작가도 있다. 『오블로모프』의 작가 곤차로프 역시 '한 작품-일류' 그룹에 속하는 인물이다. 게다가 장편소설의 길이가 다른 나라에 비해 말도 안 되게 긴 러시아에서는 별로 대단한 장편소설도 아니었고 제작에 들인 시간만 봐도, 괴테가 『파우스트』를 평생에 걸쳐 쓴 것처럼 오랜 시간을 들여 쓴 작품도 아니었다. 그럼에도 이 한 편의 소설은 작가 곤차로프의 대표작이 되었으며 러시아 문학의 대표작으로서 당당히 세계문학에서 커다란 입지를 차지하게 되었다. 물론 곤차로프는 이 밖에 두어 편의 작품을 더 남겼다. 『절벽』(1869)은, 벨린스키가 도스토옙스키의 『가난한 사람들』에 버금갈 리얼리즘 문학의 걸작이라고 극찬한 그의 처녀작 『평범한 이야기』(1847)나 『오블로모프』(1858)와 거의 같은 시기에 집필하기 시작한 것으로 20여 년 만에 완성했다. 하지만 이상하게도 그렇게 고심해 완성한 『절벽』은 아무리 우호적으로 평가해도 이류 작품이었고 『오블로모프』와는 비교가 되지 않았다. 물론 높이 평가할 만한 요소가 전혀 없는 건 아니었다. 예를 들어 자신의 어릴 적 실제 추억(이것이야말로 곤차로프의 독무대다)에 근거한 할머니의 지극히 슬라브적인 일상 속 분위기에 대한 묘사는 매우 훌륭하다. 하지만 전체적으로 질질 끄는 느낌이며 구성의 통일성이 없고 주인공인 라이스키나 블라 역시 생명 없는 창조물이었고, 허무주의자인 마르크 볼로호프는 오히려 바보 같아 보일 정도다. 유일하게 『오블로모프』만 월등히 뛰어난 걸작이었다.

곤차로프는 매우 편파적이며 한쪽으로 기울어진 마음의 소유자였다. 그에게 정신적인 균형이나 조화는 존재하지 않았다. 가벼운 마음으로 『오블로모프』를 대충 읽어넘긴 독자라면 곤차로프를 매우 태연자약한 바다와 같은 침착함과 조화를 지닌 사람으로 생각할 수도 있다. 하지만 이 소설이 이렇다 할 줄거리나 사건 없이 처음부터 끝까지 그저 늘어진 느낌을 주기에 그런 착각이 들 뿐 이는 결코 작가의 조화나 균형으로 인한 게 아니다. 평범성의 무기력으로 인해 되돌릴 수 없을 정도로 침울해진 주인공의 '오블로모프성性'을 형성하기 위해 일부러 질질 끌면서 굉장히 느린 템포의 문장을 만들었을 뿐이다. 헐렁한 페르시아 가운을 입은 오블로모프가 침대에서 일어나 슬리퍼를 신기까지의 내용만으로 하나의 장을 이루는 이 소설에서는 모든 것이 쥐 죽은 듯 조용한 것도 당연하지만 이때의 적막함은 조화의 적막함과는 전혀 다르다. 생활의 식물적인 안일을 진심으로 사랑했던 곤차로프는 규율이나 통제와는 거리가 멀었다. 당시 곤차로프와 더불어 문단의 총아로 주목받던 투르게네프와는 이런 점에서 날카로운 대조를 보였다. 고전적 조화의 천재로 언제나 바싹 긴장해 마치 고대 조각상과 같은 균형미를 보여주는 투르게네프와 나란히 놓고 보면, 곤차로프는 정말이지 게으르고 야무지지 못한 인간이 아닐 수 없다. 그가 쓴 작품의 성질은 전혀 다르지만 그의 정신 구조는 오히려 고골에 가깝다. 극도로 일방적인 관점의 방향성과 순수하게 내성적인 작중인물 구성법, 그리고 만년에 보여준 정신착란 증상에 이르기까지 말이다. 그는 『절벽』을 막 쓰기 시작할 무렵 1부의 내용을 투르게네프에게 통독해 들려준 적이 있다. 그 후 곤차로프는 자신의 실수로 훌륭한 이념을 그 녀석에게 도둑맞았다는 식의 말도 안 되는 망상에 빠진다. 이후 『아버지와 아들』이라는 작품이 나오자 그는 투르게네프가 자신의 것을 표절한 게 틀림없다고 생각한다. 아니, 이 정도는 별것 아니고 나중에 가서는 플로베르의 『감정 교육』까지 『절벽』을 표절한 것이라면서 작정하고 일을 크게 만들기도 한다. 정말 어처구니없는 상황이 아닐 수 없다. 하지만 이 정도로 철저하게 치우친 사람이기에 한번 제대로 궤도에 올라 치고 나가면 다른 누구도 흉내 낼 수 없는 작품을 만들어 냈는데 이 또한 고골과 매우 유사한 면모다.

곤차로프는 『평범한 이야기』라는 소설로 문단에 데뷔했을 만큼 문자 그대로 평범한 이야기를 좋아했다. 인생에서도 자연에서도 그는 모든 이상한 것들을 좋아하지 않았다. 그는 다른 사람들이 좋아서 바라볼 만한 바다나 산의 웅장한 미관도 매우 '위협적'이라고 느꼈다. 그 대신 곤차로프는 평범하고 이상할 게 없는 소소한 인생의 일상사를 향해 부드럽고 애정 넘치는 시선을 보냈다. 오블로모프가 그 긴 의자 위에서 꾸벅꾸벅 졸면서 어릴 적 일들을 추억하는 '오블로모프의 꿈'을 묘사한 부분은 무척 훌륭하다. 할아버지의,

그 할아버지의 할아버지 시대부터 매일같이 반복해서 내려온 인생이라는 산문, 먹고 마시고 떠들고 일하고 자고 일어나길 반복하는 10년의 세월 역시 하루와 똑같은 생활이라는 산문은 이내 아름다운 시가 되어 독자의 마음을 촉촉하게 적신다. 이 마법 같은 힘은 대체 무엇일까. 메레시콥스키가 『오블로모프』의 묘사를 호메로스의 서사시에 견주었던 것도 무리는 아니다. 무엇보다 19세기 러시아의 서사시에는 올림포스의 신이나 위대한 영웅들, 신을 기만하는 아름다운 용모의 공주들이 등장하지 않으며 등장인물이라고는 하나같이 시골의 평범한 선남선녀뿐이다. 그럼에도 불구하고 이 소소한 인간들의 일상생활은 시적 가치라는 측면에서 올림포스 신들의 웅장함에 전혀 뒤지지 않았던 것이다.

곤차로프의 영혼에는 그리스적 서사시가 지닌 목가적 정신이 생생하게 약동하고 있었다. 물론 철저하게 러시아화된 형태이긴 하지만 그는 고대 그리스의 시인들만이 지녔을 법한 그 크고 목가적인 지상 찬가를 근대 러시아에서 훌륭하게 재현했다. 그는 묵시록적 인간이 아니었다. 인류의 운명이라든가 세계의 미래와 같은 높고 원대한 문제를 짊어지고 불안해하며 조급한 마음으로 미래를 지향하면서 앞으로 나아가려던 당시 인텔리겐치아와는 반대로, 그는 한가로이 뒤돌아보며 언제까지나 떠나는 길목에 발걸음을 멈춰 세우고 있었다. 그는 과거의 러시아가 그립다. 그는 과거의 러시아를 사랑한다. 슬라브 민족의 음악에 깃들어 있는 깊은 애수의 울적하면서도 꿈속에 있는 듯한 과거의 형상들. 그곳의 생활은 느긋하고 쉼이 있었다. 근대적 문화라는 소음에 흐트러지는 일 없이, 뜬구름 잡는 철학이나 도덕적 문제에 마음을 어지럽히는 일도 없이, 예로부터 이어져 내려온 소박하고 청렴한 생활 형식은 하나의 신성한 울타리가 되어 사람들은 그 안에서 진정한 행복을 느낀다. 이러한 생활 기준은 처음부터 완성된 형태로 주어지는 것이다. 이러한 것들에 대해 자기 부모로부터, 부모는 조부모로부터, 그리고 조부모는 증조부모로부터, 옛날 베스타 신전의 성화처럼 신성한 것으로 침범해서는 안 된다는 유언과 함께 대대로 물려받는다. 이렇다보니 그들은 굳이 스스로 무언가를 생각하거나 탐구하고 흥분할 필요가 없다. '무엇 하나 필요치 않다. 생활은 고요한 강처럼 그들 옆으로 흘러간다. 그저 강가에서서 건너편에서 잇달아 예고 없이 나타나는 존재를 가만히 보고 있는 것만으로 된 거다.' 정신적인 피로도 없거니와 불안도 없고 인간은 무엇을 위해 이 세상에 태어난 걸까라는 '어리석은 질문'을 하는 사람도 없다. 마치 넓은 하늘을 날아다니는 새들처럼 자유롭고 느긋한 생활을 하고 있기에 이곳에서는 모두가 건강하고 유쾌하다. 그들에게는 하루하루가 생의 즐거운 축전이다. 근대적 신경을 지닌 문화인에게는 일종의 강박관념으로 위협적이며 두려운 대상인 '죽음' 조차 이곳에서는 인생의 마지막을 장식하는 아름다운 의식이다. 『평범한 이야기』의 아두예프는, '죽음은 결코 무서운 게 아니며 훌륭한 경험이다. 이것을 생각하면 이전에는 느껴본 적 없는 마음속 평화를 느낄 수 있다'라고 했다. 오블로모프 마을에는 죽음에 대한 공포가 없다. 사람들은 죽음을 맞는다. 하지만 그 누구도 아우성치거나 소란 피우지 않는다. 모두가 인생의 마지막인 엄숙한 축전을 평온한 마음으로 받아들이며, 아무도 모르게 마지막 숨을 내쉬고 마치 스러지듯 조용히 이 세상을 떠난다. 죽음도 삶도 똑같이 하나의 목가인 것이다.

이런 세계에서는 자연도 인생이라는 목가 속에 융화되어 하나의 요소가 될 수밖에 없다. 오블로모프의 마을은 자연 속 평화로운 시골이다. 이곳에서는 사람의 마음을 의미 없이 긁어대는 '자극적'인 자연의 미경을 찾아볼 수 없다. 레르몬토프를 매료시킨 웅대한 자연, 이를테면 높은 절벽이나 우뚝 솟은 산악, 울창한 원시림, 거센 파도가 휘몰아치는 광기 어린 바다 등 두렵고도 무시무시한 자연의 '요괴적 변화'는 다행히 오블로모프의 마을에는 없었다. 그 대신 이곳에는 보이는 곳마다 한가로이 목가적 자연이 펼쳐져 있고 이는 친부모처럼 따뜻한 사랑으로 항상 두 팔 벌려 다정하게 안아주었다.

오히려 그곳 하늘은 땅에 아주 바싹 다가와 있다. 하지만 더 강하게 화살을 날리기 위해서가 아니라 오직 땅을 사랑으로 더욱 힘차게 포옹하기 위해서일 것이다. 하늘은 머리 위에 나지막이 펼쳐져 마치 믿음직한 고향집 지붕처럼, 선택받은 이곳을 모든 재난으로부터 보호하고 있는 듯하다…… 산들은 상상력을 위협하듯 무섭게 솟아오르지 않았다. 기분 좋게 누워 장난치고 떠들면서 산둔덕을 미끄러져 내려오거나, 아니면 꼭대기에 앉아서 넘어가는 해를 바라보며 명상에 잠기기에 좋은 완만한 산들이다…… 반경 15 내지 20베르스타의 외딴 시골은 유쾌한 듯 미소를 한껏 머금은 한 폭의 풍경화라 하겠다…… 소란스러움에 지쳤거나, 모두에게 잊힌 자연에 대한 막연한 그리움을 안고, 아무도 모르는 곳에서 행복하게 살고 싶은 마음이었다. 도시에서 멀리 떨어진 이곳은 모두에게 백발이 될 때까지 편안한 삶과, 잠자듯 평온한 죽음을 약속한다.

모든 것이 정적과 부동不動으로 잔잔하게 호흡하고 있는 이런 족장적인 자연 속에서 하나부터 열까지 이와 정확히 어우러진 족장적이며 단란한 인생은 조용하고 별 탈 없이 충실하게 이어지고 있다. 사람들은 일 년 내내 성실한 개미처럼 충실하게 일상을 보낸다. 다들 각자 하는 일로 아침부터 저녁까지 바쁘다.

상쾌한 아침. 훌륭한 여름의 아침이다! 공기는 신선하고 태양은 아직 높지 않았다. 모든 존재 위로 기다란 그림자가 멀리까지 내달린다. 정원과 뒤뜰에는 명상과 졸음을 부르는 서늘한 작은 그늘이 만들어진다. 저 멀리 호밀밭이 붉게 타오르고 강물은 햇살에 눈부시게 반짝인다. 그는 안치프가 마차를 타고 강을 건너 길을 가고 있고, 그와 나란히 실물보다 열 배는 더 큰 다른 안치프가 땅바닥을 기어서 가는 모습을 본다.

아직 오전 중이라 점심 식사로 무엇을 만들지가 집안의 큰 문제다. 식사 준비는 가족 모두가 발 벗고 나선다. 나이가 많은 큰어머니도 조언을 위해 불려온다. 저마다 메뉴를 내놓는다. 부엌에서 들리는 도마질 소리는 더 잦아지고 세게 울려 퍼진다. 부엌데기 노파는 늘 두 배나 되는 양의 밀가루와 달걀을 들고 몇 번에 걸쳐 창고에서 부엌으로 나르는 여행을 해야 했다. 새장에서는 언제나 더 요란한 새 울음소리가 들렸다.

이 장대한 식사가 끝나면 모두가 낮잠을 즐길 시간이다. 집 안팎으로 죽음의 정적이 감돈다. 공기가 흐름을 멈추고 꼼짝하지 않는다. 나무도 물도 침묵한다⋯⋯ 호메로스적인 낮잠의 왕국이

다. 위로는 주인 안방에서부터 아래로는 남자 하인의 방과 헛간, 현관, 정원의 구석까지 이 넓은 집을 빠짐없이 살펴봐도 깨어 있는 인간은 단 한 명도 없다. 구석 여기저기서 코 고는 소리가 화음을 이루며 들려올 뿐이다. 이 소리가 유일한 생명의 증거이며 이 밖에는 그 어떤 소리도 들리지 않는다.

그러는 사이에 더위는 점점 식고 자연은 활기를 되찾아갔다. 태양도 이미 숲으로 바짝 기울었다. 오후의 즐거운 티타임이 왔다. 모두가 동산같이 생긴 사모바르를 둘러싸고 차를 몇 잔씩 마시면서 실없는 주제로 이야기꽃을 피운다. 차를 다 마시고 이런 저런 할 일들을 하다보면 어느덧 저녁이다. 부엌에서는 다시 장작 타는 소리와 도마질 소리가 들려오기 시작한다. 하인들이 문 앞으로 속속 모여들었다. 민속 악기인 발랄라이카 소리와 떠들썩한 웃음소리가 들려온다. 사람들은 술래잡기 놀이를 시작했다.

그러는 동안 태양은 이미 숲 저 너머로 기울었다. 햇살은 어슴푸레 불꽃 띠를 이루며 숲을 관통하고, 소나무 꼭대기를 강렬한 황금빛으로 물들인다. 하지만 오래지 않아 그 빛은 하나둘씩 사라진다. 처음에는 회색빛 무리 속에 희미해져가다가, 나중에는 검은색 무리 속으로 녹아 들어갔다. 밤이 왔다. 땅속에서 하얀 수증기가 모락모락 피어올라 초원과 강으로 퍼져나갔다. 귀뚜라미는 앞다투어 큰 소리로 울어댄다. 강도 덩달아 온순해진다. 하지만 얼마쯤 지나 갑자기 물고기가 다시 한번 펄쩍 뛰어올랐다가

들어가고 강은 그대로 정적에 휩싸였다. 주위에 축축한 냄새가 풍겼다. 어둠은 점점 짙어졌다. 하늘에 샛별이 살아 있는 눈처럼 반짝이고, 집집마다 창문에 불빛이 어른거린다. 이로써 오블로모프 마을의 하루가 끝난다. 사람들은 침대에 누우면서 신음과 함께 성호를 긋고 이렇게 중얼거린다. '그럭저럭 오늘도 무사히 잘 보냈어. 제발 내일도 이러면 좋으련만! 하느님, 감사합니다! 하느님, 감사합니다!'

오블로모프는 이런 평화로운 시골의 목가적 환경에서 태어나 성장했다. 그 어디에서도 오염된 부분이라곤 찾아볼 수 없는 청량한 분위기에 둘러싸인 그는 누구보다 순수한 마음과 유약할 정도로 섬세한 감수성을 지닌 자상한 호감형 인물로 성장했다. 어른이 되어도 그의 영혼은 여전히 갓 태어난 아이처럼 순수했다. 이 영혼에는 저속하고 더러운 기억이 일절 없다. 그는 불성실한 행위를 한 번도 한 적이 없다. 대신에 그는 매우 태만한 인간이다. 세상에서 보는 오블로모프는 혀를 내두를 정도의 게으름뱅이다. 그에게서 착실하고 자주적인 행동은 기대할 수 없다. 그도 그럴 것이 철이 든 이래로 스스로 무언가를 하고자 해도 주위에서 그렇게 놔두지 않기 때문이다. 그렇다, 오블로모프 마을의 사람들은 '개미처럼 근면하지만' 그건 아랫사람에게 해당되는 말이고 '주인'급은 전혀 달랐다. 하나부터 열까지 모든 것을 하인이 대신 해주고 양말 한쪽도 스스로 신지 않는다. 이런 타인의 친절한(너무 친절한) 배려와 봉사에 질려버린 장난꾸러기 도련님이 주택 대지 밖으로 혼자 뛰쳐나가기라도 하면 곧바로 그 뒤로 10여 명의 사람이 절망적인 목소리로 외친다. '큰일이다! 멈춰요! 멈춰! 도련님 넘어져요, 다친다고요! 기다려요, 기다려!' 이렇듯 필요한 것은 뭐든지 해주는 인간들에게 둘러싸여 마치 '온실 속 이국의 꽃처럼 소중하게' 자란 오블로모프가 어찌 자주적이며 활동적인 인간이 될 수 있었겠는가. 그는 위대한 행위를 공상한다. 하지만 이 공상은 절대 현실이 될 수 없다.

오블로모프가 만약 자신이 태어난 고향 땅을 떠나지 않고 그곳에서 계속 생활했다면 행복하고 평온한 삶을 보냈을 것이다. 하지만 시대는 그를 가만히 놔두지 않았다. 그는 도시로 나와 사회생활이라는 풍파 속으로 뛰어들어야만 했다. 그는 대학을 졸업했다. 정해진 경로를 따라 관사도 해보았다. 물론 오래갈 리 없다. 이렇게 이 소설의 제1편이 시작될 무렵에 이미 32, 33세가 된 오블로모프는 완전한 '잉여인간'으로서 우리 앞에 등장한다. 그는 손쓸 방도가 없을 정도로 중병에 가까운 게으름뱅이다. 그는 가로호바야 거리에 있는 하숙집 방에 벌러덩 누워 밤낮없이 잠을 잔다. 누가 뭐래도 움직일 생각이 없다. 삶에 대한 거의 본능에 가까운 공포 탓에 행동으로 옮겨야 한다는 의욕은 완전히 마비된 상태다. 그의 생명은 오직 태만, 권태, 나태로 이루어져 있다. 그가 누워 있는 침실 겸 서재이자 응접실인 곳으로 들어가 주변을 한번 둘러보면 알 수 있을 것이다. 마치 필레시아 꽃 모양으로 사방이 거미줄로 덮여 있는 벽. 자욱한 먼지 때문에 무언가를 비추기보다 메모장으로나 쓰는 편이 나을 법한 거울, 주름투성이 융단, 긴 의자 위에 걸쳐진 언제 썼는지도 모를 수건, 식탁에는 전날 먹고 치우지 않은 그릇, 뜯어 먹다 남은 뼈다귀들과 빵부스러기. 그리고 테이블에 펼쳐진 두세 권의 책은 자세히 보니 페이지 위로 뽀얀 먼지가 쌓여 있고 종이는 누렇게 바래 있다. 주변엔 신문이 나뒹굴고 있는데 날짜를 보니 작년 것이다. 천하태평 게으름뱅이라 해도 해야 할 일이나 걱정거리가 없는 건 아니다. 아니, 걱정거리는 매우 많다. 시골에서 올해 흉작 탓에 수입이 크게 감소했다는 내용의 편지를 받았으며 하숙집에서는 쫓겨날 판이다. 그뿐만이 아니다. 그의 머릿속에는 농노의 생활상태를 개선하고 그들을 해방시키기 위한 새로운 행정책과 실시안들이 맴돌고 있다. 다만 이 원대한 계획이나 이상이 실현될 날이 오지 않을 뿐이다. “그는 고차원적 사색의 쾌락이 무엇인지 알고 있었다. 전 인류가 겪는 슬픔 또한 그에게는 남의 일이 아니었다. 어느 때는 인간의 불행을 생각하며 마음 깊은 곳에서 비통한 눈물을 흘리기도 하고, 형언할 수 없는 기이한 슬픔을 맛보기도 하며, 저 멀리 어딘가에 존재할 것 같은 세계를 동경하기도 했다…… 달콤한 눈물이 그의 뺨을 타고 흘러내렸다…… 간혹 인간적 악행, 허위, 중상모략, 그리고 온 세상에 만연한 악에 대한 모멸감으로 가득 차서 인류에게 그 해악에 대해 알리고픈 열정에 휩싸이기도 했다. 그러다가도 느닷없이 바다에 이는 파도처럼 뇌리를 스치고 지나가는 생각에 계획안을 구상하며 의욕에 불탔다. 변화무쌍한 마음 상태를 지닌 오블로모프에게는, 순식간에 두어 가지 태도를 갑자기 바꾸거나 두 눈을 반짝이며 침대에서 슬며시 일어나 손을 뻗어 영감에 찬 눈길로 주위를 보는 일도 예사였다…… 지금 당장이라도 이 의지가 실현된다면 하나의 공로가 될 게 분명하다. 정말 그런 날이 온다면, 한껏 고양된 노력의 결과로서 기대해볼 만한 기적이 아닐 수 없다…… 그러나 아침이 오는가 싶으면 벌써 날은 저녁으로 기울고, 저녁과 더불어 오블로모프도 평안을 되찾는다. 폭풍우와 격정이 마음속에서 잦아들면 머리는 사상의 도취에서 깨어나 평안해진다. 오블로모프는 조용히 생각에 잠겨 등을 돌리고는 슬픔에 잠긴 시선으로 어느 4층집 너머 황홀하게 기우는 해를 배웅했다. 얼마나 많은 순간 그는 이렇게 저무는 해를 떠나보내야 했던가!"

이렇듯 오블로모프는 마지막까지 파멸의 구렁텅이에 빠져 질질 끌려다닌다. 성실한 친구의 노력도 사랑스러운 소녀의 순수한 사랑도 결국 그를 구원하지 못한다. '풀이 우거진 시골의 순박하고 따뜻한 인정 풍속'의 지반에서 떨어져나온 오블로모프의 반 생애는 어차피 비극으로 끝날 것이었다. 농노제를 기반으로 여기서 태어나 자란 오래된 지주·귀족 계급의 대표자였던 그는, 이제 시끄러운 여론의 규탄을 받으며 머지않아 폐지될 농노제와 그 운명을 함께해야 했다. 세계사적으로 유명한 러시아의 농노제는 몇백 년에 걸친 오랜 시간 동안 '주인'들에게 안일하고 태만한 생활을 보증해 주었다. 하지만 이제 그 시대는 끝나고 의지와 실행과 사회적 정의라는 새로운 시대가 도래하고 있었다. 오블로모프는 세계의 중간 지점, 즉 두 역사 시대의 교차점에 서 있었다. 그의 얼굴은 과거를 향해 있었다. 그는 철저하게 과거에 속해 있고 과거의 힘에 의지해 살았다. 하지만 이 말은 곧 그의 수명이 이제 거의 다되었음을 말해주고 있었는지도 모르겠다. 좋든 나쁘든 이미 스톨츠의 시대였다.

오블로모프가 훨씬 더 고귀하고 결백한 인간이었음에도 불구하고, 소란스러운 시대사조 속에 우왕좌왕하는 '활동적인' 소인배들 무리(예를 들어 이 소설에서는 보르코프, 펜킨, 알렉세이에프, 타란체프 등의 무리)만 사회에서 성공을 거두었고 오블로모프만 혼자 뒤처진다. 본인은 일단 박차고 일어서면 정말 훌륭한 일을 많이 할 수 있겠지만, 결국 끝까지 그런 일은 없을 것이라는, 단념이라 말하기도 힘든 슬픈 의식이 그에게 있었다. 이는 소설 『오블로모프』 주인공의 비극일 뿐 아니라 당시 러시아 사회의 현실적인 비극이었다. 문학계만 봐도, 푸시킨의 오네긴 이후로 『우리 시대의 영웅』(레르몬토프)의 페초린, 『누구의 죄』(게르첸)의 페리토프, 『죽은 혼』(고골)의 첸토니코프, 『루진』(투르게네프) 등등 열거하자면 끝이 없다. 대표적인 작가들의 유명한 중장편 작품 속 주인공들은 거의 다 '잉여 인간'이었는데 문학을 떠나 현실의 비극적 상황은 훨씬 더 심각했다. 속출하는 잉여 인간의 비극을 어떻게 처리할지, 그리고 잉여 인간 발생의 진짜 원인은 무엇인지 등등이 1850년대 러시아의 가장 큰 고민거리였다. 그렇기에 이 소설이 출판되었을 당시 사람들은 상상을 초월할 정도로 흥분하는 모습을 보였다. 러시아에서 책을 읽을 수 있는 사람이라면 너나없이 앞다투어 이 책을 읽었다. '오블로모프성Oblómovshchna'이라는 단어가 생겼으며 그 시대의 화제를 독점했다. 모든 이가 오블로모프에 대해 이야기했고 자기 내부에도 그러한 측면이 일부 있음을 누구나 인정했다.

『오블로모프』가 이 정도로 대성공을 이룰 수 있었던 이유는 단순히 '잉여 인간'의 비극적 운명을 마지막까지 추궁해 분석해냈기 때문만은 아니고 이 인물이 매우 완벽한 러시아적 성향을 지녔기 때문이다. 그의 선배 격인 오네긴, 페초린, 페리토프, 루진이 하나같이 푸시킨의 '절반만 러시아인'인 서양풍의 문화적 지식인이었던 반면, 오블로모프는 골수까지 러시아인이었다. '러시아인이 아니고서는 절대 알 수 없을 정도로 러시아적인'(크로포트킨) 인간 말이다. 그는 광대하고 비옥한 러시아 대지의 어딘가에 주저앉아 조금도 움직일 생각이 없다. 이게 또 정말이지 훌륭하다. 그는 이토록 지독히도 게으른 사람임에도 인간적인 매력이 있다. 진심으로 '러시아적인 것'을 좋아하는 사람이라면 절대 이런 게으름뱅이를 증오하거나 싫어할 수 없을 것이다. 먼 옛날 그리운 엄마와 같은 러시아의 영혼이 그대로 인간의 모습으로 바뀐 듯한 오블로모프를 어찌 싫어할 수 있겠는가. 곤차로프는 '나는 오블로모프의 성격에 러시아적 인간의 몇 가지 근원적인 특질을 넣었다'라고 말했다. 오블로모프성은 이른바 러시아인의 병이다. 하지만 이는 어디까지나 러시아인의 병, 본질적으로 러시아적인 병이다. 러시아적인 생활의 모든 것, 모든 러시아 역사 속에서 이 병의 흔적을 찾을 수 있다. 이는 러시아 민족의 삶에 여러 결함과 폐해를 초래했으며 위기를 불러일으켰다. 반면에 오블로모프성은 이들 민족의 성격 형성에 있어서 유례를 찾아볼 수 없을 만큼 한없이 넓고 거대한 것을 부여했다. 유유히 흐르는 볼가강의 흐름처럼 인생의 고뇌를 마치 남 일처럼 여겨 당황하거나 소란을 떨지 않고 이 세상을 여유롭게 살아갈 수 있는 생활력이 그것이다. 예전부터 지금까지 러시아인의 '니체보ничего' 주의아무래도 상관없다는 의미는 변함이 없다. 하지만 이렇듯 느긋한 '니체보'는 오직 오블로모프성에서만 생겨날 수 있을 것이다.

제11장

◆

투르게네프

푸시킨이 특유의 미와 조화를 유산으로 남겼다면 투르게네프야말로 의심의 여지 없이 그의 직계 계승자다. 푸시킨의 시와 더불어 사라진 서정적 조화의 빛은 잠시 사람들 사이에서 모습을 감췄다가 어느 날 문득 생각이라도 난 듯 투르게네프의 영혼을 통해 다시 점화되었다. 하지만 푸시킨의 보석과 같은 견고하게 결정화된 서정시의 형태가 아닌 대하소설 형태로 그 모습을 드러냈다. 이 푸시킨적 서정성이야말로 투르게네프 문학의 본질적 정신이자 최대 매력 포인트였으며 이는 투르게네프에게 세계문학에서 부동의 위치를 보장해주었다. 투르게네프는 부조화의 나라인 러시아에서, 심지어 모든 것이 모순되고 상극인 형상으로 광분하던 19세기에 살면서도, 홀로 온화하게 서정적 망상에 취할 수 있었던 예술의 나라의 은자였다. 장대한 톨스토이의 서사시적 정신의 격류나 도스토옙스키라는 극적 천재, 그리고 투르게네프를 나란히 놓고 보면, 늘 일말의 애수를 찬미한 이 사람의 서정적 분위기는 어딘가 모르게 그립고도 냉철한 아름다움으로 빛나 보인다. 그는 결코 톨스토이처럼 거대한 인간이 아니었고 도스토옙스키처럼 위대한 사상가도 아니었다. 그는 소설을 통해 시를 쓰는 서정시인이었다. 우리는 그 이상의 것을 그에게 바랄 필요가 없을 것이다. 그의 서정시는 우리 가슴에 깊은 미적 감동을 불러일으키고 일상적이며 사소하고 번잡한 세상의 혼란 속에서도 아주 맑고 애처롭지만 아름다운 인생의 깊은 내면을 생생히 보여주기 때문이다.

투르게네프는 고대 '엘레지' 작가들처럼 인생의 깊은 외로움에 사무쳐 있었다. 그는 청춘의 모든 감격과 흥분, 환희에도 불구하고 궁극적으로 인생의 진실은 비수라는 사실을 일찍부터 꿰뚫어보고 있었다. '생의 태만taedium vitae'이라 하여, 옛날 로마 사람들을 괴롭혔던 인생의 우울함은 마치 향쑥을 씹는 듯한 씁쓸한 인생을 맛보게 했고 이 러시아 시인을 끊임없이 울적한 명상으로 이끌었다. 그는 항상 세상살이의 허무함과 인생의 덧없음을 인지했다. '가는 곳마다, 언제 어디서나 변함없이 공空에서 공으로 반복되는 영원한 윤회, 같은 물의 넘실거림', 그것이 꾸미지 않은 있는 그대로의 인생이었다. 투르게네프의 65년 인생에 걸친 모든 작품의 밑바닥에는 늘 뿌리 깊은 비관주의가 있었다. 하지만 이 비관주의는 사람의 마음을 절망적인 심연으로 떨어뜨리지 않고 오히려 인생에서 가혹한 시련에 상처받고 지친 사람들의 마음을 다정하게 위로하며 다독여준다. 인생의 진정한 외로움은 언제나 그런 것이다. 이는 사람들의 영혼에 인생의 고요한 사랑을 점화한다. 이 맑고 청량한 경지에 절망이나 광란은 다가갈 여지가 없다. 그리고 이러한 심경의 근원으로부터 투르게네프 특유의 부드러운 선과 색감, 정숙하고 소극적인 특유의 글맛과 매력이 드러난다. 그가 서정적 영감의 파도에 올라타서, 자연을 묘사하고 여성의 표정을 품은 아련한 눈초리나 여성적 영혼의 섬세한 흔들림을 묘사할 때의 그 가락은 이루 말할 수 없을 정도로 훌륭하다. 이는 보일 듯 말 듯한 빛처럼 정처 없이 흘러들어와 대기를 적시고 우리 영혼을 가만히 부드럽게 감싸안으며, 몸도 마음도 녹일 듯한 달콤하고 슬픈 시적 도취의 세계로 우리를 데려간다. 만년의 작품인 『봄물결』이나 『산문시』는 여느 세계적인 유명한 대작과 다르게 사회적 현실의 문제를 주제로 삼지 않았는데 그렇기에 순수하게 투르게네프적 예술의 서정적 본질을 분명하게 조명하는 희소성 있는 명작이다. 북유럽의 비평가 브란데스는 이렇게 말했다. "투르게네프의 마음속에는 한 줄기 깊고 광활한 애수의 강물이 흐르고 있는데, 이것이 그의 모든 작품을 관통한다. 그의 묘사는 어디까지나 냉정하고 객관적이며, 그는 자신의 소설 속에 서정시를 삽입하는 일이 거의 없는데도 불구하고 그의 작품은 전체적으로 서정시의 인상을 풍긴다. 그의 작품 속에는 투르게네프 자신의 정감이 넘쳐흐르며 그 정감은 늘 애수였다. 이는 일말의 감상도 없는 불가사의한 애수다. 투르게네프는 대책 없이 자신을 감정에 내맡기는 일은 절대로 하지 않았으며 오히려 항상 감정을 억제했다. 하지만 서구 작가 중에서 이토록 애처로운 사람도 없다. 단단하고 빈틈없는 윤곽을 지닌 라틴 민족의 애수나 비장하고 감상적인 독일 민족의 비애와 다르게 투르게네프의 애수는 본질적으로 가냘프고 비극적인 슬라브 민족의 애수다. 이는 슬라브 민요의 애수로 직결된다."(『러시아의 인상』)

이처럼 서정적 애수의 미가 슬라브 민족적이라 할지라도(아니, 슬라브적일수록 더더욱) 전 세계 어디에 내놓아도 그대로 통용된다. 이를 이해하는 데 어떤 장애나 경계도 없다. 그리고 이는 사람들의 흉금을 울린다. 사람들은 그저 이 마력과 같은 주술에 홀린 듯 몸을 내맡김으로써 이 서정적 문학의 세계로 진입하게 되는 것이다. 따라서 수많은 러시아 대작가 중에서 투르게네프가 가장 먼저 서구 문단에서 영광의 위치를 점할 수 있었던 것은, 결코 그가 오랜 시간 프랑스나 독일에서 생활했고 그곳 문인들 중 지인이 많았기 때문만은 아니다. 톨스토이나 도스토옙스키를 깊이 있게 이해하려면 상당한 준비와 노력이 요구된다. 고골은 러시아어 원문으로 읽지 않는 한 그 진수를 알 수 없다. 반면 투르게네프에게는 적어도 예술성에서만큼은 그러한 부분을 거의 찾아볼 수 없다. 그는 "우리 러시아인들은 지나치게 외부 영향을 두려워해 마치 겁쟁이 아이처럼 이를 피하려 할 정도로 자주성이 떨어지고 약한 민족일까? 아니다, 나는 그렇게 생각하지 않는다. 설령 일곱 개의 바다에 의해 씻겨 내려가는 일이 있더라도 우리한테서 러시아적 본질을 떼어낼 수 없다고 나는 확신한다"라고 단언했다. 그는 분명 서구주의자임에도 불구하고 결국 골수까지 러시아적이고 슬라브적인 인간이었으며 러시아적 본질을 전 세계 사람들이 공유할 수 있는 보편적 형태로 표현하는 방식을 알고 있었다. 투르게네프가 러시아 문학뿐만 아니라 이른바 러시아의 영혼 그 자체를 서구에 소개하고 세계화한 공적은 부정할 수 없다. 서구 사교계에서 그는 자타공인 러시아의 '정신적 대사'였으며 더할 나위 없는 문화사절단이었다.

하지만 결국 이러한 서정성이라는 주술이 인간의 영혼을 뿌리째 뒤흔들 수 없다는 사실 역시 부정하기 힘들다. 세상 사람들은 점차 여기에 지루함을 느끼기 시작한다. 게다가 톨스토이나 도스토옙스키라는 거대 문학인들이 서구 지식인들의 눈에 띄기 시작하면서, 투르게네프의 문학은 심오한 세계관이나 사상적 문제를 다루지 않는 경박하고 기분파에 가까운 예술로 치부되었고 급속도로 인기가 떨어진다. 생각해보면 러시아뿐 아니라 모든 명망 있는 문호 가운데 투르게네프만큼 세간의 평가 때문에 부침이 심했던 사람도 거의 없다. 게다가 러시아에서 이러한 경향은 더 심했다. 왜냐하면 투르게네프는 자신의 타고난 장점인 서정적 예술미의 창조로 삶을 일관할 생각이 없었기 때문이다. 그는 직접 살아 숨 쉬는 현실로 손을 뻗어 자기 힘으로 사회를 움직이고자 했다. 그는 새로운 세대의 지도자가 되고자 했으며 새로운 사회와 새로운 시대의 빛나는 선구자이자 러시아 미래의 예언자로서의 자각을 지니고 있었다. 사실 투르게네프에게는 오래된 사회에서 새로운 무언가의 도래를 목전에 두고 영원히 사라질 위기에 처한 구세계의 대변자가 제격이었으나, 이와는 완전히 반대 방향을 향하고 있었던 것이다. 그리고 이것이야말로 그가 파국을 맞은 근본 원인이었다.

사실 러시아에서 투르게네프는 그의 출세작인 『사냥꾼의

수기』 이후로 서정적 예술가보다 오히려 뛰어난 사회사상가 및 사회비평가로서 높이 평가받았다. 어쩌면 그의 작품에서 정치적·사회적 사상만 추구했던 당시 일반 독자나 비평가들에게도, 투르게네프의 문학적 명성의 부침에 대한 책임이 있다고 할 수 있다. 그를 일약 문단의 총아로 만든 『사냥꾼의 수기』만 해도 사실 사회조직의 부정적 측면에 이의를 제기할 의도로 쓰인 것은 아니었다. 그는 러시아 농민의 일상생활을 따뜻한 이해와 깊은 인간애로써 있는 그대로 묘사하려 했을 뿐이다. 그런데 이러한 천성을 지닌 예술가가 농민의 인간성을 묘사하다보니 자연스레 어리석고 짐승 같은 '주인' 계급과의 대조가 부각되었다. 예기치 않게 이 책은, 동물 취급을 받던 농노가 사실은 매우 인간미 넘치는 인간이며 오히려 지주야말로 금수와 같다는 사실을 만인에게 폭로하게 된 셈이다. 작가의 의도와 상관없이 『사냥꾼의 수기』는 폭로문학 그 이상이 되었다. 실제로 1852년 이 작품집이 출판되었을 때의 엄청난 반향은 오늘날 상상할 수 없을 정도였다. 이는 문자 그대로 사회의 일대 사건이었다. 너도나도 이 책을 읽고 그에 관해 이야기했으며 농노제의 문제에 대해 고민했다. 관헌은 갑자기 바빠졌고 이 무서운 서적의 출판을 허가한 검찰관은 면직당했다. 시간이 흘러 농노해방을 단행한 황제 알렉산더 2세는 당시 아직 황태자였는데 『사냥꾼의 수기』를 읽고 나서 처음으로 농노제의 죄악성을 통감했고 이로 인해 농노제를 폐지해야겠다는 결심에 이르렀다고 알려져 있다.

문단에서의 매우 성공적인 첫걸음은 자신의 문학적 재능에 반신반의했던 그에게 큰 힘을 실어주었으며, 이 특수한 대성공의 경험은 이후 투르게네프의 문학활동에 결정적인 영향을 미쳤다. 원래 그는 세간의 평가에 결코 무관심할 수 없는 민감하고 신경질적인 인간이다. 이미 그는 러시아 전역에서 일류 사회사상가로서 명성이 높았고 모든 사람이 그에게서 시대적 문제에 대한 대답을 기대하고 있는 상황이었기에 만인의 기대를 저버릴 수 없었을 것이다. 뿐만 아니라 그 자신 역시 사회적·정치적 문제나 시대사조의 동향을 표현하는 데 흥미를 지니고 있었다. 한 시대를 대표하면서 동시에 이것이 내포하는 장단점을 모두 아우르고 있다는 의미에서 시대적 상징이 될 만한 전형적인 인물을 창조하는 일이야말로 오직 투르게네프만이 할 수 있는 그만의 재능이었다. 그는 사회 상층부에서 보이는 새로운 기운의 징조와 새로운 유형의 인간이 생겨나는 것을 누구보다 빨리 인지해 이를 작품 속 주인공으로 만들었다. 사람들은 이를 두고 투르게네프의 예술적 통찰력이라고 말하곤 하는데, 오히려 사냥개의 후각에 가까운 예민한 감각이라고 하는 편이 나을 듯하다. 그는 시대 분위기 속 그 어떤 미세한 움직임도 놓치지 않는다. 희미하게 바람만 살랑여도 그는 금세 알아챘다. 그렇기에 투르게네프의 대표적 장편소설인 『사냥꾼의 수기』와 이후 1856년에 발표한 『루진』과 1876년 작품인 『처녀지』는 의도치 않게 1840년대~1870년대에 이르는 러시아 사회의 변천사를 제대로 보여준다. 하나같이 농노해방이라는 세기의 대사건을 다루고 있는 이들 소설의 주인공들은 러시아 사상 유례없을 정도로 변동이 격심했던 30여 년 동안 러시아 유식계급이 경험한 역사적 단계를 각각 대표하는 상징적 인물이었던 것이다. 먼저 투르게네프는 당시 세대의 큰 문제였던 '잉여 인간'을 다루기 시작했는데 그것이 바로 작품 『루진』이다.

잉여 인간을 투르게네프적 인간의 전형이라 생각하는 문학인이 있을 정도로 이 문제는 그에게 특별했다. 농민의 일상생활이 주제인 『사냥꾼의 수기』에도 『시치그로프 군의 햄릿』과 같은 이색적인 작품이 등장하며, 여기서도 투르게네프의 햄릿적 인간, 즉 잉여 인간에 대한 표현이 확실한 주제로 다루어지고 있다. 머리가 좋고 훌륭한 교양을 지닌 남성, 하지만 모처럼 사상이나 이상이 있어도 실행으로 옮길 의지가 없는 탓에 결국 아무것도 하지 않고 평생을 보내는 비극적인 인간. 상류사회의 한심하고 철없는 모습에 완전히 정나미가 떨어졌으나 나름 어설픈 교육을 받고 교양을 갖췄기에 자연스레 민중 사이에도 녹아들지 못하는 사람. 투르게네프는 이런 유형의 인간을 『루진』에 앞서 「잉여 인간의 일기」(1850)에서도 언급했으며, 이후 1860년 '햄릿과 돈키호테'라는 주제의 강연에서는 사상적 테마로 구체적으로 파고들었다.

『루진』의 주인공은 새로운 인간이라기보다 한 세대 정도 이전의 인간, 즉 투르게네프 자신도 원래 여기에 속하며 내심 이에 대한 애착을 끊기 힘든 1840년대 귀족적 인텔리겐치아의 전형적 인물이다. 러시아 정신사에서 1840년대 이상주의자는 매우 특이한 현상으로 세계적으로 유명한데, 투르게네프는 이 세대의 인간을 내면적으로 정확히 꿰뚫어보고 있었다. 이들은 까마득히 높은 이상을 가슴에 품고 지상에 사회적 정의를 실현해 전 인류에 봉사하고 싶어하는 열정 넘치는 고귀한 사람들이었다. 하지만 애석하게도 후세의 인텔리겐치아적 특징을 지닌 돈키호테 성향은 가지고 있지 않았다. 루진도 그런 인간이다. 그는 자신에게 위대한 목적이 있다는 사실과 그 목적이 무엇인지 알고 있다. 그는 열정적인 웅변가다. 대담한 개혁안들이 머릿속을 떠다녔고 실제로 그는 인류의 행복을 위해 스스로를 희생할 각오까지 되어 있다. 그가 자신의 사상을 강력하고 열정적인 언어로 도도하게 개진해나갈 때면 청년들은 이에 흥분하며 정신 나간 사람처럼 기뻐 어쩔 줄 모른다. 하지만 막상 실행에 옮기려 하면 무엇 하나 해낼 능력이 없다. 사회를 개혁하거나 인류의 행복을 위해 봉사하기는커녕 자신에게 순수한 사랑을 바치는 아름다운 나탈리아에게 사랑을 돌려주는 일조차 할 수 없는 그야말로 실생활에서는 불능자인 것이다. 결국 그는 파리의 2월 혁명에 휘말려 완전히 무의미한 죽음을 맞는다.

『루진』이 나오고 3년 후인 1859년에 투르게네프의 작품 중에서 가장 아름다운 소설로 손꼽히는 『귀족의 보금자리』가 세상에 나온다. 하지만 여기서도 여전히 작가의 시선은 과거를 향하며 거기에 매력을 느끼고 있다. 그는 이 작품을 통해 옛날 러시아의 지주적 귀족생활을 배경으로 한 모든 아름답고 고귀한 존재를 마음껏 찬미했다. 투르게네프는 완전히 다른 성질의 새로운 세대의 출현을 코앞에 두고 이윽고 파멸을 맞을 이전 러시아의 그립고 애석한 모습에 마지막 작별 인사를 고한 것이다. 바로 리자 칼리티나가 이를 상징하고 있다. 따라서 이 소설의 시적인 아름다움은 전부 리자를 중심으로 전개된다. 원래 여성미의 창조에 있어서 천하일품이라는 평가를 받았던 투르게네프였지만 이토록 내적으로나 외적으로나 결점 하나 없는 조화 그 자체로서의 여성상을 그려낸 것은 리자가 처음이자 마지막이었다. 리자는 투르게네프적인 영원한 처녀성이자 가장 순수하고 완벽한 구상화였다. 그녀는 푸시킨의 타티야나(『예브게니 오네긴』의 여주인공)의 연장선상에 있었는데 심지어 타티야나보다 더 심오하다. 푸시킨 이후로 어느 누구도 흉내 내지 못했던 진정으로 러시아적이며 근원적인 러시아의 영혼이 여기서 다시 훌륭하게 그 모습을 드러냈다. 그녀의 성격에는 심오한 슬라브적 경건함이 있는 그대로 묻어났으며 이는 그녀에게 최상의 정신적인 아름다움을 제공한다. 그녀의 영혼은 순진하고 청정하며 섬세하다. 그리고 신에 대한 생각으로 넘쳐나며 신의 존재를 곳곳에서 생생하게 느끼면서 언제 어디서나 자신이 신 앞에 있다는 사실을 의식하고 있다. 평상시 그녀의 정신 상태는 끊임없는 기도 그 자체다. 그녀는 모든 사람을 조심스레 사랑한다. 선인도 악인도 전부 신의 나라의 자식으로서 차별 없이 사랑한다. 하지만 이와 더불어 무시무시한 악이 사람들을 지배하고 있으며 결국 이 세상이 죄악의 세계라는 사실 역시 잘 알고 있다. 그리하여 그녀는 일찍이 수도원에서의 생활을 생각한다. 아니 그녀는 이미 현실에서 사람들과 어울리며 생활할 때부터 마음속으로는 완전한 수도자와 같은 고독함 속에 있었다. 그리고 마지막으로 라브레츠키와의 덧없는 사랑이 깨지고 난 후 그녀는 정말 수도원으로 들어가버린다. 하지만 그녀는 수도원의 고요한 고독 속에서 자기 자신 한 사람의 영혼이 구원받기를 바라거나 개인적 행복을 얻고자 한 것이 아니었고, 모든 사람에게 봉사하며 모든 사람의 구원을 추구하고자 이 세상에서 물러난 것이었다.

이 소설의 남자 주인공 라브레츠키는 내적인 빛으로 충만한 리자에 훨씬 못 미친다. 그는 선배인 루진이 그러하듯 여전히 인생의 패배에 허우적대는 불행한 잉여 인간이다. 하지만 사생활에서의 실패에도 불구하고 여전히 활동적인 현실 사회에 적극 참여하려는 의지를 지니고 있다는 점에서 루진과 다르다. 다시 말해 여기서 이미 희미하게나마 새로운 시대와 새로운 세대의 빛이 떠오르고 있었다. 그리고 투르게네프는 다음 작품인 『전날 밤』에서 이 새로운 세대의 인간을 주제로 다룸으로써 이와 당당히 정면에서 마주하게 된다.

『전날 밤』은 농노해방 전년도인 1860년의 바로 그 전날 밤에 쓰인 소설이다. 투르게네프는 이 작품에서 처음으로 회고적인 과거를 향한 시선을 완전히 접고 지금 눈앞에서 새로이 탈바꿈하고 있는 러시아를 향해 기대의 눈짓을 보이기 시작한다. 문학 영역에서의 문제가 아닌 생생한 현실적 문제로서, 좋고 나쁨을 떠나 이전의 족장적 러시아 사람들은 꿈도 꾸지 못했을 새로운 생활과 삶의 방식은 여러 큰 문제를 동반하면서 러시아 지식계급을 근저에서부터 움직이고 있었다. 그는 살아 있는 현실을 고스란히 예술의 세계로 옮겨놓고자 했다. 이제 투르게네프의 최대 관심사는, 더 이상 노인 세대는 이해할 수 없는 새로운 세대가 생각하고 바라는 것을 재빠르게 파악해 여기에 구체적인 형상을 부여하고 살아 있는 인물로 결정화하는 일이었다. 그는 구시대의 유물로 여겨지는 것을 참을 수 없는 수치로 생각했다. 투르게네프는 항상 진보적 견해의 대표자이자 젊은 세대의 대변자로 있고 싶었다. 오직 젊은이들의 열광적인 환호가 그를 기쁘게 했다. 그 결과 『전날 밤』의 주인공 인사로프와 그 상대역인 엘레나가 창조된 것이다.

『전날 밤』은 투르게네프의 신경향이 반영된 첫 번째 작품으로, 커다란 성공을 거두었다. 출판과 동시에 사회 전반에서는 이를 둘러싼 찬반양론이 일어났으며 작가의 의도대로 젊은 세대와 사회의 진보 분자는 무조건적인 그의 편이 되었다. 하지만 이 작품의 사상을 전면적으로 긍정한다는 것은, 요컨대 당시 젊은 세대가 얼마나 행동을 지향하고 적극적이며 과격한 혁명정신의 소유자인가에 대한 직접적인 증거가 되었다. 전날밤이면 '오늘'은 언제 오는 걸까? 이 소설을 읽은 청년 인텔리겐치아는 자신이 나아갈 방향이 분명해졌기에 기뻐하고 흥분했다. 젊은이들 사이에 행동적 선을 향한 열렬한 갈망이 팽배해 불거져 나왔다. 모두가 인사로프와 같은 '영웅'의 출현을 학수고대했고, 러시아에 있어서 인사로프의 필요성을 통감했다. 도브롤류보프는 이렇게 말했다. '러시아에 인사로프가 출현할 날도 그리 머잖을 것이다. 우리는 그의 출현을 몹시 고대하고 있다. 이런 열병과 같은 참을 수 없는 초조함이야말로 살아 있다는 증표다. 그는 우리에게 없어서는 안 될 존재다. (…) 그날은 결국 도래할 것이다. 어찌 되었건 전날밤이라 하니 그다음 날도 머지않았다는 것이리라.'

인사로프는 조국 해방을 위해 목숨을 걸고 싸운 불가리아의 망명 지사다. 그는 조국을 해방시킨다는 생각 하나만 가진 사람이다. 달콤한 감상이나 철학적 망상도 없으며 그의 생명은 오직 강인한 행동에의 의욕만으로 유지되었다. 온몸과 영혼을 완벽하게 강철로 무장한 듯한 남자. 모두 알고 있듯이 이러한 유형의 인간은 러시아에서 19세기 후반부터 나타나기 시작해 이후 공산당 형성에 큰 역할을 했다. 그를 사랑한 역할인 엘레나는 순수한 러시아의 딸이다. 그녀는 투르게네프의 문학적 문맥상 『루진』의 나타샤 계통에 속한다.

나타샤가 창조된 시기의 러시아 현실에서는 이런 용감한 행동을 하는 여인이 흔치 않았으나 『전날 밤』의 경우에는 이미 현실 사회에서도 나타샤나 엘레나가 큰 역할을 하고 있었다. 엘레나는 『귀족의 보금자리』의 리자가 보여주는 조용한 체념의 정신적 미와는 대조적이었다. 이른바 좋은 집안의 자녀로서 전통적인 가정 환경에서 태어나 자란 그녀는 그 온실 속 정체된 공기를 참을 수 없어 한다. 그녀는 좀더 행동반경을 넓힐 만한 세계를 원한다. 그녀의 가슴속에는 위대한 행동에 대한 욕구가 불타오른다. 그녀는 일기에 '선한 것이라는 사실만으로는 부족하다. 선한 것을 행하는 것, 바로 그거다, 이것이야말로 인생에서 위대한 일이다'라고 남겼다. 그녀는 인사로프를 만나고 비로소 진정으로 산다는 것의 위대한 의의를 깨닫는다. 그녀는 그와 사랑에 빠졌으며 결국 가정을 버리고 그리운 모든 것까지 미련 없이 던지면서 그의 강력한 조력자가 되고자 마음먹고 그를 따라 영원히 러시아를 떠난다.

『전날 밤』을 썼을 당시 투르게네프의 인기는 절정에 달했다. 그는 문자 그대로 새로운 시대의 지도자였고 그의 사회적 세력은 놀라울 정도로 커졌다. 이러한 성공에 기분 좋아진 그는 거의 쉴 새 없이 작업해 1862년에 그의 대표 걸작

『아버지와 아들』을 발표했고 이 또한 러시아 전역에 센세이션을 일으켰다.

『아버지와 아들』, 정확히는 『아버지들과 아이들』은 제목에서 알 수 있듯이, 구시대의 아버지들과 새로운 시대의 아이들 간의 자극적인 알력관계를 주제로 한다. 그 자체로 매우 극적인 사건인 농노해방으로 시작되는 1860년대라는 역사적 전환기에 러시아 사회를 구성하는 신구 두 세대는 여전히 유례없는 묘한 위기의식과 긴장감 속에서 치열하게 대립했다. 이 둘 사이의 거리는 더는 돌이킬 수 없을 정도로 나빠졌다. 아버지와 아이 사이의 차이가 극도로 심해진 것이다. 사상은 물론 주의도 다르고 사물을 보는 관점이나 느끼는 방식에 이르기까지 모든 것이 달랐다. 이런 상황에서는 소통도 도움이 되지 않는다. 타협의 여지라고는 전혀 없었다. 구시대를 대표하는 아버지 세대의 정신은 이를테면 가장 진보적인 분자라도 일종의 이상주의에 불과하다. 하지만 새로운 시대의 아이들 입장에서 이상주의적 열정은 어차피 현실의 벽에 부딪히면 금세 파멸해버릴 전혀 믿음이 가지 않는 꿈이자 그저 '달콤한 시럽'에 불과했다. 현실에서 시럽은 아무 도움이 되지 않는다. 현실은 옛날 사람들이 생각하고 있는 것보다 훨씬 더 냉혹하다. 이런 냉혹한 현실에 대처하려면 인간 역시 여기에 지지 않을 만큼 냉혹해지지 않으면 안 된다. 그래서 이상주의가 아니라 합리주의, 감격이 아니라 냉정, 꿈이 아니라 자연과학을 택했으며, '자연과학'이라는 단어는 새로운 시대의 표어가 된다. 독일로부터는 포이어바흐나 뷔히너와 같은 어설픈 유물주의적 풍조가 수입되어 한 세대를 풍미한다. 문학계에서도 당시 벨린스키를 계승한 훌륭한 평론가라 칭송받은 체르니셉스키가 이른바 순수미의 예술적 가치를 부정하고 일종의 공리주의를 표방했으며, 수재인 피사레프는 플라톤 철학을 공부하거나 푸시킨의 시를 감상할 여유가 있으면 집을 건축할 기술이나 구두를 깁는 기술을 습득하는 편이 훨씬 더 현명하다는 식으로 큰소리쳤는데, 그때는 이러한 것들이 갈채받는 시대였다. 투르게네프는 '현실주의적' 세계관을 기반으로 예술, 철학, 종교 등 지금까지 권위 있는 존재로 여겨져온 모든 원리를 부정하고, 모든 것에 그 어떤 꿈이나 열정도 품지 않은 채 오직 자연과학적 실증을 유일한 버팀목으로 삼아 함비라적으로 강력한 인생을 살려는 새로운 시대의 아이들을 '허무주의자'라고 명명했다. 그리고 이 명칭은 『아버지와 아들』의 내용 중 신세대를 대표하는 바자로프의 이름과 더불어 일종의 시대적 유행어가 되어 러시아 전역에서 화제가 되었다.

바자로프는 허무주의자다. 하지만 여기서의 허무주의자

는 시간이 흘러 후세에 등장한 러시아 허무주의자와 같은 혁명주의적 테러리스트를 의미하지 않는다. 물론 혁명주의자이긴 하지만 정치적 혁명주의자가 아니라 그저 정신적 의미에서의 파괴주의자를 말한다.

"도대체 이 바자로프 씨는 어떤 사람인가? 부탁인데, 나한테 좀 설명해주면 안 될까"라고 구시대를 대표하는 파벨 페트로비치가 조카인 아르카디에게 묻는다.

"허무주의자예요."

"허무주의자(니힐리스트)…… 내가 알기로는 그건 라틴어 '니힐', 즉 무無에서 온 단어인데. 그럼 이 말은 그 어떤 것도 인정하지 않는 인간이라는 의미지?"라고 니콜라이 페트로비치(아르카디의 아버지)가 말한다.

"아니요, 어떤 것도 존경하지 않는 인간에 가까워요"라고 파벨 페트로비치가 끼어든다.

"모든 것에 대해 항상 비판적 관점에서 대처하는 인간이죠"라고 아르카디가 말했다.

"하지만 결국 같은 거 아닌가?"

"그런데 같은 게 아니에요. 허무주의자는 어떤 권위 앞에서도 머리를 숙이지 않고 어떤 원리도 맹신하지 않는 인간이에요. 설령 그 원리가 제아무리 존경받는 것이라도요."

하지만 어떤 원리도 신용하지 않는 이 '허무주의자' 바자로프는 자연과학적 실증주의의 원리만큼은 무조건 신용했으며, 어떤 권위 앞에서도 절대 머리를 숙이지 않을 그가 의학의 권위만큼은 맹종했다. 그는 의사다. 그는 개구리를 잡아서 해부해 '그 배 속이 어떻게 이루어져 있을지' 연구한다. 개구리의 배 속 구조를 통해 인간의 배 속 구조를 유추하기 위해서 말이다. 어째서 이렇게 열심히 개구리를 잡으려 하는지 의아하다는 듯이 묻는 시골 아이들에게 그는, '나는 개구리를 해부해서 이 녀석의 배 속이 어떻게 되어 있는지 연구하려고 해. 나도 그렇고 너희도 그렇고 개구리랑 똑같거든. 그저 인간은 두 발로 서서 걷는다는 것만 다를 뿐이지. 그러니까 개구리의 배 속을 보면 우리 배 속의 모습도 알 수 있지'라고 말한다. 시골 아이들은 이런 바자로프를 어이없어했고('이봐요, 들어봐요. 그럼 당신은 우리나 당신이 개구리랑 똑같다는 말인데, 이건 말이 안 되잖아!'), 파벨 페트로비치는 이를 비꼬았다('그러니까 저 녀석은 개구리를 해부한다 그거지. 주의라든가 사상은 믿지 않지만 개구리는 믿을 수 있다는 소리로군').

도대체 투르게네프 자신은 바자로프에게 어떤 마음을 투영한 것일까. 새로운 시대의 대표자, 이 용감한 '허무주의자'를 그는 긍정하기 위해 만들어낸 걸까, 아니면 부정하기 위해 만들어낸 걸까. 이것이 이 작품을 둘러싼 의문점이었다. 물론 오늘날 이 문제는 이미 해결되어서 투르게네프가 바자로프라는 새로운 시대의 아이를 따뜻한 애정과 때로는 감탄에 가까운 감정으로 만들어낸 인물이라는 사실이 분명해졌지만, 당시 러시아에서는 그렇지 않았다. 이 소설을 읽은 대다수의 지식인은 분개했다. '아버지' 세대도 '자식' 세대도 모두 화가 머리끝까지 난 모양새였다. 고작 한 편의 소설을 둘러싸고 러시아 사회 전역에서 떠들썩한 비난의 소리가 일었다. 생각지도 못하게 작가는, 구시대의 보수적인 노인들과 신시대의 진보주의적 청년들 양쪽으로부터 동시에 공격을 받는다. 이는 투르게네프의 마음에 치유할 수 없는 상처를 남겼다. '아버지' 세대, 즉 구시대의 대표자로부터 공격당한다 해도 진보적 청년층에게 미움을 받으리라고는 전혀 생각지 못한 것이다. 원래 그는 이 소설이 시대 선구적이라는 의미에서 꽤 자신감을 지녔으며, 젊은 세대가 나아가려는 방향을 '허무주의자'라는 형태로 결정화했다는 점에서 자신의 능력에 자부심을 느끼고 있었다. 그는 바자로프를 진심으로 사랑했다, 적어도 사랑할 생각이었다. 그러나 젊은 세대는 그렇게 받아들이지 않았다. 그들은 자신들이 완전히 우롱당했다고 여겼다. 철저한 데다 조잡한 유물주의, 모든 종교나 기성의 사상적 입장을 거부하고 모든 미적 가치를 거부하며, '개구리만 믿는' 이 허무주의자. 이들은 이를 신시대의 청년에 대한 짓궂은 희화화로 받아들였다. 물론 이러한 오해를 받아도 어쩔 도리가 없는 결함이 분명 작가에게도 있었다. 시간이 흘러 투르게네프는, 바자로프가 젊은이들에게 인정받지 못한 것은 자신이 이 새로운 시대의 아이를 '시럽으로 달콤하게 만들지 않고', 즉 현실 이상으로 이상화하지 않고 있는 그대로 묘사했기 때문이라고 변명했는데, 문제는 그것뿐만이 아니었다. 자신이 젊은 마음의 소유자이며 스스로 매우 새롭다고 생각할지라도, 결국 그는 여러 의미에서 바자로프와 정반대의 인간, 즉 니콜라이 페트로비치나 파벨 페트로비치를 대표하는 구세대의 인간이었다. 몇백 년에 걸친 전통이 깃든 세련된 예술적 섬세함을 지니고 골수까지 귀족이었던 투르게네프가 어떻게 예술도 모르고 미적 감각도 없는 물질지상주의자 '평민'인 바자로프의 세대에 녹아들 수 있었겠는가. 창조물에 대한 감격은 결국 창조물로 그친다. 설령 이를 제아무리 열정이라는 모습으로 위장하더라도 말이다. 그리고 당사자인 작가 자신까지도 그러한 마력에 매료되어 종종 위장된 자기도취에 빠지기도 한다.

어찌 됐든 『아버지와 아들』에 대해 러시아 전역에서 드러낸 노골적인 반감과 비난의 목소리는 이 자부심 강하고 민감한 예술가의 영혼에 치명적인 상처를 남기기에 충분했다. 그토록 러시아를 좋아했던 그는 이후 주로 서유럽에서 지내면서 조국에는 거의 오지 않는다. 그는 러시아의 현실에 절망했다. 이는 그에게 인간 세계와 존재 그 자체에 대한 절망으로 이어졌다. 이 무렵부터 그의 작품은 두드러지게 염세적이고 어두운 분위기를 띠기 시작한다. 1864년의 서정적 단편 작품인 「충분하다!」와 1867년 장편소설 『연기』에는 이런 괴로운 마음이 극단적인 형태로 드러나 있다. 이전에는 신생 러시아의 지도자이자 미래를 꿈꾸는 청년층을 위한 예언자로서 화려하게 활약한 그였지만, 이제는 러시아의 현실을 움직이고 있는 사회운동을 공허하고 덧없는 '연기'로 간주하면서 모든 것을 절망적 시점에서 냉랭하게 바라보게 되었다. 하지만 이런 부정적 견해를 제대로 표명하고 난 이후로 그와 러시아 사이의 균열은 점점 더 커졌다. 급진적인 청년들은 그를 시대착오적 보수반동주의자로 여겨 완전히 차단했고, 투르게네프 역시 러시아의 현실을 주제로 삼는 일을 그만두고 순수예술성을 기반으로 한 작품 창작에 힘을 쏟았다. 물론 이는 투르게네프의 향후 명성을 위해서는 훨씬 다행이었지만 말이다. 왜냐하면 이것이야말로 그의 진가를 발휘할 수 있는 영역이었기 때문이다. 「광야의 리어왕」이나 「춘수」 등 주옥같은 작품 역시 이 과정에서 탄생했다.

그런데도 투르게네프는 아직 완전히 포기하지 못했는지 다시 한번 러시아의 현실과 자신의 창작물을 접합시키려고 시도한다. 1876년 작품인 장편 『처녀지』가 그것이다. 하지만 결과는 참담했다. 그는 마지막으로 이 대하소설을 통해 1870년대의 급진적 혁명운동을 묘사하고자 했다. 때마침 현실 러시아에서는 네차예프 사건을 중심으로 '인민 속으로(브나로드)' 운동이 일어나 사회적 기반이 흔들리고 있었다. 그러나 이런 역동적인 현실과 사회운동을 주제로 다루기에 그는 너무나 멀리 가 있었다. 물론 『연기』에서처럼 더 이상 절망적인 태도를 취하지 않고 러시아의 미래를 어느 정도 희망의 빛으로 밝혀주면서 청년들의 급진적인 혁명운동에 충분한 호의와 동정까지 보여주었다. 하지만 실제로 작가 자신이 이러한 운동의 진상을 전혀 모른 채 썼던 탓에 한계는 분명했다. 그 결과 이 작품은 급진파 청년의 활동을 긍정적으로 묘사했음에도 당시 청년들은 이를 완전히 매도하고 조소했다. 그리고 오늘날의 시점에서 봐도 이 작품은 예술적으로 『연기』의 수준에 전혀 미치지 못했다. 장황하고 지루한 졸작이었다.

어차피 그는 순수 예술가였지 사회사상가가 아니었다. 톨스토이나 도스토옙스키와 다르게 인류를 영원히 움직여보자는 철학적 혹은 종교적인 문제의식도 그에게는 없었다.

그는 인류의 위대한 교사가 될 자격이 없었다. 대신 그는 흔치 않은 시적 감각을 타고났다. 그리고 이 시적 감각이 투르게네프를 영원한 위치에 자리매김했다. 푸시킨이 러시아 시가에 했던 일을 그는 러시아 산문 영역에서 이루었다. 그의 산문이 지닌 특유의 밝은 투명함은 러시아 문학에서는 오직 푸시킨의 시가에서만 볼 수 있는 것이었다. 이는 그리스 조각에서 드러나는 고전적 균형감이나 순수한 결정체를 떠올리게 하는 분명한 윤곽, 모든 것을 관통하며 흐르는 은은한 애수와 같다. 이처럼 우리는 충분히 연마하고 다듬어진 예술성이 보여주는 뛰어난 매력에 이끌려 계속해서 투르게네프의 세계를 찾게 된다. 미와 예술을 진심으로 사랑하는 사람들에게 투르게네프는 누가 뭐래도 좀처럼 만나기 힘든 '영원한 반려자' 중 한 명일 것이다.

제12장

◆

톨스토이

'모든 인간 중에서도 가장 인간적인 남자'

—앙드레 쉬아레스, 『살아 있는 톨스토이』

19세기 러시아 문학은 톨스토이와 도스토옙스키에 이르러 절정에 달한다. 이와 동시에 푸시킨에게서 비롯된 러시아에서의 인간 탐구 역시 궁극의 지점에 이른다. 이 두 사람의 문학은 그야말로 전 세계를 대상으로 러시아적 정신이 여태 드러낸 적 없는 내면 깊은 곳의 비밀을 대담하게 폭로한 고백이었으며, 인간이라는 우주의 수수께끼에 대해 러시아가 보여준 최고이자 어쩌면 마지막 언어일 것이다. 두 사람은 오로지 '인간'만을 탐구했다. 그러한 인간 탐구는 어떤 상황에서도 어김없이 신에 대한 탐구로 이어졌다. 이 둘은 성격이 다를뿐더러 사상도 다르다. 단순히 다른 게 아니라 정반대다. 이지적인 톨스토이와 감정적이고 격정적인 도스토옙스키, 한쪽이 선명하고 섬세한 윤곽을 지닌 밝은 세계라면 다른 한쪽은 자욱한 안개와 악몽의 세계다. 톨스토이의 문학은 그리스적 의미로 매우 서사시적이다. 유유히 흐르는 바다처럼 이것은 희비를 오가는 인간의 운명을 싣고 유유히 흘러가다 끝내 인생의 큰 바다 너머로 사라져 떠나간다. 도스토옙스키의 문학은 그리스적 의미로 매우 극적이다. 항상 하나의 끝을 목표로 하며 모든 것이 궁극의 카타스트로프대단원, 파국를 향해 맹렬한 기세로 돌진해나간다. 그런데 이토록 서로 다른 성질에 하나부터 열까지 정반대인 이 두 천재는 각자 완전히 다른 길을 가면서 결국은 하나의 '살아 있는 신'을 추구했다. 그리고 이 '살아 있는 신'을 탐구하기 위해 둘은 함께 형극의 길, 그 누구도 가보지 않은 길을 묵묵히 혼자 나아간다. 이 광경은 웅대하고 비장하다. 사람은 무엇을 위해 이 세상에 태어난 걸까, 정말 이 정도로 고통스러운 희생을 치르면서까지 인생을 살아야 하는 걸까. 이 오래되면서도 새로운 실존을 둘러싼 난문을 정말 절실하고도 주체적으로 마주할 생각이 있는 사람이라면 분명 감격할 것이며, 곧바로 톨스토이와 도스토옙스키에게 한발 더 가까워질 것이다.

우선 톨스토이부터 시작하자. 이 한정된 지면에서 대체 무엇을 말할 수 있을까? 앙드레 쉬아레스는, '톨스토이라는 인간은 러시아 그 자체와 같다, 그곳엔 구름 위에 우뚝 솟은 산맥도 없고 미친 듯이 넘실대는 대해도 없다, 하지만 그곳에는 아득한 지평선이 끝없이 펼쳐져 있다, 눈앞에는 대지의 흐름을 가로막는 그 무엇도 보이지 않고, 다양한 사람들이 다른 생명체와 뒤섞여 그곳에 자신의 장소를 구하고 있는 세계'라고 했다. 모든 것이 상상 이상으로 큰 러시아에서도 단연 독보적인 존재감을 내뿜는 이 거인에 대해서는, 결국 무엇을 이야기한다기보다 어디까지 배제할 것인지부터 해결해야 한다. 그리고 이 문제는 결국 인간 톨스토이를 주체로서 살펴볼 것인지 혹은 『전쟁과 평화』나 『안나 카레니나』 같은 그의 위대한 작품을 통해 풀어나갈 것인지로 추려진다. 나는 여기서 전자를 택하고자 한다. 왜냐하면 톨스토이의 소설이 아무리 위대하고 세계적인 작품이라 해도 그것은 톨스토이란 인물이 도달한 정점에는 한참 못 미치기 때문이다. 소설을 통해 자신에게 최선과 최고의 것을 빠짐없이 표출시킬 수 있었던 도스토옙스키와는 달리, 톨스토이는 인간과 예술 사이에 언제나 작은 틈이 하나 있었다. 톨스토이의 진수, 그의 심오함을 진정 느끼고 싶다면 그가 쓴 작품이 아니라 살아 있는 하나의 개체이자 인간으로서의 그를 볼 수 있어야 한다. 톨스토이적 인간의 궁극적이며 은밀한 측면은 그의 작품 속에 드러나지 않는다. 그토록 뛰어난 예술적 감각을 갖추고 세상 속 온갖 것을 어렵잖게 글로 표현하며 묘사할 수 있는 재능이 있었음에도 그는 자신의 모든 것을 빠짐없이 예술화할 수 없었다. 게다가 자신의 가장 위대한 부분은 남겨두었다.

생각해보면 정말 이상하지 않은가? 자기라든가 자아라는 것에 아무 관심도 없고 오로지 외적인 것을 객관적으로 관찰하고 묘사하는 일을 본분으로 삼는 작가라면 몰라도, 철저히 자아를 추구하는 데 몰두했던 바로 그 톨스토이가 자신의 궁극적 심오함을 남겨두었다니 말이다. 사실 톨스토이는 모든 의미에서 '에고이스트'였으며 이는 그가 지닌 강점이자 약점이었다. 그는 19세기부터 20세기에 걸친 생애의 처음부터 끝까지 부지런하게 자신을 관찰하고 분석했으며 계속해서 자신을 그려나갔다. 그는 크고 작은 작품을 통해 엄청나게 많은 인물상을 만들어나갔는데 이들 인간 군상의 중심에는 항상 개체로서의 인간 톨스토이가 있었다. 지칠 줄 모르는 자기분석, 자아 추구, 그것은 때로는 순수한 소년 니콜렌카, 때로는 이지적이고 회의적인 볼콘스키, 때로는 신을 탐구하는 선량한 피에르와 현실주의자 로스트, 혹은 레빈, 아니면 네프류도프 등등 여러 모습을 빌려서 나타났다. 그러나 이 모든 모습을 통해 우리는 항상 인간 톨스토이, 즉 살아 숨 쉬는 다면적이고 모순덩어리인 '인간적'인 톨스토이와 마주할 수 있다. 간단히 말해, 톨스토이가 관심을 가졌던 것은 오로지 자신뿐이며, 자신 이외의 어떤 것에도 진정한 관심을 보이지 않았다. 무엇보다 자신 이외의 존재를 이해하고 싶어도 전혀 이해할 수가 없었다. 『안나 카레니나』에서 레빈에 관해 투르게네프는 다음과 같이 언급했다. '레빈이라는 남성이 누군가를 사랑할 수 있다고 생각하는가? 아니, 절대로 그런 일은 있을 수 없다. 원래 사랑이란 우리 자아를 파멸시키는 열정 중 하나다. 하지만 레빈의 경우 본인은 다른 이에게 사랑받고 그걸로 행복을 느끼면서도, 여전히 자아에 집착하고 여기서 벗어날 수 없는 남자다. (…) 그는 뼛속까지 에고이스트다.' 레빈에 관한 이 말을 우리는 그대로 톨스토이에게 투영해볼 수 있다. 물론 투르게네프도 그런 의도로 이야기한 것이었다. 레빈은 누가 봐도 영락없는 작가 톨스토이의 자화상이었다.

톨스토이의 세계 문화에 대한 이해도가 놀라울 정도로 떨어지는 것 역시 이 철저한 에고이즘에서 비롯된 것이다. 자신밖에 사랑할 수 없는 그가 어떻게 다른 국민의 문화를 사랑하고 이해할 수 있었겠는가. 그는 한 번도 도스토옙스키처럼 '러시아와 서유럽, 나에게는 고향이 둘이다'라고 말한

적이 없다. 모든 시대와 모든 민족의 내적 정신에 순응해 인류의 모든 문화를 자유자재로 내면으로부터 파악해 동화하는 능력, 즉 앞서 언급했던 푸시킨적 '전인성'을 러시아 정신의 천재적인 특질이라고 본다면, 모든 위대한 러시아인 가운데 유일하게 톨스토이만 그런 원칙에서 일탈한 인간이었다. 그의 후반생에서 사상적 기치를 올렸던 '기독교적' 세계주의는 현실적 뒷받침이 완전히 배제된 공허한 외침에 불과했다. 아무리 소리 높여 세계주의를 표방하려 해도, 그리고 아무리 본인을 세계주의자라고 여겨도, 아이러니하게 그의 진짜 모습은 세계인의 정반대 위치에 있었다. 그는 러시아적인 것 외의 그 무엇도 진심으로 평가할 수 없었다. 『전쟁과 평화』나 『안나 카레니나』와 같은 걸작을 읽고 그 세계적 가치에 경탄한 사람이라면 『예술이란 무엇인가』를 비롯해 이와 유사한 그의 후반생에 나온 설교적 저술을 읽고 다시 한번 놀랄 것이다. 대체 무슨 일이 있었던 걸까. 그토록 훌륭하고 영원히 기려질 예술작품을 창작했던 그가 음악에서 회화, 문학에 이르기까지 전 세계 고금의 예술 명작을 닥치는 대로 비하했으며 마치 개구쟁이 아이처럼 앞뒤 없이 마구잡이로 헤집어놓았던 것이다. 억지도 이쯤 되면 애교로 볼 수 있겠지만, 애석하게도 본인은 매우 진지했다. 이 무서운 비평가 앞에 서면, 보드리야르도 니체도 바보 같은 반미치광이가 되었고, 『파우스트』는 위조지폐, 보카치오는 '성적으로 방종한 나쁜 놈', 그리스 비극이나 단테, 셰익스피어, 베토벤은 '야만적일뿐더러 종종 무의미'한 존재로 일축된다. 반면 이를 대신해 그가 세계문학에서 최고의 작품으로 언급한 것은 놀랍게도 해리엇 비처 스토의 『톰 아저씨의 오두막』이었다.

애초에 이런 두서없는 비평을 당당하게 공표한 후반생의 톨스토이는 외국 작품뿐만 아니라, 대체 무슨 정신에서인지, 자신이 전반생에 창작한 뛰어난 예술작품을 '죄악'이라 부르며 격렬하게 '후회'하며 '참회'했고, 『전쟁과 평화』나 『안나 카레니나』를 서푼의 값어치도 없는 시시한 작품이라고 했다. 이런 지경에 이르렀으니, 그 외의 작품들을 이해할 수 없었던 것도 무리는 아니다. 물론 그가 한창 예술적 기질을 발휘하면서 『전쟁과 평화』나 『안나 카레니나』를 썼을 때에도 톨스토이는 본인밖에 몰랐다. 이 사실은 그가 쓴 역사적 소설 『전쟁과 평화』가 역사적 감각이 완벽하게 결여된 형태라는 점에서 확인할 수 있다.

『전쟁과 평화』는 분명 역사소설이다. 여기 묘사된 주요 사건(아우스텔리츠 전투, 볼로디노 전투, 나폴레옹의 모스크바 침략, 모스크바 화재, 프랑스군의 퇴각)은 전부 역사상 유명한 사건이며, 이 화려한 역사적 사건을 배경으로 나폴레옹이나 알렉산더 1세, 쿠투조프 장군이나 스페란스키와 같은 역사적인 인물이 활약한다. 이 무대의 배경은 분명 18세기다. 그런데 이 소설의 전체적인 분위기는 누가 봐도 19세기 후반의 것이다. 바꿔 말하면 『안나 카레니나』의 비극이 일어난 시대적 분위기와 조금의 차이도 찾아볼 수 없다. 피에르와 레빈과의 사이에 약 1세기(게다가 러시아 역사상 유례를 찾아볼 수 없는 격렬한 변동이 끊이지 않던 한 세기)가 떨어져 있다는 사실을 누구도 알아차리지 못할 것이다. 『전쟁과 평화』의 주인공들은 정확히 19세기 후반, 즉 톨스토이와 동시대에 있으며, 당시로서 가장 새로운 사상을 지니고 사고하며 누구보다 새로운 감수성을 보인다. 요컨대 어떤 글을 써도 어차피 톨스토이는 자신에게서 멀어질 수 없다.

하지만 이 정도로 철저한 에고이스트가 자아를 평생 집요하게 파헤치고 탐구하면서, 앞서 언급했듯, 자기 인간성의 궁극적 심오함을 작품에 표현하지 못했다고 한다면 그것은 도대체 무엇을 의미하는 걸까? 여기엔 뭔가 근본적인 원인이 있는 게 틀림없다. 분명 이러한 측면을 해명함으로써 우리는 여러 모순적인 중심인물에 투영된 톨스토이라는 인간의 비밀을 밝혀낼 단서를 발견할 수 있을 것이다.

지금 여기서 문제 삼고 있는 자아중심주의적 측면이나 그 외 다른 여러 측면에서 서유럽의 위대한 작가 가운데 가장 톨스토이에 가까운 인물은 괴테다. 이 독일의 시인 역시 톨스토이처럼 평생에 걸쳐 꾸준히 자아를 파헤치며 그 심층을 탐구했다. 『젊은 베르테르의 슬픔』부터 『빌헬름 마이스터의 수업시대』 『파우스트』에 이르기까지 크고 작은 주인공들은 결국 한 사람, 즉 자신의 분신에 불과했다. 하지만 괴테가 톨스토이와 결정적으로 다른 점은, 자아와 예술 사이에 어떠한(만약 이 표현이 과하다고 한다면), 적어도 아주 작은 간극도 존재하지 않는다는 것이다. 즉 괴테는 그의 인간적 생의 모든 범위를 감당할 만한 크고 강력한 의식을 갖추고 있었다. 그는 본원적인 생명과 의식 사이에서 분열을 겪지 않았다. 그는 위대한 건강인이었다. 그 역시 종종 자기 안에 사는 두 명의 인간에 관해 언급하면서 여기서 기원한 내면적 알력을 개탄하기도 했지만, 그럼에도 불구하고 그런 내적 갈등은 마지막까지 그의 정신적 측면에서 근원적 조화와 건강을 해치지 않았다. 그러나 톨스토이의 경우 의식과 생이 불균형을 초래했고, 이는 그의 왕성한 생명력과 건강까지 돌이킬 수 없는 병적이며 광적인 것으로 바꿔버렸다. 톨스토이의 전체적인 정신생활을 돌이켜볼 때 우리는 그의 '의식'이 초래한 무서우리만큼 파괴적이고 피폐한 결과물에 놀라지 않을 수 없다. 자의식 과잉이라는 단어는 근대적 인간의 근원적 병질이라 여겨지는데 사실 이런 의미에서 톨스토이는 유례를 찾아볼 수 없을 만큼 근대적이고 자의식 과잉의 인간이었다.

괴테와 톨스토이에 관해서 우리는 전 생애에 걸친 정신의 발달적 측면을 살펴볼 수 있는데, 먼저 괴테는 모든 정신적 발달 과정이 내면으로부터 그대로 의식에 의해 조명된다는 점이 특징이다. 내적 생활의 구석구석과 심오한 측면에 이르기까지 밝게 빛나는 의식의 빛이 침투하고 있다. 캄캄한 물밑의 공간은 찾아볼 수 없다. 즉 괴테적 인간성의 심오함은 있는 그대로 괴테적 의식의 심오함으로 이어졌다. 그의 인간성이 아무리 넓고 깊더라도 그곳에는 꼭 의식적 조명이 함께했다. 그 역시 어떤 근대인에 견주어도 뒤지지 않을 만큼 자의식적인 인간이었다. 그의 자의식은 어디까지나 예지적이고 건강했으며 그를 광적인 자기분열로 몰아세우지 않았다. 그렇기에 괴테의 문학은 본질적으로 그의 정신적 발달 과정을 하나하나 보여준 교양소설Bildungsroman 주인공의 정신적, 정서적 성장을 다룬 것이었다. 정신적 발전의 모든 단계가 완전무결하게 의식화되지 않으면 진정한 빌둥스로만은 성립하지 않는다. 톨스토이의 정신적 발전은 그 거대한 규모와 인간적 심오함에 있어서 괴테의 그것보다 우월하면 우월했지

부족하지 않았지만, 그것을 조명할 의식의 빛이 쓸데없이 과잉되고 병적으로 첨예하기만 해서 전체를 원만하게 비춰 낼 수 없었다. 이는 정신적 발전의 모든 단계를 듬성듬성 조명하는 데 그쳤고 오히려 그 조화를 파괴하면서 그를 병적인 자기분열과 자기모순으로 내몰았다.

이러한 결정적인 사실에도 불구하고 우리는 단순히 톨스토이가 괴테보다 뒤떨어졌다는 식의 결론을 내릴 수는 없다. 아니, 관점을 체험의 의식화에서 의식되는 체험 자체로 전환한다면, 오히려 정반대 결론에 이를지도 모른다. 만약 강력한 의식이 그의 내적 체험과 충돌해 좌절한 것이라면, 이는 곧 그의 실제 체험이 그만큼 심오했다는 의미이지 않을까? 사실 톨스토이 안에서 샘솟는 본원적 생명은 바닥을 알 수 없는 늪처럼 깊고 그 어떤 의식의 빛도 그 끝까지 도달할 수 없다. 괴테와 톨스토이에게는 똑같이 생으로의 환희와 이교적인 생에 대한 도취가 있었지만, 톨스토이에 비해 괴테의 경우 생의 최고의 기쁨을 주는 것은 문화적 인간에 국한되었다.

사람들은 종종 이 둘을 기독교적 세계의 중심에 활짝 핀 이교도적 정신의 꽃에 비유하곤 하는데 똑같은 이교도 정신일지라도 괴테와 톨스토이는 그 성질이 다르다. 보통 근세에 이교라든가 이교주의(파가니즘паганизм)라고 하면 기독교 이전의 비기독교적, 그리스·로마적 정신을 가리킨다. 괴테는 이런 측면에서 기독교적 근세의 이교적 현상이다. 하지만 톨스토이는 그렇지 않다. 톨스토이의 파가니즘은 그리스적 파가니즘이 아니라 그것보다 좀더 근원적이고 원시적이며 원초적인 이교도 정신이다. 인간을 만물의 어머니인 대지와 단단히 결부시키고, 들과 산의 짐승들, 바다와 강의 어류와 마치 혈연으로 맺어진 듯한 느낌을 주는 매우 '대지적'인 생명의 세계에 가깝다.

톨스토이는 굳이 말하자면 울창한 태곳적 원시림이다. 톨스토이의 세계에 한발 다가가면 우리는 금세 원시적 생명에 둘러싸인다. 숨 쉬는 것도 괴로울 정도로 그곳은 생명의 야성이 넘치는 풍요가 지배하고 있다. 이는 단순한 비유가 아니다. 톨스토이적 인간의 근간에는 정말로 원초적, 원시적인 생명의 수액과 같은 끈적함이 있다. 문화나 문명이라는 건 무릇 그 어떤 인위에 의해서도 더렵혀지지 않는 무구한 원초성이다. 이러한 원초적 생명의 풋풋함에 있어 러시아 문학, 아니 세계문학에 있어서도 톨스토이와 당당하게 어깨를 겨룰 만한 인물은 단 한 명도 없다. 게다가 1850년대 초 『유년시대』를 통해(『유년시대』가 네크라소프가 주재한 잡지인 『현대인』에 게재된 것은 1852년으로 작가의 나이 24세였다) 문단에 데뷔한 후 20세기 초에 이르기까지 그의 사상적 입장은 계속 변했고 그는 여러 차례 놀라운 '전향'을 했는데, 이 차고 넘칠 듯한 싱싱한 생명력은 마지막까지 조금의 스러짐도 보이지 않았다. 무엇보다 1870년대 후반 그 기이한 '도덕적·종교적' 환생을 마친 그는, 물론 작품에서 표면적으로 드러나는 일은 적어졌으나, 그럼에도 불구하고 몸속에서 흘러넘치는 생명력은 의지와 상관없이 여전히 그의 붓끝에 종종 묻어 나왔다. 이성에 의해 충분히 제어 가능한 문학에서조차 그러하니 이성을 벗어난 육체적 생활에서는 두말할 필요도 없다. 평범한 인간이라면 노년의 중후한 삶을 시작하며 나쁘게 말하면 점차 노쇠해지지만 톨스토이는 세월이 흐를수록 더욱더 젊어졌다. 그와 노년기를 함께했던 사람은 모두 입을 모아 이 노인의 불가사의한 젊음, 기이한 생명력에 대해 증언했다. 젊은 사람들과 함께 밭에서 일하기도 하고 하루 종일 테니스를 치기도 하고 때로는 아이들과 친구가 되어 체조나 놀이, 달리기, 스케이트, 30노리1노리는 1.077미터에 달하는 거리의 자전거 여행에 도전하기도 한다. 아이들이 노는 모습을 보다가 갑자기 자신도 신이 나서 가벼워진 몸으로 방 안을 뛰어다니는 이 노인은 대체 어떤 사람일까? 넘치는 건강과 충실한 삶, 쾌락에 대한 끝없는 욕망. 그의 팔다리에 있는 근육은 아무리 나이를 먹어도 마치 청년처럼 강인하고 부드러웠다는 말이 전해져 내려오지만, 이뿐 아니라 그의 가슴속에도 영원한 청춘, 순진하고 원시적인 환희의 원천이 깃들어 있었을 것이다.

우선 톨스토이의 진정한 위대함은 무엇보다 지적地的이라는 것, 즉 순수하게 지상적인 '생'에 대한 소박하고 수치심 없는 사랑, 하루하루의 삶에 대한 기쁨에 있다. 이렇듯 그는 생의 환희에 대한 찬가를 부르며 문단에 뛰어들었다. 『유년시대』는 지적이고도 육체적인 생의 환희를 향한 광기에 가까운 탐닉을 보여준다. 순진하고 한없이 아름다운 모습이긴 하지만 이 생을 향한 탐닉 속에서 벌써 안나 카레니나의 그 죄 많은 사랑의 도취가 피어날 희미한 싹이 보이는 것 같지 않은가? 지적 생명의 탐닉에는 본래 선도 악도 없고 죄의식도 수치심도 없다. 그렇기에 더욱 그것은 위대한 인간성을 긍정하지만 자칫하면 한순간에 사람을 끔찍한 죄의 심연으로 밀어 떨어뜨리기도 한다.

이렇듯 자연적 인간성에 대한 대담한 긍정은 양면성을 지니고 있다. 특히 전자인 밝고 순진한 생의 기쁨과 전 인간에 대한 무조건적인 긍정에 대해 단순히 하나의 객관적 입장이 아니라 진정으로 주체적인 관점에서 인간의 궁극적 목적으로 간주한 최초의 인간은 푸시킨이었다. 나는 앞서 이 천재적인 서정시인이 19세기 러시아 정신에서 대부분의 중요한 사상적 테마를 제시했다는 사실을 언급했다. 그의 투철한 눈빛은, 인간에게 자연성의 문제가 인간 존재 그 자체의 사활을 결정짓는 궁극적 문제라는 사실을 제대로 꿰뚫어 보고 있었다. 『캅카스의 포로』를 시작으로 「집시」와 『예브게니 오네긴』에 이르는 일련의 작품을 통해 그는 이 문제를 집요하게 추궁했다. 푸시킨이 이상적인 인간 생활의 상징으로 묘사한 '(신의) 작은 새' 역시 그의 간절한 바람을 구상화한 것에 다름 아니었다.

원래 자연성 혹은 원시성에 대한 동경은 러시아적 정열이라 할 수 있을 만큼 러시아인 특유의 충동이며 이것을 이해하지 못하면 러시아인의 본질을 알 수 없다. 이는 굉장히 러시아적이며 난폭한 열정이다. 이때 푸시킨은 처음으로 명쾌하게 사상적 형태를 제시함으로써 원래 본능적인 충동이었던 것을 의식적인 탐구로 바꿨다. 그러나 이미 푸시킨 자신에게 이 자연성 탐구는 비극적인 성격을 띠고 있었다. 그에게 '(신의) 작은 새'는 어차피 한 마리의 '파랑새'로 끝날 운명이었다.

우리는 자유로운 작은 새. 형제들이여, 날아가보자.

저기 저쪽, 하얀 눈이 빛나는 산꼭대기가 구름 위로 우뚝 솟아 있는 그곳으로,
저기 저쪽, 드넓은 바다의 저 멀리 남청색으로 희미하게 보이는 그곳으로,
저기 저쪽, 그저 바람과 자신만이 배회하는 그곳으로.

그러나 실제로 푸시킨의 작은 새는 '저쪽'으로는 날아가지 않았다. 날아가지 못한 것이다. '저쪽'은 처음부터 자기 바깥쪽에 있지 않았기 때문이다. 자연성을 '탐구'하는 일 자체가 사실은 근본적으로 모순이고 잘못됐다. 인간적인 자연성이란 무의식적이고 모든 의식 이전의 원초적 생명 그 자체이며, 의식적으로 파악할 수 있는 것이 아니다. 의식이란 말하자면 분열이다. 그러나 자연성은 모든 분열이 생기기 이전의 무구한 상태이므로 자연성인 것이다. 물론 자연성에도 특유의 뛰어난 지혜가 있다. 뒤에서 언급할, 『카자크인들』에 등장하는 예로슈카는 그러한 자연적 지혜의 체현자다. 여기서 말하는 지혜는 분열적 지성의 지혜와는 전혀 다른 성질의 것이다. 분열적 지성의 지혜는 인간을 우주의 다른 모든 존재에서 분리해 고립시키고 고독한 존재로 만든다. 자연적 지혜는 인간을 다른 모든 존재와 이어준다. 태양, 대지와 연결시키며 짐승과 풀과 나무들과 이어준다. 이러한 지혜가 작동되면 비로소 인간은 고독한 존재에서 벗어날 수 있다. 사랑과 빛으로 가득한 우주적 생명의 태연자약한 기운이 사방에서 그에게 스며들면서 몸속을 관통해 흐른다. 태양도 야생의 짐승도, 나무도 풀도 친근하게 그에게 말을 걸고 그를 동포라 부른다. 벌레 한 마리까지 모두 피를 나눈 그의 형제다. 그곳에는 자아의 모순도 없고 분열적 의식도 없다. 걸음을 멈춘 시간의 정적 가운데 그저 영원한 생명의 조화만이 존재한다.

푸시킨은 '저쪽'이라고 말했지만 저쪽이란 본래 모든 인간적 의식의 저쪽이어야 했다. 그러나 그 자신은 '저쪽'을 외적인 방향으로 탐구하면서, 캅카스의 미개인이나 베사라비아의 집시들 사이에서 찾고자 했다. 물론 아무리 노력해도 그가 추구했던 자연성은 찾을 수 없었고, 이내 그는 환멸을 느끼고 절망했다. 그가 직접 자신의 눈으로 본 '자연의 아이들'은 예상과 다르게 문화적 인간 못지않게 불행했다. 그는,

하나 그대들 사이에도 행복은 없다,
자연의 가난한 자식들이여! ……
낡아빠진 천막 아래에도
고통스러운 꿈들이 살아 있으니

라고 했다. 그러나 푸시킨처럼 외적 세계의 방향으로 추구하지 않고 내면의 길을 좇았다 한들, 모든 근원적 의식을 차단하지 않는 한 부조화는 여전히 해소되지 않았을 것이다. '의식의 저쪽'을 의식적으로 탐구하는 일은 불가능하다. 조화를 의식적으로 추구할수록 그것은 더 멀어지고, 한발씩 나아갈수록 부조화의 암흑은 짙어질 뿐이다. 그런데 인간이 어떻게 의식적이지 않은 상태로 무언가를 탐구할 수 있단 말인가? 이렇듯 모순은 모순을 낳고 장난스러운 공전이 이어지면서 사람들은 결국 탈출구 없는 막다른 길에 내몰린다.

푸시킨에게서 비롯된 이 자연성 탐구의 비극은 톨스토이에 이르러 매우 거대한 형태로까지 확대된다. 톨스토이의 모든 인간적 드라마는 이 문제 하나를 중심으로 전개되었고 러시아인의 영혼에 깃든 궁극적인 비밀이 여기에 있다. 하지만 그는 이 자연성의 비극으로 인해 평생 고뇌하고, 오로지 이 문제가 내포하고 있는 살아 있는 주체적 모순을 해결하기 위해 죽음의 문턱을 넘나들며 자신의 몸과 마음을 바친 투쟁을 감행한다. 이 투쟁은 이미 그의 어린 시절부터 시작되었다. 그는 종종 자신이 완전히 모순을 해결했다고 믿었다. '이번이야말로 나는 최종적 해결에 도달했다. 모든 것이 명백해졌다'라고 그는 여러 차례 사회를 향해(나중에는 세계를 향해) 분명하게 말했다. 그러나 그때마다 그는 자신이 도달한 해결이 최종적이지 않다는 사실을 금세 깨닫고는 이전보다 훨씬 더 심각한 괴로움과 의혹에 빠져 침울해졌다. 결국 모순은 마지막까지 해결되지 않았다. 그럼에도 불구하고 톨스토이는 위대하다. 문제 해결적 측면이 아니라 문제를 제시하고 그 문제 속에서 철저히 살아남았다는 점에서 그는 위대하다.

적어도 인간에게 자연성과 의식성이 지닌 모순은 일종의 근원적 모순이며 이는 톨스토이뿐만 아니라 누구도 해결할 수 없는 것이다. 그럼에도 이러한 문제를 마지막 한계에 이르기까지 고심하고 사고했다는 사실은 인간으로서 매우 큰 의의를 지닌다. 인간의 구원 역시 결국은 그러한 지점에 도달함으로써 이루어지는 것이 아닐까? 그러나 이 문제와 그 귀추를 마지막 한계점까지 파고드는 일은 평범한 능력의 인간에게는 불가능하다. 더욱이 그것을 주체적으로 자신이 직접 수용해 전 인간적 차원에서 고민하고 괴로워하는 일은, 문자 그대로 거인과 같은 사람이어야 비로소 가능하다. 근원적 모순에 의해 처참하게 영혼이 찢기고 한 번뿐인 일생을 비극으로 내모는 일은 거인이 아니고서야 감당하지 못할 것이다. 이러한 측면에서 톨스토이는 다른 누구도 흉내 낼 수 없는 일을 했다. 모순이나 고뇌라는 단어를 보면 러시아가 떠오를 정도로 이 '박해받은 자'들은 역사적으로 매우 가혹한 운명을 타고났다. 하지만 이런 러시아에서조차 톨스토이만큼 영혼과 정신적 고뇌에 있어서 그 심각한 모순에 괴로워했던 사람은 없다. 일반적으로 모순과 고뇌의 수행자로 여겨지는 도스토옙스키도 톨스토이에 비하면 어떤 의미에서 훨씬 더 행복한 인간이었다. 도스토옙스키에게는 기독교라는 마지막 피난처가 있었기 때문이다. 유복한 대귀족이었던 톨스토이와 다르게 그는 외적 생활에서 스스로가 '박해받은 자'였고 일생이 고뇌와 괴로움의 연속이었지만 그는 처음부터 고뇌로 가득한 자신의 영혼을 온전히 기독교에 바쳤다. 이런 의미에서 도스토옙스키는 생전에 축복을 받았다. 반면 톨스토이에게는 그러한 피난처도 없을뿐더러 마지막에 기댈 곳도 없었다. 정신적 투쟁에 있어서 그는 고독했다. 누구의 도움도 없이 오직 홀로 인생의 궁극적 수수께끼에 맞서 싸우며 그렇게 혼자 떠났다. 거인으로서 투쟁하고 거인으로서 스러졌다.

톨스토이의 내면에는 상극인 자연성과 의식성이 공존하며, 이 두 성질의 방향을 각각 따라가다보면 그 한계점에 도달했을 때 우리는 전혀 다른 사람이 된 듯한 톨스토이와 마주하게 된다. 마치 서로 어떤 인연도 없고 관계도 없어 보이는 두 명의 인간을 보게 되는 것이다. 이 둘 중 어느 쪽을 중시하느냐에 따라 우리의 톨스토이관도 완전히 달라진다. 자연적 인간과 의식적 인간. 이 중 어느 쪽에서 그의 진면목을 찾아볼 수 있을까?

한쪽 극단에 있는 톨스토이는 완전한 일개 자연인이다. 자연성이 의식성과 어울려 혼교하는 중간 지대가 아니라 순수한 자연성의 극단에 서서 바라볼 때, 그는 문자 그대로 자연이 육체를 빌려 나타난 듯한 '자연의 아이'와 같다. 이곳에는 의식도 모순도 없으며 그저 생명만 존재한다. 모든 것을 품고 긍정하는 위대한 우주적 생명이 그를 가득 채운다. 발랄한 생의 환희, 이 세상에 태어난 육신의 행복을 나도 모르게 쌍수를 들며 찬미할 수밖에 없는 살아 있다는 사실에 대한 기쁨. 우리는 평범한 생활보다 한 단계 높은 차원에 머물며 빛으로 가득한 영원한 생명을 여유롭게 누릴 수 있다. 시간의 지배를 초월한 사랑과 환희의 영원 회귀의 세계다. 종종 어떤 순간에 문득 이 높은 세계의 공기 속으로 얼굴을 들이밀고 이루 표현할 수 없는 경이로움과 환희를 경험할 것이다. 그러면 사람들은 시간이 흘러 생각한다, 이런 일이 도대체 사람이 사는 세계에 있을 수 있는 걸까, 아니 이거야말로 진정한 세계다, 이것이야말로 진정한 실재眞實在다, 라고 말이다. 톨스토이는 종종 이렇게 자신을 잃은 채 도취에 빠졌다. 그는 『참회록』을 집필하기 바로 전에 시인 페트에게 쓴 편지에서 '엄청난 더위와 목욕 그리고 과일이 나를 훌륭하게 지적으로 안일한 상태로 이끌었다. 나는 두 달 동안 손에 전혀 잉크를 묻히지 않았고, 사상으로 머리를 더럽히지 않았다. 올해처럼 이 세상을 멋지다고 생각한 적은 없다. 나는 입을 떡 벌리고 잠시 멈춰 서서 그저 감탄하며 넋을 잃고 바라볼 뿐이다. 조금이라도 움직이면 무언가가 사라질 것 같은 기분이 든다'라고 했다. 또한 그는 자신의 작품 속 주인공들에게도 종종 이 망아 상태의 환희를 체험시킨다. 예를 들어 『안나 카레니나』에서 레빈이 농민들과 함께 벌초하고 그들과 식사를 함께하는 장면, 처녀 시대의 나타샤(『전쟁과 평화』) 등등. 그러나 인간 안에 숨겨져 있는 원초적 자연성을 가장 순수한 형태로 매우 노골적이고 얼핏 파렴치해 보일 정도로 적나라하게 우리에게 보여준 인물은 『카자크인들』의 숙부다.

예로슈카 숙부, 그는 이미 하나의 상징이다. 그는 자연성을 다른 사람들처럼 어쩌다가 경험하는 것이 아닌, 스스로가 자연성 그 자체다. 평상시에는 평범한 생활을 하다가 우연한 기회에 불가사의한 우주적 생명을 느끼는(예를 들어 『카자크인들』에 등장하는 올레닌) 것이 아니라, 항상 우주적 생명의 흐름에 젖어 있다. 아침부터 저녁까지 잠을 자거나 깨어 있어도 그에게는 모든 것이 이 유일한 원천에서 출발한다. 분명 그는 하나의 상징적인 인물로서 창조된 것이다. 미개인이나 야만인을 그대로 묘사한 것이 아니다. 이런 의미에서 예로슈카 숙부는 분명 하나의 구조물이다. 그러나 이 구조물은 우리 주변에서 어슬렁거리는 진짜 살아 있는 인간이라기보다 좀더 높은 차원에서 살아 있는 존재다.

예로슈카 숙부는, 자연성을 인간의 궁극적 형태로 간주하고 이를 살아 있는 인간의 모습으로 훌륭하게 표현한 톨스토이 예술의 뛰어난 창조물 중 하나다. 절대적이며 무조건적인 존재의 수용, 철저한 생의 긍정, 그것이 이 나이 든 카자크의 정신이며, 그는 원초적 자연성의 순수함을 완전히 체현하고 있다. 그는 "자연이 사는 것과 똑같이 사람들은 살아간다. 죽고, 태어나고, 성행위를 하고, 다시 태어나고, 싸우고, 마시고, 먹고, 기뻐하고, 다시 죽어간다. 자연이 태양과 수풀, 짐승, 나무에 부여한 저 불변의 조건을 제외하고는 다른 어떤 조건도 없다. 그들에게 다른 법칙은 없다…… 행복이란 자연과 하나 되는 일이다"라고 말했다. 그의 인생관은 이게 전부다. '자연과 하나 되는 것', 이것이 유일한 예로슈카적 모럴이다. 얼핏 별거 없이 간단해 보이지만 사실 여기에는 인생의 의의에 있어서 180도 선회를 강제할 만큼 엄청난 의미가 내포되어 있다. '자연과 하나 되는 일'이 문화적 인간에게 얼마나 힘든 것이며, 또 그런 체험이 얼마나 예상 밖의 사건인가에 대해서는, 앞서 언급한 레빈의 경험이나 캅카스의 삼림 속에서 갑자기 올레닌을 덮친 자연 체험이 안겨준 놀라움과 환희를 통해 엿볼 수 있다. 하지만 이런 일은 예로슈카 숙부만 봐서는 알 수 없다. 예로슈카에게는 자연 체험에 대한 놀라움이 없다. 처음부터 그는 자연 체험의 중심에 있기 때문이다. 자연성은 그에게 문자 그대로 자연의 상태다.

예로슈카 숙부는 교양이라곤 일체 찾아볼 수 없는 '술에 절어 있는, 도둑질하는 사냥꾼'이지만 항상 유쾌하고 걱정이 없다. 그는 온전히 자유로운 인간이다. '신' 이외의 그 어떤 권위도 자기 위에 허용하지 않는다. 그는 자신의 영혼과 육체 속에 항상 가득 찬 자유를 느끼고 있다. 이것이 그를 한없이 유쾌한 인간으로 있게 한다. 그에게는 하루하루가 기쁨의 연속이다. 그는 '나는 유쾌한 인간이야. 나는 모든 사람이 좋아. 나는 예로슈카다!'라고 의기양양하게 외친다. 그가 모든 인간을 차별 없이 사랑할 수 있었던 까닭은 '자연과 하나 되어' 있기 때문이다. 그러나 '자연과 하나 되어' 사는 일은 모든 인간적 제약의 반대편에 사는 것을 의미한다. 인간이 제정한 것은 그것이 법률이건 도덕이건 모두 상대적인 가치에 불과하다. 이 나라에서 선이라 여겨지는 것이 옆

나라에서는 악으로 치부되는 등 죄라든가 악이라든가 하며 떠드는 것은 모두 인간의 얕은 지혜에서 나온 결과에 불과하다.

"내 생각에는 모두 하나야. 하느님은 모든 것을 인간이 기쁘게 누리라고 만드셨어. 어떤 것에도 죄는 없어. 짐승을 예로 들어볼까. 동물은 타타르의 갈대밭에도 살고 우리 갈대밭에도 살아. 가는 곳이 바로 집이야. 하느님이 주시는 거라면 뭐든 처먹지. 하지만 우리 사람들은 그로 인해 용광로의 쓰레기통을 핥게 될 거라는 거야. 나는 그 모든 것이 다 사기에 지나지 않는다고 생각해…… 죽으면 무덤 위에 풀이 자라고 그걸로 그만이라는 거지."

그는 모든 사람을 사랑하고 산과 들의 짐승을 마치 자기 아이처럼 귀여워하며 일류의 큰 사랑으로 온 세상을 품는다. 왜냐하면 모든 것은 신의 피조물이기 때문이다. 그는 위엄 있어 보이는 신학자가 대단한 듯 설파하는 종교적 논의 따위는 한 글자도 이해하지 못한다. 그의 소박한 영혼에는 신학도 신의론도 무용지물이다. 굳이 신의 존재를 증명하지 않더라도 신은 존재하고 그 신은 절대적으로 선하며 '사랑'이라는 진실된 신뢰가 그에게는 처음부터 있었다. 그는 제멋대로인 이교도이며 기독교도는 아니지만, 이론만 내세우는 문화적 기독교도보다 훨씬 더 종교적인 인간이다. 물론 메레시콥스키가 말했듯, 예로슈카의 이교도적 인간성 그 자체를 그대로 조시마 장로(『카라마조프가의 형제들』)의 기독교적 사랑의 신앙과 동일선상에서 볼 수 있을지는 의문이지만, 그럼에도 불구하고 흔들리는 등불 주변을 어지러이 날아다니며 몸을 태우려는 밤나방을 지그시 바라보는 이 야생인의 눈빛에 말로 표현하기 어려운 심오한 종교적 사랑의 빛이 일렁이고 있는 것 또한 분명한 사실이다. 물론 그는 사랑만으로 살아가는 인간이 아니다. 자비가 흘러넘치지만 그만큼 잔혹하기도 하다. 그는 뛰어난 사냥꾼이다. 매일같이 짐승을 죽이고 때로는 인간도 죽인다. 그러나 이상하게도 그를 보면 앞서 말한 자애의 면모와 이 무서운 학살자의 면모가 겹쳐 나타나면서 일말의 모순도 찾아볼 수 없다. 마치 대자연 자체는 모든 생명 있는 존재에 대해, 어느 순간은 자비롭고 또 다른 순간은 잔혹해 여기서 어떤 모순도 찾아볼 수 없듯이, 예로슈카 숙부에게도 모든 것이 포괄적인 조화 속에 어우러져 있다. 인간 세계에서는 모순적이고 대립할 수밖에 없는 요소들이 이곳에서는 인간적 자의식 이전의 원초성이란 영역에 한데 녹아들어 있는 것이다.

사람들은 예로슈카 숙부가 체현하는 이러한 자연성을 종종 오해해 단순한 부도덕주의나 아나키즘과 혼동했다. 하지만 이러한 해석은 근본적으로 잘못되었다. 얼핏 보면 구별이 안 될 정도로 유사하지만 사실 둘 사이에는 엄청난 차이가 있다. 톨스토이가 말하고자 한 것은 일반적인 부도덕주의와 거리가 멀다. 도덕의 기준을 무시한 선악의 열반이라 할지라도 그 영역은 완전히 다르다. 톨스토이적 자연주의의 기반에는 심오한 자연 체험, 즉 우주적 생명과의 직접적인 접촉이라 할 만한 일종의 기이한 체험이 존재한다. 루소가 그 유명한 '자연으로 돌아가라'를 외치며 자연주의를 표방했을 당시, 볼테르가 '당신의 책을 읽다보면 네발로 기고 싶은 충동이 일어난다'고 비꼬았다는 역사상 유명한 일화가 있다. 만약 자연적 체험이 뒷받침되지 않았다면 톨스토이의 자연주의 역시 하찮은 미개주의, 야만인 찬미에 그쳤을 것이다. 하지만 단순히 야만인을 찬미하는 것이 자연성의 탐구라면, 러시아 정신계의 대표적인 천재가 굳이 노고를 들이며 고뇌했을 리 없지 않을까?

그러나 예로슈카 숙부가 상징하는 자연주의의 날것 그대로의 진수를 마주했던 많은 사람이 이를 단순한 무질서로 착각한 데에도 나름의 이유가 있다. 예로슈카만 보고 있으면 좀처럼 이해하기 힘든 부분이 있다. 톨스토이적 자연주의를 이해하려면, 예로슈카처럼 스스로 자연성 그 자체가 되어버린 인물이 아니라 어떤 특수한 사정에 의해 외부에 있다가 갑자기 그러한 상태에 놓인 인물, 즉 그러한 자연적 상태를 일상적이지 않고 예외적으로 느끼는 인물을 살펴보는 편이 효과적이다. 대표적인 예로 청년 올레닌을 들 수 있다.

예로슈카 숙부가 상징적 인물이었던 반면 올레닌은 실제 인물이다. 그는 작가 톨스토이의 자화상이다. 올레닌은 자연적 인간이 아니며 예로슈카가 살고 있는 자연적 세계로 넘어온 '외부인'이다. 그가 완전한 자연적 인간은 아닐지라도 그에게도 자연적 인간이 되는 순간이 있다. 평상시에 주위를 감싸고 있는 모든 시간이 평범한 회색빛으로 가득 차 있는 만큼 이 신비로운 순간은 한층 더 날카로운 각광을 받으며 우리 눈앞에 모습을 드러낸다.

모스크바 사교계의 인기인이었던 귀족 올레닌은 문득 문화생활에 허망함을 느낀다. 그리고 대자연 속에 몸과 마음을 내려놓고 몸 안에 쌓인 허위의 먼지와 때를 씻어내겠다는 생각으로 홀로 캅카스의 산악지대로 들어온다. 도시의 번잡함에서 멀리 벗어나 험준한 고개에 둘러싸여 그곳의 대기를 만끽하게 된 그는 태어나서 처음으로 적극적인 자기 긍정의 기분을 느낀다. 그는 여전히 모스크바 사교장 주변을 어슬렁거리고 있을 친구들에게 경멸의 마음을 담아 절연장을 던진다. "지금 내 입장에서 너희는 정말이지 속이 울렁거릴 정도로 불쌍한 인간들이야. 너희는 행복이란 무엇인지, 사는 것의 의미가 무엇인지도 전혀 알지 못해. 언젠가 한번쯤은 인위적인 것이 전혀 없는 아름다움 속에서 살아보면 좋을 거야. 그러면 너희와 나 중에서 어느 쪽이 파멸의 길을 가고 있는지, 어느 쪽이 진실되게 살고 있고, 어느 쪽이 허구 속에 살고 있는지를 알게 될 거야. 내가 봤을 때 너희는 정말 추잡스럽고 한심한 인간들이야. 너희는 완전히 속고 있는 거야." 올레닌이 이렇게 느낀 것도 무리는 아니다. 그는 세상에서 가장 아름답다고 알려진 캅카스의 웅대한 자연에 녹아들었으며 조금씩 문화적 인간의 껍질을 벗어던지고 자연적 인간에 가까워지고 있었다. 아니, 그 자신은 이미 완전히 자연적 인간이 되었다고 생각했다. 그뿐만이 아니다. 그곳에는 바로 그 예로슈카 숙부가 있었다. 이 완벽한 자연인은 항상 그의 옆에 머물면서 자아를 잃고 도시생활을 하던 시절에는 꿈도 꾸지 못했던 다양한 자연의 지혜를 그에게 전수해준다. 예를 들어 산속 짐승이 인간과 똑같은 자격으로 '신의 피조물'이라는 점, 진짜 똑똑한 건 짐승이며 그에 비하면 인간은 완전히 멍청한 존재라는 점 등등이다.

"자넨 어떻게 생각하나? 자넨 그놈이 짐승이니까 바보라고 생각하나? 아니야, 그놈은 사람보다 영리해, 공연히 돼지라고 부르는 거야. 그놈은 다 안다니까. 예를 하나 들어볼까. 사람은 발자국을 밟고 가면서도 알아차리지 못하지만 돼지는 자네 발자국을 마주치자마자 즉시 뛰어서 도망쳐버려. 즉, 그놈도 두뇌를 가지고 있다는 거지. 자넨, 자네 악취를 감지하지 못하지만 그놈은 안다니까. 또 말해줄까. 자네는 그놈을 죽이고 싶어하지만 돼지는 숲속을 신나게 돌아다니고 싶어해. 자네한테는 그런 법칙이 있고 그놈한테는 또 그런 법칙이 있는 거라고. 그놈은 돼지지만 그래도 자네만 못하지 않아. 바로 그대로 하느님의 작품이라고. 아하! 사람은 어리석어, 어리석고 어리석은 게 사람이야!" 노인은 몇 번이나 되풀이했고 고개를 숙이더니 생각에 잠겼다.

올레닌은 지금껏 산속 짐승들을 이런 관점에서 바라본 적이 한 번도 없었다. 그는 이렇게 하루하루 자연 깊숙한 곳으로 들어갔다. 화려하지만 거짓으로 가득 찬 문화적 생활은 일찍이 먼 옛날 꿈같은 일이 되었다. 그는 자연의 품속으로 깊이 파고들었으며 자연 역시 그를 애정 가득 위대한 포옹으로 다정하게 감싸준다. 자신을 둘러싼 풀과 나무, 새와 짐승들에게 따뜻한 혈연적 유대를 느낀다. 이렇게 그는 점차 자연적 체험의 클라이맥스를 향해 나아갔다.

어느 무더운 남국의 화창한 정오쯤이다. 엄청난 수의 야생동물과 곤충, 그리고 무서우리만큼 무성한 야생 식물로 가득한 원시림의 정적 속에는, 상상을 초월하는 생명의 범람이 일고 있다. 뜨거운 태양이 숲의 머리 위 한가운데에 걸리고 나무들의 녹음은 검게 그을려 보일 정도다. 후텁지근하게 데워진 공기 내음이 숲속에 머물러 있다. 올레닌은 허리에 일곱 마리의 꿩을 묵직하게 매달고 그저 혼자 묵묵히 걸어가고 있다. 사냥을 하고 돌아가는 길이다. 어제는 예로슈카 숙부와 함께 사냥을 나가서 딱 이때쯤 낮잠을 자던 사슴을 놀래켰다. 그는 관목이 우거진 곳을 헤치고 지나면서 사슴 발자국을 따라 어제 그 장소로 찾아온다. 사슴이 자고 있던 장소는 짐승의 무게 때문에 움푹 파인 구멍이 되었다. 그곳에 가만히 몸을 뉘였다. 주변을 쓱 둘러본다. 나무들의 검녹색 이파리가 그의 시야를 가린다. 사슴의 땀으로 촉촉해진 흙, 어제의 똥, 발로 파헤쳐진 흑토 덩어리, 사슴의 무릎에 눌린 자국까지 선명하게 보인다. 서늘한 공기는 시원했으며 그곳에 그러고 누워 있는 것이 뭐라 형용할 수 없게 기분이 좋았다. 올레닌은 아무것도 생각하지 않았고 바라지 않았다. 모든 인간적 이념과 인간적 의식이 그의 머릿속에서 사라져버렸다. 그러자 갑자기 이상한 감각이 그를 덮친다. 환희도 광기도 아닌 알 수 없는 도취에 가까웠다. "그러자 갑자기 이유 없는 행복감과 모든 것을 향한 사랑이라는 이상한 감정이 그를 덮쳐와서 그는 어린 시절의 옛 습관대로 성호를 긋고 누군가에게 감사를 드렸다." 불현듯 그의 머릿속에 이런 선명한 생각이 떠올랐다. "나, 드미트리 올레닌, 여느 존재와 달리 아주 특별한 존재인 내가, 지금 홀로 여기, 신만이 아시는 이곳에 누워 있다. 사슴이, 그것도 늙고 아름답고 어쩌면 한 번도 사람들을 본 적 없는 사슴이 살던 그 장소에 누워 있다. 이곳은 그 어떤 사람도 와본 적이 없고 생각조차 해보지 못한 그런 곳이다." 그의 주변에는 수많은 모기가 기둥을 이루며 무리 지어 붕붕 소리를 내면서 날아다니고 있다. 한 마리, 두 마리, 세 마리, 네 마리, 백 마리, 천 마리, 백만 마리에 달하는 무수한 왕모기들! 그는 생각한다. '저 모기들 역시 제각각 드미트리 올레닌과 구별되는 아주 특별한 모기들이다, 바로 내가 그렇듯이.' 그는 문득 어떤 사실을 깨닫는다. 그는 더 이상 러시아의 귀족이 아니다. 모스크바 사교계의 인기남도 아니다. 누군가의 친구도, 친척도 아니다. 자신이 지금 이 주변의 살아 있는 모기나 꿩, 사슴과 더불어 삶을 공유하는 생명체에 불과하다는 사실은, 그로 하여금 진짜 살아 있다고 실감하게 해주었다. 이 순간 올레닌은 처음으로 예로슈카 숙부가 '죽는다. 풀이 자라난다. 그뿐이다'라고 했던 말의 적극적이고 긍정적인 의미를 확실히 이해할 수 있었다. 사람은 태어나 살아가다가 죽음을 맞고 무덤에 묻히며 그 위에는 풀이 난다. 그뿐이다. 다른 사람에게는 이 말이 존재의 허무함을 느끼게 하고 비수와 생에 대한 절망을 의미하겠지만, 예로슈카 숙부와 같은 자연적 인간에게 이는 웅장하고 적극적인 생의 긍정을 의미했다. 조금 전 올레닌이 문화적·인간적 의식을 완전히 잃은 순간에 얼핏 보인 만유 생명의 세계만 떠올려봐도 인간의 죽음에 어떤 의미가 있긴 할까 싶다. 주변의 모든 것이 생명으로 충만하고 끝없이 펼쳐지는 생명의 대해와 같은 이쪽 세계에서 죽음을 두려워하거나 슬퍼할 이유는 어디에도 없다. 죽음을 인생의 마지막 축전으로 여기며 기꺼이 받아들였던 푸시킨적 생의 긍정은 여기서 비로소 그 궁극의 장소를 찾았다고 볼 수 있지 않을까? 이곳에서 개인의 삶은 끝을 알 수 없는 우주적 생명의 한쪽 구석이 살짝 매여 있는 것에 불과하다. 그리고 죽음이란 그 매듭이 풀리는 것뿐이다. '죽는다, 풀이 자란다.' 그저 그뿐인 일이다. 그리고 그걸로 좋은 거다. 왜냐하면 모든 것이 생명의 대해가 만든 아름다운 잔물결에 불과하기 때문이다.

하지만 한심하게도 올레닌은 모처럼 이런 경지에 이르렀음에도 스스로 그곳을 벗어나버린다. 올레닌은 결국 마지막까지 올레닌이었고 제아무리 흉내를 내도 예로슈카 숙부가 될 수 없었다. 그의 안에는 변함없이 전혀 상반된 인간이 살고 있었으며 이 불쌍한 주인공을 양쪽에서 갈라놓는다. 자연인적 무의식에서 그는 곧장 다시 '나로 돌아가'버린다. 바꿔 말하면 금세 분열적인 자의식을 지닌 인간으로 역행해 버린다. 그러고 순식간에 그는 이른바 '기독교적 완덕'의 공염불을 외친다. '사랑이다! 자기희생이었어! 사람은 자신을 위해 사는 게 아니라 타인을 위해서만 살아야 해. 그것이야말로 행복인 거야 등등.' 의식적 인간으로서의 그는 이런 공허한 이야기를 하지 않는 편이 얼마나 더 '기독교적'인지 깨닫지 못한다. 드미트리 올레닌의 이런 자기분열은 톨스토이 자신의 비극성이기도 했다. 위대한 자연인과 왜소한 의식인, 이런 톨스토이적 인간성을 양쪽에서 갈라놓는 상극의 양면성이 올레닌의 모습에 생생하게 반영되어 있다. '성자'(!) 톨스토이. 입만 열면 기독교 설교를 하고 복음의 가르침을 전하는 톨스토이. 그의 후반생을 위성자僞聖者라는 기이한 후광으로 조명하게 된 '기독교적' 설교의 원천이 여기에 있다. 그는 의식하지 않은 분열적 자의식 이전의 천진난만한 상태에 있을 때 진정한 자연적 인간이 된다. 그는 위대하다. 그리고 아이처럼 순수하게 행복하다. 소피야 안드레예브나와의 결혼생활에서 그의 자연인적 측면이 가장 잘 드러난다. 『전쟁과 평화』에 등장하는 나타샤의 형상을 통해 이러한 인간성의 측면을 철저하게 파고들었다. 생의 환희로 충만한 소녀 나타샤가 결혼해 시간이 흘러 아이를 낳고 이어 유능한 '암탉'으로 변해가는 과정 속에 톨스토이는 자신의 인간적 이념의 운명을 맡겼다. '암탉' 나타샤는 이런 의미에서 톨스토이에게 '영원한 여성'상이었다.

하지만 이 위대한 자연적 인간에게는 '사색' 중독이라는 무섭고 안 좋은 버릇이 있었다. 그의 특기인 '사색'이 시작되는 순간 그는 소심하고 불쌍한 남자가 되어버린다. 방금 전까지 그렇게 행복해하던 남자가 이 세상에서 가장 불행한 인간이 되는 것이다. 죽음에 대한 병적인 공포심이 그를 사로잡고 참을 수 없는 죄의식이 그를 책망한다. '자기 앞에 더 이상 파멸 이외에 아무것도 없다'는 사실을 깨달은 그는 전율한다. 그는 1882년에 쓴 편지에서 '나는 해야 할 일의 1만분의 1도 하지 않았다. 나는 죄인이다'라고 남겼다. 앞서 자연인적 상태에서는 죄의식도 없고 죽음에 대한 공포도 없었다. '선악의 피안'인 그쪽 세계에 죄의식이 있을 리 없다. 모든 것이 생명의 빛으로 반짝이는 드넓은 바다를 앞에 두고 죽음에 대한 공포를 느낄 리 만무하다. 그러나 이쪽 세계에서는 밝고 즐거운 살아 있는 모든 형상이 칠흑 같은 어둠에 먹히고 그저 '죄'와 '죽음'만이 이상한 스포트라이트를 받으며 선명하게 부각되어 드러난다. 이 무서운 상태는 1870년대 후반, 즉 그가 47세로 접어들면서 더 심해졌고 이윽고 이는 톨스토이의 삶을 완벽히 갈라놓았다고 일컬어지는 바로 그 '전향'으로 그를 몰아세운다.

'나는 15년 동안 저술을 계속해왔다. 책을 쓰는 그런 일이 어리석기 짝이 없는 짓이라고 생각하면서도, 자기 작품에 대한 세간의 갈채와 막대한 원고료의 유혹을 뿌리치지 못하고 물질적 생활의 풍요를 위해, 그리고 자신 및 만인의 존재 의의에 대한 모든 의문을 마비시키기 위한 수단으로서 이 유혹에 빠져 있었다. 그러나 5년 전부터 매우 기묘한 일이 일어났다. 의혹 그리고 생이 정지하는 순간이 나를 습격했고 앞으로 어떻게 살아야 할지, 또 무엇을 해야 할지 알 수 없는 상태가 되었다. 그리고 이 생이 정지하는 순간에 항상 "무엇을 위해?" "그래서 어떻다는 거지?"라는 의문을 반복해서 던졌다. 마치 나는 계속해서 앞으로 나아가며 살아내다가 마침내 심연에 이른 존재와 같다. 이제 내 앞에는 멸망 이외의 아무것도 없다는 사실을 확신하게 되었다. 나는 온 힘을 다해 생으로부터 도망치려 했다. 그리고 나는(정말이지 행복한 남자다!) 매일 밤 옷을 벗을 때 혼자 있는 방에서 찬장과 찬장 사이에 있는 나무판에 목을 매달고 죽지 않기 위해 내 주변에 있는 끈을 숨겨버렸다. 그리고 너무나 쉽게 생으로부터 도피하려는 유혹에서 벗어나기 위해 총을 가지고 사냥 가는 일도 그만두었다.' 그를 이 극도의 절망과 생애의 일대 위기로부터 구한 것은 소박한 민중, '이마에 땀을 흘리며 끝없이 노동하는 민중'과의 직접적인 접촉이었다. 적어도 본인은 그렇게 생각했고 그렇게 믿었다. 놀라울 정도의 확신으로 그는 과거의 '죄악'을 '고백'했으며 죄 많은 과거를 완벽하고 깨끗하게 청산해 진정한 '기독교 교리에 따라' 완전히 새로운 생애의 첫 장을 열겠다는 사실을 세상 사람들에게 선언했다. 사실 이런 그의 '종교적 재생'을 계기로 톨스토이는 외면적으로 전혀 다른 사람이 되었다. 그는 더 이상 옛날처럼 훌륭한 예술적 작품을 쓰지 않게 되었다. 『유년시대』를 '바보 같은 책'이라 하고, 『안나 카레니나』를 '평범하고 지루한 작품'이라 했으며, 본인 이전의 문학은 연애를 '성적 충동과 성적 폭행이란 관점에서 묘사하고 있기 때문에 유해무익'하다고 평가했다. 예술과 자신이라는 인간을 죄악시했으며 심지어 자연까지도 죄악으로 여기면서 '자연은 기독교도가 스스로 내적으로 정복하고, 이내 하느님의 나라로 바꿔야 할 악마적인 존재'라고도 말했다. 이제 그에게 중요한 것은 자연성도 예술도 아닌 오로지 도덕적 의식뿐이었다.

톨스토이는 자신이 이 '전향'으로 인해 구원받았다고 믿었다. 물론 그는 구원받지 못했다. 외면적 인간은 바뀌었어도 내면적 인간은 조금도 바뀌지 않았다. 그는 마지막까지 고뇌하고 괴로워했다. 그는 비극적인 죽음의 순간까지 인간 의식의 근원적 모순을 극복하지 못했다. 요컨대 처음부터 끝까지 그의 안에는 두 명의 인간이 공존했다. 다만 전반생에서는 자연적 인간이, 후반생에서는 자의식적 인간이 우위를 점했으며 그러한 분열을 숨겨왔을 뿐이다. 그렇기에 정도의 차이는 있을지언정 '전향' 이후의 '도덕적' 톨스토이는 처음부터 그의 안에 존재했던 것이다. 탐색하기 좋아하는 전기 연구자들은 실증적 자료를 충분히 검토함으로써 톨스토이가 이미 유년 시절부터 매우 자의식적이었으며 '이론가'였음을 뚜렷이 보여준다. 그것이 아니더라도 한 예로, 20대의 일기를 한번 읽어보면, 그가 얼마나 남다른 도덕적 사색을 하는 버릇의 소유자였는지 누구라도 알 수 있을 것이다. 왕성한 자연적 생명의 힘이 최고조에 달했을 때도 그 이면에는 항상 이성적이고 사변적인 인간으로서의 그가 존재했다. 본인도 이야기했듯이 그는 일단 억지를 부리기 시작하면 답이 없었다. 따라서 자신을 죄악시하고 죽음에 대한 공포에 떠는 일 역시 매우 이른 시기부터 시작되었다. 1861년 야스나야 폴랴나에 초등학교를 세우고 농민 아동 교육에 종사했을 때도 그는 자신이 하는 일에 범죄의식과 환멸을 느꼈다. '나는 백성인 아이들의 순수하고 소박한 영혼을 추락시키고 있는 듯한 느낌이 들었다. 나는 무언가 신성한 것을 훔쳤을 때와 같은 회한을 느꼈다. 미치광이 노인들이 자신의 피폐한 상상력을 부추기기 위해서 아이들에게 추잡한 동작을 시킨다, 그런 광경을 떠올리곤 했다.' 이는 그가 불과 33세 때의 일이다.

그러나 이보다 더 특이한 점은 톨스토이의 격렬하면서도 동물적일 정도의 죽음에 대한 공포심이다. 1894년 노인 톨스토이는 이런 글을 남겼다. '나이를 먹는 것은 무엇을 의미하는가. 나이를 먹는 것은 머리카락이 빠지고 이가 빠지고 주름이 생기고 입에서 나오는 숨에서 고약한 냄새가 나는 일이다. 최후의 순간에 이르기까지 모든 것이 두렵고 불길한 상태다. 치덕치덕 발라놓은 입술연지, 화장분, 그리고 땀과 악취와 흉한 모습, 그러한 것들을 또렷이 의식하게 되었다. 내가 지금까지 봉사해온 것은 도대체 어디로 가버린 걸까? 아름다움은 어디에 있는 걸까? 아름다움이야말로 전부인데 더 이상 보이지 않는다. 아무것도 없다. 삶生이 없다.' 그는 '최후의 순간에 이르기까지도'라고 했다. 그렇다면 최후의 순간에는 어떻게 되는 걸까. '오늘이 아니라 내일이라도 나에게 병마와 죽음이 덮쳐올지 모른다. 그렇게 되면 썩은 냄새와 구더기 외에 아무것도 남지 않는 거다.' 보들레르는 썩어 문드러진 육체의 악취와 그 위를 기어다니는 구더기 무리에서 전율로 가득한 아름다움을 찾아냈으나 톨스토이에게선 아름다움을 찾아볼 수 없었다. 죽음을 앞에 둔 푸시킨은 '무덤의 어둠을 나는 두려워하지 않는다. 죽음이 부르는 소리는 내 마음을 흐트러뜨리지 못한다'라고 노래했으나 톨스토이는 그런 영웅도 되지 못했다. 그는 죽음이 무서웠다. 글자 그대로 무서웠다. 죽음을 떠올릴 때마다 그는 온몸에서 뼛속 깊이까지 오한을 느꼈다. 이는 악성 유행병의 발작처럼 돌연 생각도 못 한 순간에 그를 덮쳐왔다.

그러나 톨스토이에게 죽음에 대한 공포는 결코 육체적인 원인에서 비롯된 것이 아니다. 적어도 육체적 원인만은 아니다. 다만 막연하게 죽는 것이 무섭다든가 단말마의 육체적 괴로움이 두려운 게 아니다. 죽음을 생각하는 일이 무서운 것이다. 조금 전까지 살아 움직이던 생명체가 어느 불가사의한 순간을 경계로 죽음을 맞는, 이 신비로운 사실을 생각하는 것이 참을 수 없을 정도로 두려웠다. 그에게 죽음은 '허무로의 이행' 이외의 그 무엇도 아니었다. 1860년 9월 형 니콜라이의 비참한 임종을 지키면서 그는 이 '허무로의 이행'을 목격했다. 그리고 이 공포만은 그가 아무리 '대전향'을 경험해도, 아무리 '기독교적 회심'을 거쳐도 원래 모습 그대로 남아 있었다.

『전쟁과 평화』의 제10장, 나폴레옹의 침공을 맞아 요격하는 군대에 안드레이 공작이 참가한다. 1812년 8월 25일 볼로디노 전투의 하루 전날 해질녘, 그는 나 홀로 황혼이 지는 평야에 꼼짝도 하지 않고 서서 별생각 없이 자작나무 가로수를 바라보고 있다. 그 순간 갑자기 '죽음'이란 상념이 그를 덮쳤고 존재의 허무함이 그의 마음속에 똑똑히 새겨진다. 어둡고 기분 나쁜 광경이다.

톨스토이적 세계는 풍요로운 생의 흐름으로 충만하다. 이런 존재의 차원에서 생은 환희이고 용솟음이다. 그러나 이 호화로운 생의 향연도 그저 어떤 죽음에 대한 생각으로 인해 단번에 퇴색된다. 톨스토이 안에는 모든 것을 수용하고 전부 빛의 바다로 바꾸는 위대한 생의 흐름 속에서도 마지막까지 여기에 몸을 맡기기를 완강하게 거부하는 존재가 있었던 것이다. 그러나 생은 밖에서 냉철하게 관찰하고 있는 사람에게는 어떠한 도취도 제공하지 않는다. 그는 절망하고 몹시 공포스러운 나머지 '귀청이 찢어질 듯한, 정말 엄청난, 100년을 살아도 절대 잊지 못할 그런 미치광이 같은 환성'을 내지르기 시작한다. 『유년시대』에서 시작된 이 공포의 절규는 톨스토이의 전 작품을 관통했으며 마지막 『이반 일리치의 죽음』의 그 광기 어린 '안 돼에에에……'까지 이어졌다.

흔히 '무서운데 괜히 더 보고 싶다'고들 말하는데 죽음의 공포가 강렬해질수록 톨스토이는 집요하게 죽음을 떠올리고 죽음을 직시하며 죽음을 묘사했다. 그는 매우 세심한 주의를 기울이며 생명 있는 존재가 생명을 잃고 '허무로 옮겨'가는 마지막 순간을 관찰했다. 인간만이 아닌 동물의 죽음도(예를 들어 『안나 카레니나』에 나오는 명마가 고통스럽게 죽어가며 보여준 뭔가 말하고 싶은 듯한 눈초리, 그리고 「첫걸음」에 나오는 툴라 도살장에 대한 묘사), 식물의 죽음도(「세 죽음」, 이른 아침 대기의 정적 속에서 백성이 나무를 베어 넘어뜨리는 둔탁한 소리가 울려 퍼진다. '도끼 소리가 점점 둔탁하게 땅을 기어가듯 울려 퍼지고, 수액을 머금은 하얀 나무 부스러기가 이슬 같은 풀 위로 날아들고, 내리치는 도끼 소리와 가볍게 깨지는 소리가 한데 섞여 들려온다. 나무는 전신을 떨었다. 기우뚱하며 갑자기 몸을 굽히는가 싶더니, 밑동 주위가 흔들거렸다. 일순 정적이 흘렀다. 그러나 다시금 나무는 기울어졌고 줄기에서 우지끈 소리가 났다. 이어 큰 가지를 꺾고 어린 가지가 휘면서, 이내 축축한 땅 위로 머리부터 쓰러졌다. 도끼 소리와 발자국 소리가 멈추었다') 보여주었다. 이렇듯 톨스토이는 무수한 인간과 동물, 식물이 죽어가는 모습을 가만히 지켜보았다. 눈을 부릅뜨고 숨죽이며 그저 응시했다. 아니 '죽음'이 그를 응시한 것이다. 이루 표현할 수 없는 기분 나쁜 오한이 그의 등줄기를 가로질렀다. '그는 죽음과 단둘이 있다. 눈과 눈을 마주친 채 둘만 남겨졌다. 어찌할 도리가 없다. 그저 가만히 응시하며 차갑게 식어갈 뿐이었다.'(『이반 일리치의 죽음』) 그리고 그는 고백한다. '그러나 참을성 있게 가만히 최후의 순간을 기다릴 수 없었다. 암흑의 공포는 너무나 컸다. 나는 한시라도 빨리 내 목숨을 끊어서 이 공포에서 벗어나고 싶다고 생각했다.'

톨스토이가 혼자 외롭게 이런 격심한 고뇌와 씨름하며 고통으로 몸부림치고 있을 때 아이러니하게도 '성자'로서의 그의 명성은 해를 거듭할수록 높아졌다. 오래전 괴테의 바이마르가 그랬듯이, 이제는 야스나야 폴랴나가 전 세계에서 찾아오는 '순례자'의 성지가 되었다. 그는 예언자다. 아무리 부정해도 사람들은 그를 예언자로 추앙했다. 우리는 톨스토이가 이런 상황에서 얼마나 괴로워했을지 그의 작품 「신부 세르게이」를 통해 분명히 알 수 있다. 하느님이 입을 다물고 말이 없을 때도 그는 '게시'를 원하는 신도들을 위해 예언자를 연기해야 했다. '소년 시절 사색할 때 나는 어린애였지만 노인이 된 지금 사색할 때도 여전히 어린애다. 나는 예술적 재능 면에서는 무한한 힘을 지니고 있지만 신의 탐구에서는 선도자가 아닐뿐더러 예언자도 아니며 신종교의 시조도 아니다. 오늘날의 다른 사람들과 똑같이 약하고 방황하며 병적인 자기분열을 겪는 한 명의 인간에 불과하다.' 하지만 열광하고 있는 군중의 귀에는 이런 소리가 들리지 않는다. '나는 기생충이다! 도둑이고 살인마다!'라고 소리쳐도 누구 하나 진심으로 들어주는 이가 없다. 이런 측면에서 그 누구보다 양심적이고 자의식이 강했던 톨스토이는 이런 상황을 정말이지 견뎌내기 힘들었을 것이다. 그는 밤낮없이 괴로워했다. 이른바 톨스토이적 '모순'을 다른 사람에게 지적받을 것도 없이 그는 이미 누구보다 먼저 이것을 인식하고 있었다. 그는 이런 정신적인 고통을 '일기'나 그의 유작 『빛이 있는 동안 빛 가운데로 걸으라』에서 솔직하게 털어놓았다. 하지만 결국 그는 마음의 평안을 얻지 못했다.

1910년 10월 28일 저녁 어둠을 틈타 82세의 노인은 집을 나왔다. 가정생활의 '허위', 세속 생활에 대한 '죄악'을 한 번에 청산하고 완전히 새로운 생활을 시작하기 위해서였다. 그는 아내에게 '나는 나보다 나이 많은 사람이 평범하게 해왔던 일을 할 뿐이다. 그들은 고독과 평온 속에서 생애의 마지막 날들을 보내기 위해 세속적인 생활에서 벗어났다'라는 편지를 남겼다. 그러나 그의 육체는 이러한 시련을 견디지 못했다.

가출하고 열흘째 되던 11월 7일, 길거리의 작은 시골 역에서 그는 질풍노도의 일생을 마쳤다. 평생을 쉬지 않고 싸우면서 해야 할 일들을 남김없이 해치웠던 사람의 평화롭고 도 아름다운 죽음이었다.

제13장

◆

도스토옙스키

한정된 지면에서 나는 '너무 광활하다 싶을 정도로 광범위한' 도스토옙스키의 세계에 관해 쓰지 않으면 안 된다. 하지만 내 마음속에는 이야기하고 싶은 내용이 흘러넘치고 있으며 이를 전부 토해내려면 책 한 권을 써도 모자랄 판이다. 이미 톨스토이 장에서도 여러 중요한 부분을 생략했다. 도스토옙스키에 관한 한 그의 사상이나 예술의 가장 본질적인 부분까지도 대부분 생략할 수밖에 없다. 톨스토이는 그 자체로 분명 하나의 거대한 러시아적 현상이었으며 여기에는 하나 혹은 두 개의 커다란 선이 관통하고 있다. 우리는 이 주요한 큰 선을 놓지 않는 한 언제 어디서라도 톨스토이의 진상을 직시할 수 있다. 인간 톨스토이는 그의 서사시적 문학이 그랬듯 현실적이고 인간적이며 모든 것이 투명하고 명료했다. 반면 도스토옙스키의 세계에서는 사정이 완전히 다르다. 톨스토이적 의미, 즉 상식적 의미에서 현실이라는 것이 여기에는 없다. 이는 현실이 아닌 비현실적 세계다. 애초에 도스토옙스키처럼 영혼을 꿰뚫어보는 사람에게는, 세상의 일반적인 상식으로서 비현실이라든가 환상이라고 부르는 이상한 영역이야말로 진정한 의미에서의 '현실'이었다. 도스토옙스키는 '나는 좀더 고차원적 의미에서 현실주의자다. 이것은 곧 나는 인간 영혼의 모든 심오함을 들춰낸다는 말이다'라고 한 바 있다. 이는 사람들이 많이 인용하는 유명한 문구다. 현실이 무엇인지를 확인하는 차원이 '건강하고 건전한 상식'의 경우와 근본적으로 다르다는 것이다. 그는 '보통 사람들이 예외적이고 바보 같다고 여기는 것이 나에게는 무엇보다 심오한 현실이다'라고도 말했다.

톨스토이의 서사시적 문학은 마치 대낮에 공개적으로 열린 활극처럼 화면 전체에 밝은 햇살이 내리쬐는 형상이었다. 어둡거나 눈에 보이지 않는 구석진 부분도 전혀 없었다. 음울한 비극을 묘사할 때도 톨스토이는 한낮의 조명을 비추며 표현했다. 화면은 항상 홑겹이고 평면적이었으며 뒷면이 없었다. 도스토옙스키는 이와 반대였다. 그에게 화면은 항상 이중적이고 흐릿했다. 그가 묘사한 페테르부르크의 풍경은 마치 환영을 보는 듯했다. 이는 도스토옙스키가 인간의 일상을 평면적으로 그리지 않고 표면적인 현실의 이면에 존재하는 또 다른 세계를 상징적으로 묘사해 표현했기 때문이다. 일상적이며 표면적인 인간의 현실은 도스토옙스키에게 그다지 중요하지 않았다. 표면적인 현실은 이와 전혀 다른 질서를 지닌 보이지 않는 현실의 상징으로서만 그 의미가 있었다. 표면적인 현실이란 우리가 현재 생활하고 있는 시간적 세계를 말한다. 그는 이 시간적 질서 저편에 있는 시간이 없는 세계, 시간적 세계와는 완전히 다른 차원의 세계인 시간을 초월한 영원한 질서를 보았다. 도스토옙스키에게 우리가 살고 있는 시간적 세계는 종말적 구조를 지니고 있었다. 대부분의 사람은 알아채지 못하겠지만, 시간적 세계의 차원에는 시간을 초월한 완전히 다른 질서가 시시각각 침투하고 있으며 이는 어떤 위대한 종말을 목표로 지금도 순조롭게 실현 중이라는 것이다. 그가 보여주고자 한 것은 바로 이런 광경이다. 그의 기독교적 신앙의 표현을 빌려 말하자면, '신의 나라'가 실제로 지금 이곳으로 오고 있는 광경을 묘사하고자 한 것이다. 이런 의미에서 도스토옙스키의 문학은 근본적으로 기독교적이고 복음적이며 '그리스도의 증인'의 증언 그 자체다.

하지만 그는 영원한 질서의 침투라는 거대한 주제를 기독교에서 하사받은 것이 아니었다. 일반적인 인간의 사유 및 감각을 초월하는 영원한 질서가 우리의 현실적인 생활 영역까지 침입해들어와 실제로 활동하고 있다는 사실 역시 그에게는 누군가에게 배울 것도 없이 아주 자명한 것이었다. 그는 체험을 통해 이를 깨달았다. 물론 이러한 체험은 그를 육체적, 정신적으로 엄청난 고뇌에 빠지게 했고 끔찍한 희생을 요구했지만 말이다.

도스토옙스키는 간질병을 앓았다. 그래서 발작이 막 시작되는 몇 초 동안 그는 이 세상의 것이 아닌 광경을 볼 수 있었다. 영원성의 직관, '영원 조화'를 체험했다. 이는 묵시록에서 '그 순간 이미 시간은 존재하지 않는다'라고 했던 환희와 공포의 몇 초를 말한다. '이는 내세의 영원성이 아니라 현세의 영원한 생명이다. 인생에서 어떤 순간을 경험하게 되는데 그 순간이 도래하면 시간이 탁 정지하면서 그대로 영원이 되는 것이다.' 이것이야말로 동서 구별 없이 옛날 신비도神祕道의 수행자들이 최고의 경지로 희구하며 이를 체득하기 위해 평생을 걸고 노력하던 '영원한 지금'을 체험한 것에 다름 아니다. 물론 도스토옙스키는 이러한 체험을 수도자 생활이 아닌 간질이라는 지병 때문에 예기치 않게 겪은 것이었다. 이런 의미에서 보면 분명 병적인 체험이다. 요컨대 이는 간질 발작 직전의 징후에 불과하다. 도스토옙스키는 이러한 사실을 누구보다 아주 잘 인식하고 있었다. 그는 미시킨 공작의 입을 빌려 다음과 같이 말했다. "어차피 일종의 병적 현상이며 정상적이고 건강한 몸이 그로 인해 파괴되는 것뿐이다. 결코 우러러볼 만한 생활이 아니다. 오히려 가장 저급한 생활의 일환이라 할 수 있다." 그는 이 문제에 대해 고민하고 괴로워했으며 생각에 생각을 거듭한 결과 '지극히 역설적인' 결론에 도달했다. "병이라고 해서 뭐가 나쁘다는 건가? 이 흥분이 비정상적인 긴장이건 뭐건 간에 개의치 않겠다. 만약 그 결과 자체가, 그러니까 이 흥분의 찰나가, 건강한 상태에서 다시 떠올리며 구체적으로 따져보더라도 여전히 천상의 조화와 아름다움을 느끼게 하고 지금껏 들어보거나 상상도 못 할 풍요로움과 정당함, 안정, 그리고 기도의 날개에 올라타 최고의 생의 화합으로 환류할 수 있다는 도취에 빠지게 해준다면 말이다……."

이 이상한 체험을 도스토옙스키는 여러 차례 구체적으로 묘사하고 있다. 작품 속에서나 작품 밖에서나. 특히 『악령』의 키릴로프와 『백치』에서 미시킨의 진술은 매우 유명하다. '그 몇 초가 온다'라며 키릴로프는 샤토프에게 다음과 같이 말한다. "이건 한 번에 5초에서 6초 정도밖에 지속되지 않는데 그 순간 갑자기 영원한 조화가 온전히 느껴지고 직관할 수 있게 돼. 이건 더 이상 지상의 것이 아니고, 그렇다고 천상의 것도 아니야. 그저 현재 있는 그대로의 인간에게는 도저히 견딜 수 없는 그런 거야. 내가 육체적으로 변하거나 아니면 죽어버리거나 둘 중 하나야. 그 순간의 기분은 완전히 투명하며 밝은 느낌이고 여기엔 이론을 제기할 여지가 전혀 없어. 마치 갑자기 전 우주를 그대로 직관하고 나서 '그래 이걸로 됐어'라고 긍정하게 되는 기분이야. 이건 신이 세계를 하루하루 창조할 때마다 '그렇지, 이걸로 됐다'라고 말씀하신 것과 같은 거야. 그저 기뻐서 어쩔 줄 모르는 게 아니라 어딘가 가만히 아주 고요해지는 황홀한 기분이야. 이 순간에는 더 이상 용서하는 일 같은 건 불가능해. 왜냐하면 용서할 대상이 사라지거든. 그리고 이건 사랑하는 것과는 또 달라. 아니 사랑 같은 거보다 훨씬 상위의 것이야. 그리고 무엇보다 엄청난 건 이 감각이 매우 선명하고 형용할 수 없는 환희로 가득 차 있다는 사실이야. 만약 이 상태가 5초 이상 지속된다면 영혼은 이를 견디지 못하고 소멸해버릴 거야. 이 5초 동안 나는 전 생애를 살게 돼. 이를 위해서라면 나는 내 일생을 내팽개쳐도 전혀 아깝지 않을 정도야."

이와 똑같은 체험을 한 미시킨은 다음과 같이 표현한다. "뇌가 갑자기 불꽃을 튀기듯 활발히 활동을 개시하고 그의 모든 생명력이 일시에 무섭게 분출하면서 팽팽히 긴장하는 듯한 순간순간이 있다는 데 생각이 미쳤다. 그저 번개처럼 짧게 지속되는 이 순간순간에 자신이 살아 있다는 자기 감각과 자기의식은 열 배 가까이 커지곤 했다. 이성과 감성이 더없이 환한 빛으로 밝혀지고, 그의 온갖 흥분, 온갖 의혹, 온갖 불안이 한꺼번에 진정되어, 밝고 조화로운 환희와 희망, 지혜와 궁극 원인으로 충만한 그 어떤 최고의 평온경 속에 용해되는 것이다"라고 말이다.

이 불가사의한 체험은 키릴로프를 기괴한 인신론人神論의 늪에 빠뜨렸으며 결국 논리적 귀결로 그를 자살로 내몬다. 이처럼 영원성의 체험으로 인해 사람이 신이 된다는 인신주의에 열광하는 신봉자의 비참한 말로는 종종 자연적 신비주의의 비극으로 일컬어진다. 사람들은 키릴로프의 자살이 엄청난 교만 탓에 초래된 최후의 단죄라고 생각했다. 하지만 이러한 생각은 금방 지나쳐갔을 것이다. 왜냐하면 키릴로프뿐만 아니라 미시킨의 등장 역시 이 이상한 체험에서 비롯되었기 때문이다. 인신人神뿐만 아니라 신인神人도 마찬가지다. 영원한 조화의 체험은 인신으로 향하는 길이면서 동시에 신인으로 가는 길이기도 하다. 게다가 키릴로프가 교만과 광기의 노정에서 주춤했듯이, 미시킨 공작 역시 정반대인 자애와 연민의 노정에서 주춤했다. '그리스도를 모델로 했다'라고도 일컬어지는 미시킨 공작은 현실 속 인간사회에서 무력했으며 결국 그는 패배해 홀로 쓸쓸하게 무대를 떠난다. 작가 도스토옙스키는 대체 어떤 의도로 키릴로프와 미시킨 두 사람의 앞길을 막아버린 걸까. 그는 눈앞의 이 특수한 체험에만 집요하게 매달리고 있을 수만은 없다고 생각했다. 궁극적으로 인류 전체의 종교적 구원을 염두에 두고 있던 도스토옙스키 입장에서는 신비가든 간질 환자든 간에 '영원한 지금'을 직관할 수 있는 극소수의 특수한 사람만 구원받고, 그러한 체험을 하지 못하는 다른 수천만 대중이 그대로 도태되어 남는다는 것은 무의미했다. 황홀의 경지에 이르는 체험이 아무리 소중하더라도 그 이상 나아가지 못하면 무력한 것이었다. 이 체험의 유일한 가치는 영원한 질서, 즉 '신의 나라'의 실재를 직접 증명하는 데 있다. 하지만 이걸로는 인간을 구원할 수 없다. 왜냐하면 대다수의 '인간'은 신비주의자가 아닐뿐더러 간질병을 앓고 있지 않기 때문이다. 이 '대다수'까지 포함한 인간을 구원한다는 측면에서 본다면 처음부터 다시 시작하지 않을 수 없다. 따라서 이 특이한 체험의 은혜를 입으며 더 의지하고 싶은 강렬한 유혹을 떨치고 인간의 현 상황을 직시함으로써 여기서부터 다시 출발해야 했다. 황홀경에 들어선 순간 우연히 보게 된 영원 극락의 행복은 잠시 놔두고, 모든 인간이 그런 기묘한 과정 없이도 같은 경지에 이를 수 있는지 여부를 시험해볼 필요가 있었다.

그리하여 도스토옙스키는 기독교에 주목한다. 기독교야말로 인간의 구원을 공공연하게 약속하고 있기 때문이다. 하지만 그런 약속이 과연 진짜일까. 그저 미끼로 사람을 낚는 말뿐인 공수표는 아닐까. 도스토옙스키의 변증법은 여기서부터 시작된다. 이 변증법은 추상적, 사색적인 철학의 형태가 아닌 긍정적 정신과 부정적, 회의적 정신이 서로 불꽃 튀는 치열한 싸움을 벌이는 살아 있는 생명의 활극과 같은 형태로 우리 앞에 펼쳐진다. 이것이 도스토옙스키의 문학이다. 기독교는 과연 모든 인간을 구원할 힘을 가지고 있는 걸까. 도스토옙스키적으로 표현하자면, 인간은 그리스도 복음의 길에 따르며 '새로운 인간'으로서 죽음으로부터 부활할 수 있는 걸까. 여기에 모든 문제가 달려 있다.

죽음! 죽음의 극복, 죽음으로부터의 부활! 도스토옙스키뿐만 아니라 톨스토이에게도 죽음은 다른 모든 것을 압도할 만큼 중요한 테마였다. 톨스토이는 평생 '죽음'을 응시하며 살았다. 죽음에 대한 공포를 느꼈고 죽음을 바라보고 살다가 죽음과 마주하며 죽었다. 하지만 평생에 걸친 투쟁에도 불구하고 그는 죽음을 극복할 수 없었다. 톨스토이에게 죽음이란 주로 육체적, 생물학적 죽음을 의미한다. 톨스토이적 문제가 모두 홑겹으로 단순하듯이 죽음의 문제 그 자체는 매우 단순하다. 반면 도스토옙스키는 인간의 생물학적 죽음에는 거의 관심이 없었다. 그에게는 정신적 현상으로서의 죽음, 인간 정신의 한계 영역으로서의 죽음이 중요했다. 널리 알려져 있다시피 도스토옙스키는 평생에 걸쳐 여러 차례, 몇 겹의 의미로 죽음을 경험했다. 그뿐만이 아니다. 그는 자기 주변에서도 죽음을 보았다. 죽음만을 보았다. 바라보는 곳마다 전부 황량한 죽음 일색이었다. 본인은 물론이고 그를 둘러싼 모든 사람의 이마에는 죽음의 각인이 새겨져 있었다. 인간을 구원하려면 먼저 이러한 죽음에 대한 심리적 속박에서 빠져나와야 했다. 죽음의 극복이란 죽음으로부터의 부활을 의미했다. 성서를 보면 그리스도는 십자가에서 죽음을 맞이하고 사흘 뒤 부활해 승천했다고 한다. 하지만 그리스도가 아닌 평범하고 나약한 인간들은 어떻게 되는 걸까. 게다가 무겁고 고통스러운 십자가를 짊어지고 헐떡이며 생존의 길을 가고 있는 이름도 없는 사람들은? 원래 그리스도 부활의 비책은 동방 교회의 비책 중에서 가장 중요한 것이었다. 하지만 도스토옙스키는 이를 무조건적으로 수용할 수 없었다. 그는 회의적이었다. 반역자였다. 스스로 문제를 철저하게 파헤치고 맨손으로 자신만의 결론에 다다르지 않고서는 직성이 풀리지 않았다. 정교회가 그 모든 권위를 걸고 인간의 구원, 인간의 부활을 보증할지라도 그는 완강한 태도로 이를 수용하지 않았다. 복음의 여정에서 인간의 부활을 자기 눈으로 제대로 확인할 때까지는 절대 믿을 수 없었다. 보통 교회는 이러한 경향의 신자를 별로 좋아하지 않는다. 교회 입장에서는 순종적인 작은 양이 훨씬 더 편하다. 하지만 도스토옙스키는 결코 신의 순종적인 작은 양이 아니었다. 교회의 가르침에 대해서뿐만 아니라 그가 마음 깊은 곳으로부터 그렇게도 열렬히 사랑했던 그리스도에 대해서조차 그는 순종적이지 않았다. 그로 말할 것 같으면, 언젠가 그리스도의 곁으로 돌아갈지라도, '회의의 도가니를 통과해 드디어 나의 찬가가 왔다'라고 말할 만한 부류의 종교인이었다.

이렇게 도스토옙스키는 어떤 권위에도 기대지 않고 자기 힘으로 첫발을 떼며 나아가려 했다. 그는 과연 기독교가 인류에게 약속한 구원이 정말로 가능한 것인지, 인간들에게 정말 그럴 가능성이 있는 것인지 그 보증을 직접 확인하고 싶었다. 따라서 자신을 전 인간성을 위한 일종의 실험대로 삼아 갈기갈기 찢어가며 그 밑바닥 심층부까지 파헤친다. 러시아에서는 도스토옙스키를 평가할 때 '잔인한 천재'라고 부른다. 실제로 그가 시도한 인간 분석은 다른 어떤 세계문학에서도 유례를 찾아볼 수 없을 만큼 잔인하고 냉혹하다. 그는 작중인물들(그들은 전부 작가 자신의 분신이며 결국 작가 자신의 다양한 면모나 다름없지만)에게 잔혹한 정신적 고문을 가한다. 그는 냉담한 태도로 이들을 범죄, 치매, 광기, 병고의 활로를 찾지 못할 막다른 곳으로 내몬다. 그리고 이런 무시무시한 환경에서 사람들이 어떻게 행동하고 어떤 말을 하는지 가만히 관찰한다. 인간적 한계의 영역에서 그 기에 눌려 망가진 사람들과 여러 이유로 정신적인 괴물 상태가 되어버린 애처로운 인간들이 열병을 앓아 고열에 흐릿해진 의식으로 토해내는 헛소리나 그들의 뇌리에 떠오르는 기괴한 환상 저 깊은 곳에서, 도스토옙스키는 인간이 먼 미래에 이르러 비로소 실현하게 될 아직은 잠재적 가능성으로서의 한계적 능력을 찾아내고자 한다. 그의 인간 분석은 철저히 종말론적 인간관에 기반한다. 이는 근본적으로 묵시록적이다. 기독교회는 인간이 이미 그리스도에 의해 구원받았다는 점을 보증한다. 하지만 도스토옙스키에게 구원이란 미래에 있을 현상이었다. 구원은 이미 일어난 일이 아니라 아직 일어나지 않은 일, 앞으로 일어날 일, 일어나지 않으면 안 될 일이었다. 그리고 이 미래에 있을 현상으로서의 구원은 '새로운 인간'이라는 형태로 그 모습을 드러냈다.

이와 같은 궁극적 목표를 지향한 도스토옙스키에게 출발점은 인간의 현재 상황이었다. 본연의 인간이 현재 놓여 있는 상태. 하지만 이는 너무 어둡고 비참하며 비극적이었다. 도스토옙스키가 말하는 '오래된 사람'이 살고 있는 세계의 현상황은 보들레르의 그것과 매우 흡사했다. 도스토옙스키의 소설을 읽으며 그 세계에 빠져든 사람이라면 어딘가 모르게 묘한 답답함과 비애, 공포에 전율하는 분위기에 매몰된 자신을 발견하게 될 것이다. 어두운 우수는 그의 영혼을 파고들었다. 보들레르가 노래한 도시 파리처럼 도스토옙스키의 페테르부르크 역시 암울하고 한없이 쓸쓸한 세계였다. 처량한 건물이 즐비한 숙명적인 '표트르의 도시'에는 자욱하게 안개가 끼어 있고 우중충한 하늘에서는 비 섞인 눈이 쉴 새 없이 내리며 바람은 찢어질 듯한 비명과 함께 주택의 창문에 내리꽂힌다. 이것이야말로 도스토옙스키적 세계의 준비물이라 할 수 있을 것이다.

물론 햇살이 전혀 없는 건 아니다. 구름 한 점 없는 파란 하늘에 태양이 쨍쨍 빛나는 날들도 있다. 하지만 이는 이쪽 세계에서 인간에게 생명의 기쁨을 주지 않는다. 이곳에서의 태양은 환희의 상징이 아니라 죽음의 상징이다. "거리는 여전히 못 견디게 무더웠다. 요즘 며칠 동안은 비 한 방울 내리지 않았다. 여전히 흙먼지, 벽돌과 석회, 노점과 술집에서 풍겨오는 악취, 끊임없이 마주치는 술주정꾼, 행상을 하는 핀란드인, 다 찌그러져가는 마차와 마부들, 태양은 쨍쨍 그의 눈에 내리쬐어서 앞을 바라볼 수 없었고 머리는 현기증으로 어질어질했다."(『죄와 벌』) 이곳에는 만물을 넘치는 애정으로 포옹하고 모든 생명 있는 존재를 생육시키는 태양은 존재하지 않는다. 생명을 키우기는커녕 거꾸로 생물로부터 생명을 앗아가려 한다. 태양은 마치 세계를 증오라도 하듯 잔혹하게 내리쬐고 모든 것을 태워 죽이려 한다. "인간은 지상에 있으면서 고독하다. 여기에 불행이 있다. (…) 태양은 모든 존재에 생명을 준다고 사람들은 말한다. 지금 태양은 떠 있으나, 한번 봐라. 태양도 지금 죽어 있지 않은가. 모든 것은 죽어 있고 사방에는 시체밖에 없다. 그저 인간만 있고 그 주위는 침묵이다. 이게 바로 세계라는 것이다!"(「온순한 여인」)

'모든 것은 죽어 있고 사방에는 시체뿐.' 보들레르 역시 인간적 세계가 보여주는 이런 엄청난 사상死相을 종종 우수라는 이름 아래 노래했다. 인간은 고독하다. 온통 잿빛인 황야의 한복판에 그는 홀로 내동댕이쳐져 있다. 그는 외톨이다. 암흑과 절망과 죽음의 그림자에 둘러싸인 그는 환영과 같은 삶을 살고 있다. 암담한 세계에서 참담한 마음으로 '거미처럼 홀로' 가만히 웅크리고 있다. 『지하로부터의 수기』의 주인공은 이렇게 말한다. '나의 생활은 암울하고 정말 말도 안 되게 고독하다. 나의 방은 나의 껍데기이고, 내가 모든 인류로부터 몸을 숨길 상자였다'라고 말이다. 스비드리가일로프는, '나는 매우 우울한 인간이다. 나는 항상 방에 틀어박혀 있다'라고 말했다. 그리고 미성년은…… '아니, 난 타인과 함께 살 수가 없어…… 나의 이상은 "방구석"이야. 나의 이상은 그냥 혼자 있는 거야.' 스타브로긴은…… 그는 고독 그 자체였다. 그는 깊디깊은 극한의 적막함을 가슴에 품은 채 인생을 흘려보낸다. 그러면 키릴로프는? 샤토프는? 베르실로프는?……

도스토옙스키의 주인공들이 짊어지고 있는 이 숙명적 고독은 인간 실존의 고독이지, 외면적 고독 즉 단순히 혼자 있는 인간이라는 외부적 상황을 말하는 게 아니다. 그들은 내적으로 저주받은 인간이며 이들에겐 그것이 고독이다. 따라서 이 고독은 그들과 함께 움직이며 그들이 가는 곳, 그들이 머무는 곳이면 언제 어디서나 그들의 머리 위로 어두운 저주의 그림자를 드리운다. '방구석'이라든가 '방'이라는 것이 그 상징이다. 겉으로 보면 도스토옙스키의 주인공들은 고독하지 않다. 오히려 고독과는 정반대다. 수많은 인간이 밀고 당기며 뒤엉켜 있는 대도시의 주민이다. '인간이 고독해질 수 없는 이 엄청난 불행!'이라고 라브뤼예르가 개탄했듯이 혼란스럽고 시끌벅적한 세상에 그들은 살고 있다. 그런데도 그들은 고독하다. 근원적으로 구제 불능인 고독인 것이다.

도스토옙스키의 주인공들은 전부 페테르부르크의 주인이라는 특징이 있다. 톨스토이의 예로슈카 숙부처럼 생기발랄한 자연인은 한 명도 등장하지 않는다. 전부 자연으로부터 완전히 떨어져 나온 이들뿐이다. 그리고 자연에서 이탈한 인간답게 이 불행한 사람들은 대도시에 운집해 생활하고 있다. 도스토옙스키는 인간의 여러 생활 형태 중에서도 자연성에서 가장 멀리 떨어진 대도시라는 더럽고 암울한 장소에서 인간의 운명을 찾는다. 안개와 먼지, 환영과 광기가 교차하는 수도 페테르부르크의 서늘한 뒷골목과 악취가 풍기는 변두리 술집, 귀신이 나올 법한 싸구려 여인숙이 그의 문학적 무대였다.

대도시는 근대적 인간의 비극적 생존 형태다. 이곳에서 인간은 거대한 덩어리를 이룬다. '서로 조금이라도 온기를 얻으려고 몸을 맞대고 비벼가며' 살고 있다. 하지만 도시의 인간은 고독하다. 다른 모든 존재와의 연결 고리가 끊어진 채 인간은 그저 인간으로만 존재한다. 인간은 고립되었다. 인간만 살아 있고 '주변에는 죽음의 그림자'가 있다. 대도시는 근대적 인간의 내적 고독이 표출된 형태였다.

물론 도스토옙스키의 주인공들도 자연을 모르는 건 아니다. 그들은 자연이라는 위대한 생명의 세계가 있다는 사실과 그것이 뛰어난 아름다움과 기쁨의 향연을 준다는 사실도 알고 있다. 하지만 이를 멀리서 바라볼 뿐 그 안으로 들어갈 수 없는 그들에게는 모처럼의 향연도 무의미하다. 죽음을 눈앞에 둔 이폴리트(『백치』)는 '고백'하듯 다음의 글을 남긴다. '당신들의 자연, 당신들의 파블롭스크 공원, 당신들의 일출과 일몰, 당신들의 푸른 하늘, 당신들의 흡족한 얼굴이 내게 대체 무슨 소용인가, 끝없이 이어지는 이 모든 향연이 단지 나 하나만을 무용지물로 여기면서 시작된 마당에? 지금 내 옆에서 햇빛을 받으며 웽웽거리는 저 조그만 파리조차, 그것조차 이 모든 향연과 합창의 일원으로 자신의 자리를 알고 그것을 사랑하며 행복해하는데, 오직 나 혼자만 내팽개쳐진 존재라는 걸 이제 매분 매초 느껴야만 하고 느끼지 않을 수 없다면, 다만 지금껏 너무 소심한 나머지 그걸 깨달으려 하지 않았을 뿐이라면, 이 모든 아름다움이 내게 무슨 의미가 있단 말인가!' 이폴리트뿐만 아니라 미시킨 역시 이전에는 그런 인간이었다. 이폴리트의 '고백'을 들으면서 완전히 잊고 있던 옛날 그 괴로웠던 경험이 그의 마음속에서 되살아났다. 배경은 아름다운 스위스의 산과 호수다. '언젠가 햇빛이 환하게 빛나던 날, 그는 산에 올라가, 아무런 뚜렷한 형체도 띠지 않은 어떤 괴로운 상념을 품은 채 오래도록 산속을 헤맨 일이 있었다. 눈앞에는 눈부신 하늘이 펼쳐져 있고, 아래엔 호수가, 사방으로는 밝고 끝없는 지평선이 아스라이 뻗어 있었다. 그는 오랫동안 이 모든 것을 바라보며 번민에 잠겼다. 그 환하고 끝없는 푸르름 속으로 두 손을 뻗으며 울었던 일이 지금 그의 뇌리에 떠올랐다. 그때 그를 괴롭힌 것은 이 모든 것에 대해 자신은 완전히 타인이라는 사실이었다. 대체 이 향연은 무엇일까, 오래전 아주 어릴 때부터 항상 그의 마음을 끌어당기면서도 그가 함께하는 걸 절대 허용하지 않는, 이 끝없이 펼쳐지는 무궁하고도 위대한 축제는 도대체 무엇이란 말인가. 아침마다 바로 저와 똑같은 환한 태양이 떠오르고, 아침마다 폭포에 무지개가 걸리고, 저기 멀리 하늘 끝에 솟은, 눈에 덮인 가장 높은 산봉우리는 저녁마다 자홍색 불꽃으로 타오른다. 자기 옆에서 뜨거운 햇빛을 받으며 웽웽거리는 저 조그만 파리까지도 이 우주 합창의 일원으로서, 자기 자리를 알고 그것을 사랑하며 행복을 느끼고 있다. 작은 풀잎 하나하나도 쉴 새 없이 자라나며 행복해한다! 세상 만물이 자신의 길을 가지고 있고, 세상 만물이 자신의 길을 알고서, 노래하며 가고, 노래하며 온다. 그런데 나 혼자만 아무것도 알지 못하고, 사람이건 소리건 아무것도 이해하지 못하며, 세상 만물과 아무 상관 없는 존재, 내팽개쳐진 존재다.'

자연에서 벗어나 존재의 축제에서 배제된 인간들. 그들은 마카르 노인(『미성년』)처럼 대자연 속 풍요로운 생명의 환희를 바라보며 '아, 풀이 자라나는구나. 쑥쑥 크거라, 신의 풀이여! 작은 새들이 노래를 부른다. 노래 부르거라, 신의 작은 새들이여!'라며 축복의 말을 건넬 수 없다. 그들은 고독하고 불행한 인간이다. 한 마리 파리보다 더 불행한 존재다. 그들의 마음속에는 자의식 외에는 아무것도 없다. 이들은 자기 '방구석'에 몸을 잔뜩 웅크리고 앉아서 아름다운 자연의 축제를 향해 텅 비어 있는 절망 가득한 눈빛을 보내고 있을 뿐이다. 그렇기에 이들은 사람을 사랑할 수 없다. 자신 안에 틀어박혀 본인을 사랑할 수도 없다. 이러한 인간이 어떻게 다른 사람을 사랑할 수 있을까. 베르실로프는 '인간은 자기 주변에 있는 사람을 사랑할 수 없다. 생리적으로 그렇게 생겼기 때문이다'라고 말했다. 스타브로긴은 '평생 난 단 한 명도 사랑할 수 없었다'라고 고백했다. 이반 카라마조프는 알료샤에게 '인간이 어떻게 다른 사람을 사랑할 수 있겠나. 난 도저히 이해할 수가 없어'라고 말했다. 타인을 사랑한다는 것은 인간이 자신의 밖으로 나간다는 의미다. 도스토옙스키의 '오래된 인간'들에게는 그것이 불가능하다. 그래서 이들은 예외 없이 사랑에 관한 한 무능력자다. 그리하여 이 세계에는 순수하고 건강한 연애의 기쁨이라는 것도 없다. 사랑에 무능력한 이들의 본성은 인간적인 사랑 중에서도 가장 특징적인 남녀의 사랑에 있어서 가장 명료한 형태를 보여준다.

연애. 도스토옙스키의 세계에서 연애는 매우 기묘하며 이상한 현상이다. 남자가 여자를, 여자가 남자를 사랑한다는 것이, 여기서는 남자가 여자를, 여자가 남자를 미워하는 것을 의미한다. 사랑이 대부분 증오가 되어 나타난다. 도스토옙스키의 주인공들은 사랑과 증오를 구별하지 못한다. 스타브로긴을 사모하는 리자의 마음 역시 이런 광기에 가까운 사랑과 미움의 결합체다. '미성년'은 카체리나 니콜라예브나에 대한 베르실로프의 사랑을 보면서 '도대체 그는 왜 그녀를 이토록 사랑하는 걸까. 아니 왜 그렇게 미워하는 걸까. 나는 알 수가 없다. 하지만 그 역시 잘 모를 것이다'라고 생각한다. 미시킨 공작은, 로고진이 만약 그가 사랑하는 나스타샤와 결혼한다면 분명 일주일도 지나기 전에 그녀를 죽일 것이라고 생각한다. 그리고 로고진에게 '당신의 사랑은 증오와 전혀 구별되지 않는다'라고 말한다. 로고진은 나스타샤가 그의 곁을 밝힌 그 운명의 날 밤에 그녀의 몸에 단도를 찔러넣는다. 이것이 로고진의 사랑의 완성이다. 그리고 동시에 증오의 완성이다. 사랑과 증오. 사랑이 증오일까, 증오가 사랑일까. 이 세계에서는 아름답게 불타오르는 인간적인 애정, 온화하게 빛나는 것이라고는 찾아볼 수 없다. 이곳의 사람들은 마음에 사랑의 불이 켜지면 어느새 광기를 띠고 증오의 화염이 되어 다른 이들을 고뇌에 빠뜨리고 광분하게 만든다. 이런 사랑에서 최고의 쾌락은 고뇌, 즉 상대를 괴롭히고 자신을 괴롭히는 일이다. 이 시커멓게 타오르는 사랑의 화염에는 영원한 증오와 저주의 소리가 있다. 사랑은 저주다. 보들레르는 자신이 사랑하는 여자를 흡혈귀라 부르며, Maudite, maudite sois-tu!라고 소리쳤다. '당신은 저주받을 것이다, 저주받을지어다!' 이것이야말로 기형적인 세계에서 볼 수 있는 사랑 고백이다.

자연을 상실하고 자연의 향연에 참가할 수 없는 '소외자'와 사랑을 상실하고 더 이상 순수하게 타인을 사랑할 수 없는 무능력자. 이 둘은 똑같은 상황을 보여주는 두 가지 양상에 불과하다. 자연을 잃었기 때문에 사람을 사랑할 수 없게 되었거나, 아니면 사랑을 잃었기 때문에 자연에서 소외된 것이다. 아마 어느 쪽이든 가능할 것이다. 이 문제는 이미 푸시킨에 의해 근대적 인간의 사활을 결정할 만한 큰 문제로 다루어졌다. 그는 자연 상실과 사랑의 불능이야말로 근대적 인간의 최대 비극이라는 점을 예리하게 간파하고 있었다. 하지만 푸시킨은 이를 주로 문화성의 문제로 다루었다. 문화생활이란 인간의 자연성으로부터의 이탈을 말하며 자연성으로부터의 이탈이 사랑의 불능을 초래했다고 본 것이다. 따라서 푸시킨에게 잃어버린 자연의 탐구란 인간을 구원하기 위해 무엇보다 중요하며 긴급한 사항이었다. 푸시킨에 이어 톨스토이 역시 자연성 탐구의 길을 철저하게 추구했다. 하지만 도스토옙스키는 이들과 다른 사고방식을 지니고 있었다. 그에게 자연 상실과 사랑의 불능이란 둘 다 파생적인 현상이었으며, 그 기반에는 좀더 근원적 차원에서 신의 상실이라는 문제가 숨어 있다고 생각했다. 근대적 실존에게 고독은 인간이 신을 상실한 순간부터 시작된다. 인간은 신을 잃으면서 동시에 자연을 잃고 이는 사랑의 불능으로 이어진다. 도스토옙스키에게는 잃어버린 신을 탐구하는 일이 가장 큰 과제였다. 그리하여 도스토옙스키적 인간 계보에서는, 인간이 신에 대한 신앙을 회복하는 과정, 즉 '오래된 사람'이 '새로운 사람'을 향해 한 걸음씩 다가감으로써 점차 자연과 사랑이 회복되기 시작하고 그 길 끝에서 신의 찬가와 자연의 찬가 그리고 사랑의 찬가가 하나의 장엄한 합창으로 융화되는 것이다.

자연성의 회복이란, 말하자면 자연과의 연대성 회복을 의미한다. 자신의 껍질 안에 굳게 갇혀 있기를 그만두고 세계의 중심으로 나와 그 일원이 됨으로써 직접 자연의 향연에 참가하는 것이다. 그리고 사랑 역시 사람과 사람을 연결하고 사람과 세계를 하나로 맺는 힘이 아닐까 싶다. 그렇기에 사랑이건 자연이건 결국 연대성으로의 복귀가 문제다. 하지만 인간은 한번 상실한 연대성을 어떻게 회복할 수 있을까? 도스토옙스키의 경우 사람의 원죄의식을 심화시킴으로써 회복을 꾀한다. 톨스토이적 자연인처럼 죄를 잊고 선악의 피안으로 돌아가는 것이 아니라, 오히려 죄가 깊어지고 죄로 일관됨으로써 인간이 구원받을 수 있다고 믿었다.

톨스토이의 눈은 항상 과거를 향했다. 선악의 구별, 죄와 벌 같은 것이 등장하기 이전의 청정 무결한 자연 상태에 대한 동경은 인류의 과거, 태곳적 인류로 되돌아가는 일이었다. 잃어버린 '낙원'으로 되돌아가는 것 말이다. 반면에 도스토옙스키에게 인간의 과거는 전혀 문제 되지 않는다. 그에게 문제 되는 것은 오로지 인류의 미래였다. 그는 묵시록적 인간이며 그의 눈은 항상 먼 미래의 지평선 위에 환영처럼 떠오르는 인간적 가능성의 극한을 추구한다. 과거를 향한 길을 완전히 차단해버린 도스토옙스키적 인간은 오로지 미래를 향해 계속해서 돌진한다. 반면 한번 시작된 자기분열은 이들을 더욱더 깊은 죄의식의 심연으로 가라앉힌다. 이상한 점은 이처럼 죄의식이 깊어지고 암흑이 짙어질수록 전혀 예상치 못했던 곳에서 한 줄기 신성한 빛이 내려온다는 것이다.

도스토옙스키적 구원의 체험은 일종의 모순적 체험이다. 사람은 이를 머리로 이해하거나 말로 설명할 수 없다. 천재 도스토옙스키는 이 불가사의한 체험의 모든 과정을 한 단계씩 묘사하는 데 성공했다. 『카라마조프가의 형제들』의 진정한 위대함은 바로 여기에 있다. 도스토옙스키는 이 작품에서 사랑이 죄의 궁극이라는 영적 사실을 아름다운 형상으로 그려냈다. 사람이 죄의식에 투철해 죄의 구렁텅이를 경험했을 때 그 깊은 죽음의 암흑 속에서 새로운 생명의 빛이 찬란하게 발하는 그런 시원시원한 광경을 묘사한 것이다. 죄에 대한 자각이 마지막 한계선에 다다랐을 때 사람은 갑자기 광활하고 풍요로우며 끝없는 사랑의 세계로 넘어간다. 그는 이처럼 훌륭한 장면을 그려냈다. 도스토옙스키는 자신의 체험을 통해 원죄의식이 궁극에 달했을 때 암흑은 환희의 빛이 되고, 죄의 세계는 사랑의 세계로 변모한다는 사실을 알고 있었다. 그에게 종교적 사랑이란 그러한 것이어야 했다.

죄의식에서 사랑의 환희로. 이는 다른 측면에서 보면 자연 상실에서 자연 회복으로의 과정이기도 하다. 온 인류를 하나로 묶고 인류를 세계로 연결시키는 사랑의 환희가 결국에는 자연적 연대성 회복의 환희이며, 사랑의 찬가가 열렬한 자연 찬가로 이어진다는 이야기는 앞서 했다. 따라서 도스토옙스키적 세계에서는 정말 심각한 죄인만이 진짜 자연을 보고, 자연을 축복할 수 있다. 여기서는 위대한 죄인만이 위대한 시인이 될 수 있다. 단 이 자연은 톨스토이적 자연과는 전혀 다르다. 예로슈카 숙부의 자연은 '오래된' 자연이었다. 즉 태고의 원초적 자연이었다. 순례자 마카르나 조시마 장로의 자연은 '새로운' 자연이다. 훌륭하게 변모한 자연, 죄인의 눈물인 이슬에 젖은 성스러운 자연. 이는 원초적이고 무구한 자연이 아니라 한번 더럽혀졌다가 정화되어 다시 태어난 자연이다. 축복받은 자연이자 신의 자연이다. 전 세계를 한 품에 안는 사랑의 대해다. '오래된 사람'이 죄로 죽어서 '새로운 사람'으로 다시 태어나는 순간, 인간과 함께 죽고 또 환생하는 새로운 자연이다. 그리고 도스토옙스키적 세계에서 인간이 자연의 아름다움에 보여주는 감수성의 정도나 자연의 아름다움에 대한 공감의 정도는 그 인간의 종교적인 수준을 나타내는 척도가 된다.

예를 들어 『카라마조프가의 형제들』의 삼형제와 자연의 거리는 제각각이다. 그들은 각자 자기 방식대로 자연의 아름다움을 느끼고 서로 다른 방식으로 표현한다. 이는 곧 그들과 신과의 거리가 제각각이라는 사실을 단적으로 보여준다. '오래된 사람'을 대표하는 아버지 표도르 카라마조프나 사생아 스메르댜코프는 자연의 '자' 자도 언급하지 않는다. 이들은 자연에 어떠한 관심도 없으며 이들에게 자연은 그저 무의미한 존재다. 아들 이반은 일찍이 자연의 아름다움에 눈을 떴다. 이반은 삼형제 중에서 가장 종교와 거리가 먼 인간이다. 그는 의식적으로 종교에서 벗어나려고 한다. 그의 이성적인 자유의 파토스에서 신은 부조리하고 불가사의한 존재이며 거대한 장애물에 불과하다. 그리하여 그는 신의 우주를 거부하고 그의 지배에 반항한다. 그는 신에 대한 반역자다. 하지만 도스토옙스키적 세계에서 신에 대한 반역은 신을 향한 신앙의 발아라는 사실을 잊어서는 안 된다. 기를 쓰며 신을 거부하고, 신을 무의 영역으로 내치려 하는 것 자체가 이미 종교생활로의 중대한 첫걸음인 것이다. 이는 이반 자신도 깨닫지 못하는 사이에 자연에 눈을 뜨게 만들었다. 단단한 수정과 같은 이성의 외피에 싸여 있지만 그 한편에 숨어 있는 그의 부드러운 마음은 자연으로 충만한 축복의 빛을 향한 애틋한 사모의 감정으로 흘러넘친다. 이러한 마음은 종종 본인도 제어할 수 없이 충동적으로 뿜어져 나온다.

광장의 음식점에서 자상한 모습으로 어즙과 차와 잼을 동생에게 권하던 이 뻣뻣한 이성주의자가 갑자기 생명에 관한 논리 이전의 사랑, 지금도 지구상에 존재하는 '기묘한 구심력', 즉 '생의 갈망'에 대해 두 눈을 반짝이며 열정적으로 이야기하는 장면은, 『카라마조프가의 형제들』의 독자라면 절대 잊지 못할 감동적인 광경일 것이다. '그냥 살고 싶어'라고 말하는 그는, '그래서 나는 논리에 역행해서라도 살아갈 거야. 설령 존재의 질서 같은 걸 믿을 수 없을지라도 나에게는 봄이 되어 싹을 틔운 지 얼마 안 된 끈적끈적한 단풍잎이 소중해. 남색 빛 하늘이 소중하다고'라며 '끈적끈적한 봄의 잎사귀, 감청색 하늘을 나는 사랑해. 그냥 그뿐이야. 이성도 없고 이론도 없어. 그저 진심을 다해 자연을 사랑해. 나의 생기발랄한 힘을 사랑하는 거야'라고 했다. 이반은 자연을 축복할 수 없다. 왜냐하면 그는 아직 원죄의식을 자각하지 못했기 때문이다. 정면에서 신을 찬미할 수 없는 사람은 자연을 정면에서 찬미하고 축복하는 일 역시 불가능하다. 하지만 그는 자연의 흘러넘치는 절절한 아름다움을 느끼고 있었다. 그리고 가슴 깊은 곳에서 생에 대한 비합리적 갈망을 느끼고 있었다. 그럼에도 불구하고 그는 양손 벌려 대자연을 포옹하고 축복하는 방법을 알지 못했다.

이반 곁에는 『악령』의 키릴로프가 서 있다. 제정신을 잃기 시작한 이 인신주의자 역시 신에 대한 반역자다. 천국으로의 입장권을 공손히 반납한 소극적인 이반과는 다르게 그는 좀더 적극적으로 신을 망치기 위해 엉뚱한 계획을 추진했다. 그리고 키릴로프 역시 '반들반들한 새잎'이나 '벽을 기어다니는 거미'의 생명이 지닌 불가사의한 매력에 순수하게 감탄하며 다음과 같이 말한다.

'당신은 나뭇잎을 본 적이 있습니까? 나무에서 떨어진 잎이요.'
'있어요'(라고 스타브로긴이 대답했다).
'나는 최근에 초록빛이 좀 남아 있는 노란 잎을 봤어요. 잎사귀 끝이 좀 시들었죠. 바람에 날려왔더군요. 열 살이었던 해의 겨울에 일부러 눈을 감고 잎사귀를, 햇빛에 잎맥이 반짝거리는 잎사귀를 그려보았어요. 눈을 뜨면 너무 좋아서 믿어지지 않았고, 그래서 다시 눈을 감았죠.'
'그건 뭐죠, 알레고리인가요?'
'아, 아니요…… 왜요? 알레고리가 아니라 그저 잎사귀, 잎사귀 하나를 말하는 겁니다. 잎사귀는 좋아요. 모든 것이 좋아요.'
'모든 것이?'
'모든 것이요.'

여기서 키릴로프의 말은 완전히 논리 이전의 차원에 있다. 순수한 직관이자 감각이다. 하지만 이는 스타브로긴의 냉랭하고 냉철한 이성에는 전혀 와닿지 않는다. 스타브로긴에게는 이 모든 말이 수수께끼 같고 도대체 이해할 수 없는 헛소리처럼 들린다. 하지만 키릴로프가 언급한 나뭇잎의 의미를 마음속 깊이 깨닫는다면 세계 의의의 절반은 이해한 것이나 다름없다. 이반도 그러했다. 그래서 이반의 말을 다 들은 알료샤는 '형님은 벌써 모든 일의 절반을 이루었어요. 이제 나머지 절반을 마치는 것만 남았어요. 그러면 분명 형님은 구원받을 겁니다'라고 말한 것이다. 하지만 키릴로프와 이반은 이 '나머지 절반'에 이르러 무너지고 만다.

이반이나 키릴로프도 가지 못한 길의 '후반'을 카라마조프가의 장남 드미트리는 홀로 나아간다. 그야말로 도스토옙스키의 인간 계보에서 가장 결정적이며 중요한 위치에 있는 인물이다. 도스토옙스키적 세계는 그를 주축으로 죄의 질서에서 사랑의 질서 쪽으로 우회하기 시작한다. 이는 결코 그가 위대한 인간이라는 말이 아니다. 그는 인간적 위대함과는 상당히 동떨어져 있다. 그는 더럽혀진 죄인이다. 파렴치한이다. '비열의 극을 달리는 파렴치한'이다. 그 역시 자신이 극악무도하며 버러지 같은 파렴치한이라는 사실을 통렬히 자각하고 있다. 억겁의 죄와 더러움의 구렁텅이에 처박혀 있던 그는 갑자기 심원의 밑바닥에서 소리 높여 신을 찬미하기 시작한다. "그러니까 바로 이런 치욕 속에서 허덕이며 나는 갑자기 찬송가를 부르기 시작하는 거야. 내가 빌어먹을 놈이고 천한 놈, 야비한 놈이라고 해도, 설사 그렇다 쳐도 나의 하느님을 휘감고 있는 저 옷자락에 입을 맞추면 또 어떠냐. 그와 바로 동시에 악마의 뒤를 따라간다고 해도 어쨌거나 나는 하느님의 아들이니, 주여, 당신을 사랑하며 이 세상을 존재하게 하고 지탱하게 해주는 기쁨을 느끼옵나이다." 이렇듯 '인간 아닌 인간' 드미트리는 심연의 환희를 외치며 나락의 찬송가를 부른다. 그렇기에 자연에 대한 찬미도 한층 더해진다. "자연을 찬미하자. 봐라, 햇살이 한가득이다. 하늘이 이렇게 청량할 수가 없다. 나뭇잎은 하나같이 초록빛을 띠면서 벌써 완연한 여름이다. 오후 3시가 지났다. 이 적막함이란!" 미탸의 이런 자연 찬미에는, 이반이나 키릴로프의 그것에서 느껴지는 일종의 끈적임이라든가 강렬하게 눈을 찌르는 광선 같은 이상한 감각은 전혀 찾아볼 수 없다. 표면적으로 그저 평범하고 소소한 한 문장일 뿐이다. 하지만 그럴수록 도스토옙스키의 인간학에서 그 내적 의의는 더 심오해진다. 이곳에서는 무언가 한없이 고요하고 맑은 존재가 희미하게 움직이고 있다. 미탸는 아직 구원받지 않았다. 그의 세계는 아직 어둡다. 하지만 이제 새벽이 오고 있다. 상쾌한 여명의 바람이 불기 시작한 것이다.

'아버지 살해범' 드미트리는 '오래된 사람'과 '새로운 사람' 사이에 위치한다. 그는 '오래된 사람'이 막 '새로운 사람'으로 다시 태어나려 하는 위기의 마지막 일선에 서 있다. 드미트리는 감옥에서 "드디어 너에게 가슴 깊은 곳까지 모조리 털어낼 마지막 순간이 왔다. 사실 나는 최근 두 달 동안 내 안에 새로운 인간을 느껴왔다. 즉 나의 내면에 새로운 인간이 한 명 되살아났다"라고 알료샤에게 고백한다. 하지만 그는 아직 진짜 새로운 인간으로 부활한 것이 아니었다. 그는 '새로운 인간'에 대한 예감이자 예지였을 뿐 스스로 그것은 아니었다. 이 소설에서 진정한 '새로운 사람'의 단계를 대표한 인물은 조시마 장로였다.

도스토옙스키의 인간학은 조시마 장로에게서 절정에 달한다. 조시마의 실천적 사랑이 주는 가르침은 도스토옙스키에게 총결산이자 모든 것의 결론이었다. 따라서 여기에 이르러 비로소 죄의 질서는 사랑의 질서로 완전히 전환되었고, 고독은 극복되고 자연은 축복받으며 모든 존재는 절대적으로 긍정되었다. 하지만 대체 어떻게 그런 기적이 가능했을까.

이 기적은 '원죄'의 자각에서 비롯된다. 원죄가 하나의 객관적이고 신학적인 사실이 아닌 진정으로 주체적이고 인격적인 의식이 되는 순간 '새로운 인간'의 태동이 일어난다. 물론 도스토옙스키에게 원죄의 자각이란 단순히 인간이 자신의 죄악성을 의식하는 것을 의미하지 않는다. 자신이 저지른 죄, 혹은 자신이라는 존재의 죄악성을 매우 통렬하게 자각하고 이에 대해 치열하게 양심의 가책을 느낄지라도, 이는 원죄의식이 아니다. 드미트리는 그러한 개인적 추악함의 자기의식 상태에 머물러 있었다. 그래서 그는 '새로운 사람'에 근접하면서도 '새로운 사람'은 아니었다. 원죄의식이란 이와는 전혀 다른 질서에 속하는 의식이다. 이는 자신이 저지른 죄가 아닌 자신이 저지르지 않은 죄에 대해, 즉 모든 사람의 죄에 대해 주체적으로 책임지는 것을 의미한다. 조시마 장로는 가르치듯 말한다. "모든 사람 앞에서 모든 이와 모든 것에 대해, 사람들의 죄, 세계적인 죄, 각 개인의 개별적인 죄 등 모든 죄에 대해 책임이 있음을 인식한다면, 그제야 비로소 우리의 하나 됨이라는 목적은 달성될 것입니다. 왜냐면, 알아두십시오…… 우리 개개인이 지상의 모든 사람과 모든 것에 대해 틀림없이 유죄이며, 그것도 보편적이고 세계적인 차원의 죄에서뿐만 아니라, 이 땅의 모든 사람, 각각의 사람에 대해 개별적으로도 유죄이기 때문입니다." 원죄란 한 사람 한 사람의 개인적 상태가 아니다. 원죄는 전인류, 모든 존재의 죄다. 모든 존재가 하나의 죄로 이어진 공동체라는 것이다. 모든 인간, 모든 존재가 각자 자기 죄에 책임을 지는 것이 아니라, 자신 이외의 모든 인간, 모든 존재의 죄에 대한 부담을 스스로 져야 하는 것이다.

결국 원죄를 주체적 사실로 자각한다는 것은 사람이 자의식적 외피를 벗어던지고 그곳을 뚫고 나와 광활한 전체의 유기적 관계 속으로 뛰어든다는 의미가 아닐까? 지금까지는 자기 자신에 대해서만 죄의식을 느끼고 있었다. 하지만 이제 그 '자신'이라는 껍질을 완전히 부숴버리고 모든 인간이 모든 인간에 대해 죄책감을 느끼는 무한정한 죄의 거대한 공동체 속으로 들어가는 것이다. 조시마는 이를 경험한 사람이다. 하지만 그보다 앞서 형인 메르켈이 이를 경험했다. 메르켈은 폐병으로 죽기 직전에 자기 엄마에게 이렇게 말했다. "어머니, 진정으로 모든 사람은 다른 사람들 앞에서 모든 사람, 모든 것에 대해 죄인이라는 걸 꼭 알아두세요. 이걸 어머니에게 어떻게 설명해야 할지 모르겠지만, 정말로 그렇다는 걸 고통스러울 정도로 느끼고 있어요. 그런데 우리는 어떻게 그때는 이걸 모른 채 화만 내고 살아왔을까요?"

메르켈은 원래 신을 부정하고 교회를 매도한 과격한 무신론자로, 바로 몇 달 전까지는 당시 유행한 사회주의 연구에 몰두했다. 하지만 지금 죽음을 앞두고 갑자기 '놀라울 정도의 변화가 일어'났으며, '그는 완전히 영적으로 변모'했다. 어느새 그는 자아의 바닥을 깨부수고 끝없는 원죄의 대해로 몸을 던진 것이다. 죽음을 앞둔 그는 자아의 딱딱한 응어리가 풀리면서 전 우주와 함께 넓은 죄의 대해의 한 방울로 되살아났다. 환희로 가득 찬 그의 눈앞에 모든 존재를 품은 끝없는 세계가 펼쳐져 있다. 그는 이제 고독하지 않다. 왜냐하면 '죄'로 인해 모든 인간, 모든 것과 단단하게 맺어졌기 때문이다. 마치 회개한 살인범이 자신이 저지른 끔찍한 죄의 책임을 통감하듯이 말이다. 아니 이보다 더 절절하게 모든 인간이 자신이 저지르지 않은 죄, 이 세상에 일어나는 모든 일에 대해 죄의식을 갖고 공동의 죄로 이루어진 연대감 속에서 서로 부드럽게 손을 내밀어 손에 손을 맞잡고 죄를 나누며 용서하는 것이다. 여기에는 '죄'가 아니라 '사랑'이라는 이름이 더 걸맞지 않을까? 여기서 죄의 공동체는 사랑의 공동체와 같다. 그렇기에 이곳에서는 야생에 피는 화초나 정원에서 지저귀는 작은 새를 향해 용서를 구하는 기묘한 일이 조금도 이상하지 않다. 조시마 장로는 이렇게 말한다. "이는 모든 것이 대양과 같아서 흘러 흘러 서로 만나게 되므로 한 곳을 건드리면—세계의 반대편 끝에서 그 반향이 울려 퍼지는 까닭이다…… 그때는 전일적인 사랑으로 괴로워하며 어떤 환희마저 느끼면서 새들을 향해 자네의 죄를 사해달라고 기도하게 될 것이다."

하지만 건전한 이성을 지닌 평범한 사람에게는 이런 것이 전부 바보 같고 정신 나간 짓으로만 보인다. 겉은 모두 같은 인간의 모습을 하고 있지만, '새로운 인간'은 전혀 다른 존재다. 말하자면 그는 현실의 반대편으로 넘어가버린 인간이다. 따라서 현실의 이쪽 편에 머물러 있는 사람들은 그의 언행을 전혀 이해할 수 없다. 메르켈을 진료하러 온 의사는 돌아가는 길에 현관까지 배웅 나온 어머니에게 '이제 다른 방도가 없습니다. 아드님은 정신착란 증세를 보이고 있습니다'라고 말한다. 그도 그럴 법하다. 그가 말하고 행동하는 것 중 무엇 하나 정상적인 것이 없다. 도스토옙스키는 이 부분에서 조시마 장로가 추억을 이야기하는 형식으로 다음과 같이 묘사했다. "형님 방의 창문들은 정원으로 나 있었는데, 우리의 수풀 우거진 정원에는 고목나무들이 서 있었고 그 나무에는 봄의 새싹들이 움트기 시작했으며 철 이른 새들이 날아와 지저귀면서 그의 창문을 향해 노래를 불렀지요. 그러자 그는 그 새들을 바라보며 완상하다가 갑자기 그들에게도 용서를 구하기 시작했습니다. '하느님의 새들, 기쁨에 찬 새들이여, 나를 용서해다오, 내 그대들에게도 죄를 지었다오.' 이런 것을 그 당시 우리 누구도 이해할 수 없었지만, 그는 기쁨에 젖어 울었습니다. '그래, 내 주위는 이와 같은 하느님의 영광으로 가득 차 있었구나. 새, 나무, 초원, 하늘, 하지만 나 하나만은 치욕 속에서 살았고 나 하나만은 모든 것을 더럽혔고 그러면서도 이 아름다움과 영광을 아예

거들떠도 안 봤구나.'" 메르켈은 매일 밤 고열과 극심한 기침에 시달리면서도 인생은 매우 즐거운 것이라고 소리친다. 그리고 이를 이해하지 못하고 힘들어하는 어머니에게 "그만 울어요. 인생은 천국이에요. 우리는 모두 천국에 있는 거예요. 그걸 알려고 하지 않는 것뿐이에요. 알고자 한다면 내일이라도 온 세계가 천국이 될 거예요"라고 말한다. 지상에 천국을 불러오는 것이 죄, 아니 원죄라고 하니 어머니는 점점 더 이해할 수 없다. 게다가 아들이 "어머니, 더 하고 싶은 말은 우리는 모든 사람 앞에서 모든 일에 있어 죄인이라는 것, 나는 다른 사람들보다 더 그렇다는 거예요"라고 말하자, 불쌍한 어머니는 "아니 무엇 때문에 네가 모든 사람 앞에서 다른 모든 이보다 더 죄인이라는 거니? 세상에는 살인자도, 강도도 있는데, 너는 아직 그런 죄를 지을 시간조차 없었는데 무엇 때문에 너 자신을 다른 모든 사람보다 더 비난하는 거니?"라고 묻는다. 엄마와 아들이지만 이 순간 둘은 이미 완전히 다른 질서에 속해 있는 것이다.

그 당시 아직 어린아이였던 조시마 장로 역시 형의 이런 이상한 말이 이해될 리 없었다. 하지만 이해할 순 없어도 형의 말은 그에게 묘한 감동을 주었고, 불가사의한 힘에 의해 그의 마음속으로 흘러들어와 깊은 무의식 속 기억이 되어 그의 가슴속에 자리 잡았다. 그리고 이윽고 10여 년이 흘러 그 의미가 분명해지는 시기가 조시마 장로에게도 찾아온다.

조시마는 그 무렵 혈기왕성한 청년 장교였다. 별거 아닌 여성 관계에 얽힌 그는 한 젊은 지주에게 결투를 신청한다. 결투를 앞둔 전날 밤 저녁, 거칠고 험악해진 마음으로 집에 돌아온 그는 아무 이유 없이 충실한 당번병을 짐승처럼 때려눕히고는 잠자리에 든다. 날이 새하얗게 밝아올 때까지 잠을 이루지 못한 조시마는 일어나 창문을 열어본다. 밖은 상쾌한 여름의 새벽이다. 이제 막 뜨려는 태양의 기척에 자연은 아름답게 모습을 드러냈고 새벽빛을 반기는 작은 새들이 즐거운 듯 지저귀기 시작한다. 그는 마음 깊은 곳에서부터 이런 자연의 풍경이 아름답다고 느꼈다. 그 순간 그의 마음 깊은 곳에서 무언가 이상한 감정이 일렁이기 시작한다. 어렴풋이 밝아오는 자연의 여명이 바야흐로 밝아오려는 영혼의 여명과 정확히 일치하는 고요하며 상징적인 순간이었다. 태양이 동방의 지평선을 조금씩 밝히며 떠오르고 있다. 이와 동시에 영혼의 어둠에도 영혼의 태양이 떠오르려 하고 있었다. 안과 밖이 포개지며 이중으로 겹쳐진 영적인 풍경을 묘사할 때 도스토옙스키의 글은 상징성의 절정에 달한다. 이것이야말로 그의 문학에 있어서 독무대다.

조시마는 갑자기 '날카로운 바늘이 내 영혼 전체를 관통한 것 같은' 느낌을 받는다. 즉 그 순간 조시마의 죄의식을 통해 원죄의식이 그의 영혼을 관통한 것이다. 이와 동시에 태양이 떠올랐다. 그를 둘러싼 대자연은 한순간에 찬란하게 빛나기 시작하면서 세계를 축복하고 신을 찬미했다. "나는 얼빠진 사람처럼 넋 놓고 서 있고, 햇살은 빛나고, 잎사귀들은 기뻐하면서 반짝이고, 새들, 새들은 하느님을 찬양하더군요……. 나는 두 손바닥으로 얼굴을 가리고 침대 위에 쓰러져 흐느껴 울기 시작했습니다."

죄의 질서에서 사랑의 질서로, 죄의 공동체는 사랑의 공동체가 되듯이 이러한 근원적인 연대성의 복귀야말로 도스토옙스키적 인간의 최고 경지이자 궁극적 목표였다. 도스토옙스키는 오로지 이 목표를 지향하며 이를 더 잘 표현하기 위해 '문학인'으로서 그 고난으로 얼룩진 일생을 살아왔다. 생각해보면 그의 독창성이 돋보였던 최초의 장편소설 『죄와 벌』을 썼을 때부터 이것은 이미 그의 기본 주제였다. 소냐가 살인을 저지르고 온 라스콜리니코프에게 한시라도 빨리 광장으로 가서 사람들 앞에서 바닥에 무릎 꿇고 자기 죄를 고백하기를 권하는, 그 감동적인 장면은 무엇을 위해 존재했을까. 그리고 그의 마지막 장편소설 『카라마조프가의 형제들』에서 조시마 장로의 시체 옆에서 가나의 결혼식처럼 잔치가 열리는 기적과 같은 꿈을 꾼 알료샤가 갑자기 땅으로 몸을 던지며 이를 정신없이 포옹하고 대지를 눈물로 적신 것은 무엇 때문이었을까. 이는 모두 '오래된 인간'이 죽고 '새로운 인간'이 환생하는 부활의 비책을 상징한 비책적 행위였던 것이다. "그의 위로 조용하게 빛나는 별들로 가득 찬, 둥근 지붕 같은 하늘이 드넓게, 아득하게 펼쳐졌다. 천장에서 지평선까지는 아직 그다지 선명하지 않은 은하수가 두 줄로 나뉘어 있었다. 신선하고 움직임이 전혀 없을 만큼 조용한 밤이 땅을 뒤덮고 있었던 것이다. 하얀 탑과 성당의 황금빛 머리들이 호박琥珀 빛의 하늘에서 빛나고 있었다…… 알료샤는 그 자리에 선 채로 바라보다가 갑자기 다리라도 꺾인 양 땅으로 몸을 던졌다. 그는 자신이 무엇을 위해 땅을 끌어안고 있는지 몰랐으며, 왜 그가 이토록 억누를 수 없을 만큼 땅에 입 맞추고 싶은지 구태여 해명하려들려고도 하지 않고 그저 울면서, 흐느끼면서, 눈물을 줄줄 흘리면서 땅에 입을 맞추었고 그것을 사랑하겠노라고, 영원토록 사랑하겠노라고 미친 듯이 흥분에 휩싸여 맹세했다…… 심지어 저 심연으로부터 그를 비춰주는 저 별들을 두고서 울었으며 이 미친 듯한 흥분을 부끄러워하지 않았다. 이 모든 하느님의 무한한 세계들로부터 흘러나온 실들이 한꺼번에 그의 영혼 속으로 모여드는 것 같았고, 그 영혼은 "다른 세계들과 접촉"하면서 온몸으로 전율했다. 그는 모든 이를 모든 것에 대해 용서하고 싶었고 또 용서해달라고 빌고 싶었다. 결코 자신을 위해서가 아니라 모든 이를 위해, 모든 것을 위해, 만물을 위해 용서를 비는 것이니…… 그는 이 궁륭처럼 튼튼하고 확고부동한 무언가가 그의 영혼 속으로 내려오는 것을 시시각각 분명하고 또렷하게 느끼고 있었다…… 땅으로 몸을 던질 때의 그는 연약한 청년이었지만 일어섰을 때는 한평생 흔들리지 않을 투사가 되어 있었다."

이렇듯 라스콜리니코프에게는 단순히 예감에 불과했던 것이 알료샤에게는 현실이 되어 완성된다. 그리고 이 부활의 비책과 함께 도스토옙스키적 인간도 결론에 도달한다. 물론 이는 일종의 종말론에 있어서 묵시록적 풍경에 불과하다. 하지만 이미 '종말'은 지금 이 순간에도 조금씩 우리 가까이 다가오고 있는지 모른다.

제14장

◆

체호프

모든 일의 시작과 끝이 일치한다는 말에 따른다면 안톤 체호프야말로 19세기 러시아 문학의 마지막을 장식하기에 적합한 사람일 것이다. 우연인지 운명의 장난인지 19세기 문학은 푸시킨으로 시작해서 체호프로 끝났다. 투명한 지혜의 결정체와 같은 푸시킨적 예술에서 시작해 이후 한 세기 동안 거칠고 황량한 시기를 거쳐 다시 처음과 완전히 똑같은 차갑고 딱딱한 지혜의 적막함으로 돌아온 것이다. 그렇다면 고리키는? 하고 묻는 사람도 있을 것이다. 고리키야말로 19세기 문학의 마지막이 아니냐고 말이다. 하지만 고리키는 다르다. 그는 19세기 문학에 딱 들어맞지 않는다. 물론 연대상으로는 체호프와 나란히 문단에 등장했으나 고리키의 정신은 전혀 다른 세대에 속해 있었다. 그는 19세기 러시아의 현상이 아니라 20세기적 현상이며 따라서 그는 러시아의 현대사에 속한 인물이다. 그는 오직 소비에트 러시아의 문학 정신에서 자신의 본래 위치를 찾을 수 있다. 물론 19세기에도 이 '폭풍의 예지자' 주변으로 많은 숭배자가 몰렸다. 『마카르 추드라』 『체르카시』와 같은 남성적 작품과 함께 등장한 그의 문단 데뷔는 매우 낭만적이고 화려했다. 하지만 사람들은 이내 그에게 질렸다. 한때 열광하던 사람들도 고리키가 '진짜 보석이 아니라 큰 가짜 다이아몬드'에 불과하다고 말했다. 그가 소비에트 문학의 아버지로서 재차 높이 평가받기까지는 상당히 오랜 시간이 요구됐다.

체호프는 다르다. 그는 위대한 19세기 문학의 정통 계승자이자 마지막 대표자였다. 톨스토이나 도스토옙스키에 비하면 규모는 작을지라도 그의 예술은 '진짜 보석'이었다. 톨스토이나 도스토옙스키보다 더 순수한 예술이었다. 모든 측면에서 월등한 19세기 문학을 편력하다가 마지막에 체호프에 다다랐을 때 우리는 무언가 '예술의 나라'로 돌아간 듯한 고요함과 안정감에 안도하게 된다. 처음 마주했던 푸시킨의 모습을 여기서 다시 만나게 된다. 모든 쓸데없는 말을 배제하고 남은 단순함, 내적인 흥분이 고양될수록 외적으로 더 냉정하고 침착해지는 문체, 깊은 감동을 안에 감추고 눈곱만큼도 보여주지 않는 억제의 예술. 이러한 것들은 푸시킨

외에 그 누구도 지니지 못한 시적 특질이었다. 게다가 체호프는 이 훌륭한 시를 산문 형식을 통해 궁극의 한계까지 끌어올렸다. 여기서 한발이라도 더 나가면 예술로서의 산문은 해체되어 일상의 '산문'이 될 수도 있을 법한 아슬아슬한 경계를 오갔다. 하지만 나는 이 장에서 체호프의 예술성을 감상하려는 게 아니다. 나는 체호프의 예술적 형식보다 그가 단순화된 예술 형식 안에서 무엇을 말하고자 했는지에 관심이 있다. 그리고 이 관점에 서서 보면 표면상 매우 유사하더라도 실제로 체호프와 푸시킨이 전혀 다른 인간이었다는 사실을 알 수 있다.

모든 위대한 19세기적 러시아인이 그렇듯 체호프에게도 인간의 탐구, 인간을 통한 '절대'의 탐구가 가장 큰 고민거리였다. 그에게도 인간의 구원 가능성을 찾는 일이 가장 시급한 과제였다. 그리고 이런 측면에서 그의 인간학은 푸시킨보다 도스토옙스키의 그것과 가까웠다. 말하자면 도스토옙스키의 종교적 인간학을 한 자릿수만 바꿔 순인간적 인간학으로 변모시키고 이를 작은 형태로 반복해놓은 느낌이다. 체호프는 유례없는 리얼리스트이자 매우 날카롭고 예민한 현실 관찰자였으나, 이와 동시에 러시아 특유의 묵시록파였다. 당시 러시아인들은 '만약 지금 갑자기 19세기 말의 러시아가 지상에서 소멸한다면 후세의 역사학자들은 체호프의 작품을 통해 그 시대 러시아의 현실 생활을 있는 그대로 재구성할 수 있을 것이다'라고 말했다. 그 정도로 체호프는 현실을 관찰하고 이를 있는 그대로 묘사하면서 평생을 보냈다. 그뿐만이 아니었다. 그는 자신이 관찰하고 묘사하는 현실의 배후에 있는 마지막을 꿰뚫어보고 있었다. 즉 체호프 역시 러시아의 현실을 종말론적 구조에 놓고 파악했다. 하지만 종말론은 항상 끝과 함께 시작을 포함하고 있다. 오래된 질서의 끝이 완전히 새로운 질서의 시작을 말하듯 알 수 없는 어떤 순간에 대한 선견적 감각인 것이다. 단 도스토옙스키와 다르게 체호프는 이 '끝=시작'이 러시아의 미래에 그리스도의 개입, 즉 종교나 신의 개입 없이 이루어질 수 있다고 생각했고 또 그렇게 되길 바랐다. 이렇듯 그의 종말론은 러시아 혁명을 향한 묵시록이 되었다.

하지만 체호프의 혁명적 묵시록도 도스토옙스키가 그랬듯 인간의 현재 상황에서 출발한다. 그리고 인간의 현재 상황은 항상 어둡고 우울하며 절망적이다. 아니, 체호프의 경우 더더욱 절망적이었다. 왜냐하면 당시는 인간의 내적인 실존적 상황뿐만 아니라 외적인 사회적 상황까지 숨 막힐 정도로 절망적이었기 때문이다. 사실 1870년대 후반 이후 러시아의 우울함은 형용할 수 없을 정도였다. 세기의 중반 이후 사람들의 엄청난 열정으로 감행된 수많은 사회 개혁은 잇달아 실패했고 이로써 모든 희망과 망상이 무너진 사람들은 맥이 풀려버린다. 지금까지의 노력이 전부 헛수고였다는 사실을 모두 알게 된 것이다. 사람들은 하나같이 출구 없는 태만의 구렁텅이에 빠진 모양새였다. 관 속에서 지독한 썩은 내가 흘러나오듯, 현실 속 모든 숨구멍에서 태만이라는 악취가 흘러나왔다. 체호프의 주인공들은 '지루하다! 지루해!' '아무것도 모르겠어. 그게 사람이건 물건이건 나는 잘 모르겠어. 그냥 암담해!'라고 잠꼬대하듯 말한다. 이렇게 사람들은 아무것도 모르고 아무것도 할 수 없는 상태로 '마치 어둡고 끝없이 깊고 차갑고 기어 나올 수 없는 구멍'과 같은 세계 한가운데에 방치되어 서 있는 상태였다. 더 이상 생명이나 생활이라 할 만한 것은 조금도 찾아볼 수 없었다. 인간은 살아 있지 않다. 그리고 '살기를 바라지 않는다'. 대도시, 시골, 귀족의 응접실, 학교, 공장, 수도원에 이르기까지 눈에 보이는 모든 것은 그저 한없이 허무하고 무기력할 뿐이다. 나이 먹은 목동 루카 베드니의 울적하고 비애 넘치는 피리 소리가 사방에 울려 퍼진다. 이것이 그 시대의 색조이자 그 시대의 공기였다.

체호프는 이와 같은 시대적 '현실'을 자연과학자 특유의 냉정하고도 차가운 시선으로 관찰하면서 이를 담백한 회색빛 문장으로 표현했다. 그가 불안과 초조, 무기력 외에 무엇을 그려낼 수 있었을까. 실낱같은 희망도 없는 '현실', 가르신을 광기로 내몰고 나드손에게 절망적 서정을 노래하게 만든 이 비참한 시대적 현실을 꼼꼼하게 관찰했던 현실주의자 체호프는 절망 이외의 그 무엇도 주제로 삼을 수 없었을 것이다. 그렇기에 그는 분명 '절망의 시인'이라는 평가에 걸맞는다. 하지만 그는 인간의 절망을 묘사하긴 했으나 결코 인간에게 절망한 것은 아니었다. 따라서 셰스토프가 체호프의 창작활동에 대해서, 모든 수단을 동원해 인간의 희망을 살해하려 한 악의가 있고 '범죄적 의도'가 있다고 지적한 점에 대해서는 의문을 제기할 만하다. 「지루한 이야기」의 노교수에게 닥친 빠져나갈 구멍도 없는 절망은 결국 체호프의 궁극적인 장소가 아니라는 말이다. 그의 마음 깊은 곳에는 그 무엇에도 무너지지 않을 인간을 향한 마지막 신뢰가 있었다. 그가 관찰하고 묘사한 현실 속 인생이 전율할 만한 것이었을지언정 그는 그런 죽음의 그림자 안에 가만히 서 있을 수만은 없었다. 그는 '지금이 아니라도 좋다. 지금이 아니라면 미래에, 적어도 2000년, 3000년, 4000년 뒤의 미래라도' 인생이 긍정되는 날이 오기를 바랐고 그것을 믿었다. 바꿔 말하자면, 그 역시 인류 미래의 지평선에 묵시록적 환영을 그리며 인류를 구원할 종교를 추구했다. 물론 이는 기독교적인 것이 아닌, 종교적이지 않은 종교였지만 말이다.

이와 관련해서 체호프의 기독교에 대한 태도는 주목할 만하다. 그는 기독교를 완전히 부정하지 않고 '가장 확실하고 살아 있는 지식'만큼은 인정했다. 하지만 그는 이 역사적인 종교 안에 엄청난 '미신' 덩어리가 있음을 발견했다. 결국 그는 자연과학자이자 의사였다. 그래서 그가 기독교 안에서 인정한 '가장 확실하고 살아 있는 지식' 역시 인도주의적 지식으로 국한된다. 만약 정말 기독교를 인간 구원을 위한 종교로 승인하고 싶다면 먼저 이 종교가 지닌 인도주의적 도덕의 가르침만 남기고 다른 모든 미신적 요소는 배제하고 정화해야 한다고 했다. 하지만 그렇게 정화된 기독교는 인간 구원의 능력도 상실한다. 그뿐 아니라 이러한 종교는 인류를 완전히 근절시킬지도 모른다. 체호프의 작품 속 주요 인물 중 한 명인 폰 코렌(「결투」)은 자연 도취와 생존 경쟁이라는 2대 법칙을 동물계와 인간계를 지배하는 최고의 법칙으로 생각하는 동물학자다. 모처럼 이런 위대한 힘이 '허약하고 병적이며 썩은 종족을 근절시키려 하고 있는데 함부로 환약이라느니 복음서를 인용하는 식으로 이를 방해하지 않았으면 좋겠다'고 했다. 왜냐하면 인도주의로서의 기독교는 '사랑을 위한 사랑의 가르침이며 만약 여기에 권력이 실리면 결국 인류를 완전히 사멸시킬 것이고, 지금껏 지상에서 일어난 죄악 중에서도 가장 엄청난 일이 벌어질 것이기 때문이다'.

따라서 가장 간단한 것은 처음부터 기독교를 무시하고 묵살해버리는 거다. '이른바 기독교적 지반 위에서 어떤 문제도 제기하지 않는 게 낫다'는 말이다. 그리하여 체호프는 아예 기독교를 파헤치는 일 자체를 그만두기에 이른다. 그는 1903년에 쓴 편지에서 '나는 이미 훨씬 더 전에 신앙을 잃어버렸다. 그리고 신을 믿는 모든 지적인 존재에게 항상 의심의 눈초리를 보냈다'라고 남겼다.

하지만 암담한 현실을 눈앞에 두고, 아니 암담한 현실 한가운데 있으면서도 스스로 그 「지루한 이야기」의 노교수나 자살한 이바노프처럼 절망과 허무의 희생양이 되지 않으려면 무언가 궁극의 존재에 대한 믿음, 즉 그에게도 신앙이 필요했다. 하지만 기독교가 이를 충족시키지 못한다면 무언가 다른 곳에서 찾아야 했다. 사람은 신앙 없이는 살아갈 수 없다. 『세 자매』에서 마샤는 '나는 생각합니다. 인간은 신앙을 가져야 합니다. 만약 신앙이 없다면 신앙을 찾아야 합니다. 그렇지 않으면 인생은 공허하고 텅 비어 있는 것과 다름없습니다. 어째서 학이 나는지, 어째서 아이가 태어나는지, 어째서 별이 하늘에 있는지, 그 무엇도 모른 채 살아갈 순 없는 거지요……. 자신이 왜 살고 있는지를 깨닫지 못한다면 모든 것은 무의미하고 시시해집니다'라고 말했다. 체호프 역시 마샤처럼 '신앙을 찾으러' 가지 않으면 안 되었다. 하지만 전통적인 기독교, 즉 '신'을 향한 길이 처음부터 막혀 있으니 도대체 어디로 가야 하는 걸까. 그렇다. 인간을 향해, '인류'를 향해 가는 수밖에 없다. 그래서 체호프는 '인류'를 향해 나아간다. 그리고 '인류'를 신의 위치에 둔 새로운 종교가 휴머니즘이라는 이름 아래 탄생한다. 지금까지 존재해온 동화와도 같은 천상의 종교와 확실하게 구분되며, 심지어 이와 대결 구도에 있는 지상의 종교가 탄생한 것이다. 만년의 체호프는 예언자였다. 그는 분명 종교적 예언자다운 뉘앙스로 전 세계와 인류의 구원을 약속했다. '조금만 더 참자. 조금만 더 시간이 흐르면, 한 200~300년쯤 지나면, 인생은 멋져질 것이다. 아름다운 인생이 올 것이다.' '설령 우리는 그러한 행복을 누리지 못할지라도 우리의 먼 후손들이, 적어도 우리 손자의 손자들이 행복해질 것이다.' 이것이 이 새로운 종교의 예언이었다. 체호프가 쓴 만년의 작품에서도 이러한 내용을 곳곳에서 찾아볼 수 있다. 그 이전 작품에서 '절망'의 말이 여기저기 흩뿌려져 있었듯이 말이다.

다른 훌륭한 러시아적 작가들이 그러했듯 체호프 역시 조용하지만 생생하게 혁명에 대한 예감을 지니고 있었다. 그도 도스토옙스키처럼 러시아의 공기 속에서 점차 다가오는 '무신론적' 혁명을 느끼고 있었다. 하지만 그는 도스토옙스키처럼 이를 거부하려 하지 않고 오히려 스스로 나아가 이에 동조하고 기쁜 마음으로 받아들였다. 이로써 그는 러시아의 혁명적 정신사에서 선구자이자 예언자가 된다. 한때 폭발적인 '혼돈'에 대한 예감은 시인 튜체프를 절망 끝의 침묵으로 떨어뜨리고 도스토옙스키의 뇌리에 "악령"적 무신론의 무시무시한 환상을 품게 했지만, 반대로 체호프에게 이는 환하게 밝아오는 새로운 시대의 종소리처럼 아름답게 울려 퍼졌다. 이윽고 이 처참한 태만과 퇴폐의 시대가 가고 모든 인간이 생기 있게 활동을 시작할 시기가 온다고 생각했다. 지구상의 모든 것이 새로워지고 사람들은 침체의 바닥에서 딛고 일어서서 '인간이 정말 인간으로 존재하기 위한' 노동을 시작할 것이라는 말이다. '이제 새로운 시대가 시작되고 있다. 우리를 향해 거대한 것이 바싹 다가오고 있다. 건강하고 강력한 태풍이 생겨나 몰아치더니 바로 저 앞까지 와 있다. 이는 머지않아 우리 사회에 만연한 태만과 무기력, 노동에 대한 편견 등을 한 번에 불식시켜줄 것이다. 그렇게 된다면 나는 일할 것이다. 아니, 25년이나 30년이 지나면 누구나 일하게 될 것이다. 모든 이가 말이다!'라고 투젠바흐(『세 자매』)는 흥분해서 외친다. 그리고 베르시닌은 '자, 뭐라 말해야 할까. 나는 말이지, 지상의 모든 것이 조금씩 바뀌어야 한다고 생각해. 아니, 벌써 우리 눈앞에서 변화는 일어나고 있어. 200년, 300년, 아니 결국 1000년의(시간의 문제는 아니니까) 시간이 흐른다면, 분명 새롭고 행복한 삶이 시작될 거야. 물론 우리가 그 새로운 생활에 직접 참여할 수는 없어. 하지만 우리가 현재 이렇게 살아 있는 것도 그것을 위한 거야. 그것을 위해 우리는 일하고 고생하는 거라고. 우리는 지금 그런 미래를 만들어내고 있는 거야. 그리고 이것 하나만이 우리의 존재 목적이고, 행복이라는 표현을 쓰자면 우리의 행복은 바로 여기에 있는 거야'라고 말했다. 그리고 나자(「약혼녀」)는 회색빛 마을을 바라보면서 혼자 이런 생각을 한다. '아, 어서 새로이 빛나는 생활이 와주면 좋으련만! 인간이 옳지 않으면 안 된다는 것, 쾌활하고 자유롭지 않으면 안 된다는 것을 알아야 하는데, 자신의 운명에 대담하게 직면할 수 있는 그런 삶이 온다면 얼마나 좋을까. 아니지, 언젠가 분명 그런 날이 올 거야'라고 말이다.

체호프는 섬세하고 조용하며 얼핏 여성적인 인상의 '상냥함' 뒤에 강인하고 집요한 영혼을 지니고 있었다. 그는 모든 존재를 압살해버릴 듯한 암울한 세기말을 살고 있었으며, 지병인 폐병은 하루하루 그의 생명을 좀먹고 있었다. 이렇듯 그는 절망의 밑바닥에 있었음에도 홀로 그렇게나 밝은 환상을 그려내고 있었다. 냉정하기만 한 그가 열정적으로 그러한 '예언'을 했다는 사실이 왠지 조금 추상적이고 과장된 느낌이라 우리에게 공허한 울림을 주기도 하지만, 이는 전혀 문제 될 게 없어 보인다. 그가 죽은 후 시대는 역사의 파도 속에서 그야말로 그가 예감하고 예언한 대로의 방향으로 급격히 우회했으며 결국 세계 사상 공전의 무신론적 신생활 질서의 시대가 도래했으니 말이다. 다만 이 새로운 생활에 의해 실현된 인간의 '행복'이 과연 체호프가 꿈꾸던 대로의 행복이 맞는지 여부는 사람마다 입장이 다를 것이다.

후기(북양사판)

1940년대~1950년대 중반의 나는 철학적 인간학에 상당한 관심을 지니고 있었다. 당시 내 관심사의 중심에 있던 '인간'이란 역사적, 사회적 실존 상황과 대자연이 보여주는 상극과 융화라는 양극적 관련성으로 자신의 근원적 존재성을 스스로 결정해가는 내적 인간의 구조에 관한 것이었다. 이 책은 이러한 관심을 기반으로 한 나의 인간학적 사색의 표현 중 하나라고 할 수 있다. 그 당시 나는 19세기 러시아의 시인이나 소설가들의 작품 속에 '근원적으로 인간적인 것'이 이상하리만큼 첨예화된 형태로 드러나 있다는 사실을 깨달았다.

즉 이 책을 통해 19세기 러시아 문학의 발전사와 더불어 러시아적 실존의 비밀을 파헤치고, 일반적인 철학적 인간학에서 특이한 계보를 거슬러 올라가 살펴보고자 했다.

하지만 이 책이 1953년에 출판되었고 실제로 집필하기 시작한 건 그보다 5년도 더 전의 일이니, 결국 지금으로부터 30여 년 전에 쓰인 오래된 저서라는 말이다.

자신이 썼던 책을 다시 읽는 것은 즐겁기도 하지만 무서운 일이기도 하다. 이는 젊은 날의 자신과 오랜만에 재회하는 것과 같다. 30여 년의 세월이 흐른 뒤 자신이 이전에 지녔던 모습을 객관적으로 바라보는 건 분명 흥미로운 일이다. 망각의 어둠 속에서 다양한 형상이 서로 뒤엉키며 되살아나는 광경을 목격하는 일은 즐겁기도 하다.

하지만 무엇보다 나는 시간이 이렇게 빨리 지나갔다는 사실이 새삼 놀라웠다. '알 수 없네, 거울 속 저 늙은이는, 어디에서 가을 서리 얻어왔는가'라는 한시의 한 구절이 떠오른다. 나는 일반적인 인생의 3분의 1에 해당되는 30년이라는 기간 동안 자신이 전혀 진보하지 못했다는 사실을 깨닫고는 아연실색했다.

젊은 시절 쓴 책을 재판할 때 종종 사람들은 '냉한삼두冷汗三斗'식은땀이 서 말이나 나온다는 의미라고 말한다. 물론 겸손을 겸한 표현이지만 다른 한편으로는 현재 자신에 대한 자부심도 없지 않다. 지금이라면 더 훌륭한, 적어도 조금은 더 나은 걸 쓸 수 있으리라는 의미도 함축되어 있다. 뭐라 해도 미숙한 저자의 작품이라는 말이다. 하지만 내게는 이렇게 말할 수 있는 행복조차 주어지지 않았다. 만약 지금 같은 주제의 책을 새롭게 쓴다 할지라도 결국 문장은 더 무미건조할 것이고 내용도 크게 다를 바 없는 책이 나올 게 틀림없기 때문이다. 아니, 오히려 러시아 문학에 감격하고 푹 빠져 있었던 예전이 더 나을지도 모르겠다.

돌이켜보면 학생 시절 이후로 러시아 문학은 나의 열정 그 자체였다. 러시아 문학은 나를 불가사의한 정신적 체험과 비전의 세계로 끌어당겼다. 이 책은 당시 경험한 새로운 세계에서 흥분의 도가니 속에서 느낀 감격을, 나의 가공되지 않은 날것의 언어로 있는 그대로 쏟아부은 것이다. 이런 의미에서 두번 다시 쓸 수 없는 작품이다.

지금 생각해보면 당시 나의 러시아 문학에 대한 주체적인 관심은 자기 형성 과정에 있어서의 한 시기에 불과했다. 이제는 종종 필요에 따라 크라치콥스키나 셰르바츠코이 이후의 탁월한 소련 동양학 연구서를 찾아서 읽는 것 외에는 러시아어로 쓰인 서적을 읽지 않는다. 톨스토이도 도스토옙스키도 먼 옛날 지나간 젊은 날의 열정에 불과하다.

하지만 그때는 정말 러시아 문학에 푹 빠져 있었다. 그리고 이러한 경험은 내 영혼을 송두리째 뒤흔들고 인생에 대한 관점을 바꾸었으며 실존의 심층에 숨어 있던 미지의 차원을 보여주었다. 19세기 러시아 문학작품들은 다른 어떤 전문 철학서도 대신할 수 없는 형태로 나에게 살아 있는 철학, 아니 철학을 사는 것이 어떤 것인지 알려주었다. 지금 와서 보니 단지 그뿐인 일이었다. 하지만 그걸로 충분하다.

따라서 이 책은 과거 특정 시기의 나, 나만을 위한 사적인 기록에 불과하다. 그런 내용을 지금에 와서 다시 세상에 공개하는 것이 어떤 의미가 있을지, 아니 과연 의미가 있기나 한 건지 나는 잘 모르겠다. 원래 나는 이 책의 재판을 낼 생각조차 없었다. 어쨌든 다시 한번 해보자는 결심이 선 것은 에토준 씨의 권유가 있었기 때문이다. 이와 더불어 북양사 편집부 여러분의 호의에도 깊은 감사를 드리고 싶다.

가마쿠라 거처에서

후기

누구나 경험하고 경험할 법한 매우 평범한 일인지도 모르지만 자신이 십수 년 전에 쓴 서적을 다시 읽다보면 복잡한 감정이 북받쳐 오른다. 마치 낡아빠진 거울에 자기 얼굴을 비춰보고 이를 가만히 들여다보듯이 말이다. 분명 자기 얼굴인 건 틀림없다. 하지만 그 얼굴은 매우 기묘하게 젊고(당연한 일이다), 게다가 지금에야 절대 말하지 못할, 잘도 그런 말을 했다고 생각될 정도의 말을 아무렇지 않게 내뱉고 있다. 부끄럽고 두렵지만 즐겁기도 하다. 생각해보면 철들기 시작한 이후로 책을 읽고 쓰는 것 외에 특별난 일을 하지 않았던 나에게, 이는 젊은 날의 자신과 재회할 유일한 기회인지도 모른다. 긴 세월이 흐른 뒤 옛날에 자신이 가졌던 모습을 이른바 외부로부터 바라보는 셈이다. 망각의 어둠 속 바닥에 있던 다양한 형상이 한데 섞이며 피어오르는 모습을 지켜보는 듯한 묘한 감동이 여기에 있다.

이 책이 정식으로 홍문당에서 출판된 것은 1953년 이른 봄이었다. 하지만 실제로는 그보다 약 5년 전에 갓 창설된 게이오대학의 통신교육부의 교과서로 인쇄되어 일부 사람에게 읽혔다. 따라서 지금으로부터 벌써 40년 이상 지난 오래된 서적인 것이다.

이 책은 대학을 막 졸업한 미숙한 저자가 자기 자신을 위해 쓴 사적인 기록에 불과하다. 학문의 역할에 대한 제대로 된 이해도 없는 상태였다. 그저 러시아어를 배우고 처음으로 러시아 문학을 접했을 때의 감격을 있는 그대로 옮겨놓는 일에 푹 빠져 있었었다. 그렇기에 개인적으로 정말 그리운 청춘의 시기가 담긴 기록이기도 하다.

이후로 이 책은 1978년 북양사에서 재간되었다. 북양사판의 '후기'에서 나는 이렇게 적었다. '돌이켜보면 학생 시절 이후로 러시아 문학은 나의 열정 그 자체였다. 러시아 문학은 나를 불가사의한 정신적 체험과 비전의 세계로 끌어당겼다. 이 책은 당시 경험한 새로운 세계에서 흥분의 도가니 속에서 느낀 감격을, 나의 가공되지 않은 날것의 언어로 있는 그대로 쏟아부은 것이다. 이런 의미에서 두번 다시 쓸 수 없는 작품이다.

지금 생각해보면 당시 러시아 문학에 대한 나의 주체적인 관심은 자기 형성 과정에서 한 시기에 불과했다. 이제는 종종 필요로 인해 크라치콥스키나 세르바츠코이 이후의 탁월한 소련 동양학 연구서를 찾아서 읽는 것 외에는 러시아어로 쓰인 서적을 읽지도 않는다. 톨스토이도 도스토옙스키도 먼 옛날 지나간 젊은 날의 열정에 불과하다.

하지만 그때는 정말 러시아 문학에 푹 빠져 있었다. 그리고 이러한 경험은 내 영혼을 송두리째 뒤흔들고 인생에 대한 관점을 바꾸었으며 실존의 심층에 숨어 있던 미지의 차원을 내게 보여주었다. 19세기 러시아 문학작품들은 다른 어떤 전문 철학서도 대신할 수 없는 형태로 나에게 살아 있는 철학, 아니 철학을 사는 것이 어떤 것인지를 알려주었다. 지금 와서 보니 단지 그뿐인 일이었다. 하지만 그걸로 충분하다.'

오늘날 러시아는 페레스트로이카라는 새로운 문화 이념이 도입되면서 그 면모가 바뀌고 있다. 아마 앞으로의 러시아는 새로운 문화 유형 창출을 향해 크게 우회해나갈 것이다. 하지만 내가 이 책에서 보여주고자 했던 러시아인의 영혼 밑바닥에 숨어 있는 근원적 인간성만큼은 그리 쉽게 바뀌지 않을 것이다. 아니 오히려 이 러시아적 주체성은 서유럽적 휴머니즘과는 완전히 다른, 러시아 특유의 대지에 뿌리 내린 거대한 '철학적 인간학'으로 전개해나가리라 생각한다. 그리고 이 '철학적 인간학'은 위기의 양상이 급속도로 강화되고 있는 현재 그리고 앞으로의 세계 문화적 상황에서 중대한 역할을 하게 되지 않을까 싶다. 이런 측면에서 이번에 나의 오래된 책을 재간하는 데 있어서도 무언가 의의를 찾을 수 있지 않을까 조용히 기대해본다.

오랫동안 절판되었던 이 책이 이번에 중공문고에서 새로운 형태로 다시 세상에 나오게 된 것은 본래 '중앙공론'의 현재 편집장인 히라바야시 씨의 권유가 있었기 때문이다. 그 호의에 깊이 감사하는 마음이다.

그리고 이런 졸작을 위해 귀중한 시간을 할애해 해설 집필을 해주신 하카마다 시게키 씨에게 이 기회를 빌려 진심으로 감사의 말씀을 전하고 싶다.

가마쿠라 거처에서

옮긴이의 말

저자 이즈쓰 도시히코는 30개 이상의 언어를 구사하는 언어학자이자 동양사상을 전공한 세계적 학자로 알려져 있다. 후쿠자와 유키치상, 게이오대학 기주쿠상과 마이니치 출판문화상, 아사히상 등 여러 수상 경력이 있으며, 국내외에서 그에 관한 다큐 및 영화도 제작되어 상영되었다. 『러시아적 인간』은 그가 가장 열정이 넘치던 20대에 러시아 문학에 심취해 쓴 책이다. 이 책이 처음 간행된 1953년은 사회주의 국가가 전 세계적으로 확대되면서 동서 냉전이 시작된 시기였다. 저자가 책의 첫머리에서 언급했듯, 러시아는 전 세계적 화제의 중심에 있었고 이로써 사상적 대립이 고조되는 상황이었다. 하지만 저자는 정치체제나 이데올로기를 초월해 '러시아적인 것의 본질'로서 러시아인의 정신적 근원에 주목했다.

이 책의 목차에 나열된 러시아 문인의 이름만 보고 단순히 러시아 작가와 그 작품을 개괄한 내용이려니 생각할 수도 있다. 나 또한 대학원 교양 수업에서 러시아 소설을 재미있게 읽었던 기억을 떠올리며 약간은 설레는 마음으로 이 책을 읽어내려갔다. 하지만 곧 저자가 이 책에서 종종 언급하는 '이러한 독자는 이 저자의 진짜 의도를 이해하지 못한 것'이라는 문구에서 말하는 '독자'가 바로 나임을 깨달았다. 물론 문학작품에 대한 해석 방식은 다양하며 정답은 없다. 저자에 따라 자신의 의도를 명시하는 경우가 있는가 하면 독자에게 그 판단을 맡기고 다양한 가능성을 열어두기도 한다. 단순하게 구분하자면 저자는 러시아 문학을 통해 러시아인을 분석했으며 작가론에 가깝다고 볼 수 있다.

하지만 여타 문학작품 연구가 그러하듯 소수의 작품을 철저히 분석 및 비교해 단편적 장면에 특정한 의미 부여를 한 것이 아니라, '철학적 인간학'을 기반으로 하여 러시아적 인간의 본원적 특성을 19세기를 대표하는 세계적으로 유명한 다수의 러시아 소설 및 시를 통해 풀어나갔다. 물론 제정 러시아와 소련 시기에는 정치적 검열이 엄격했기에 정치, 사상적 기술이 자유롭게 이루어질 수 없었다. 그렇기에 당시 문학작품은 유일한 사상 발표의 숨구멍이었고, 저자 역시 이에 착안해 문학작품을 통해 철학적 인간학에 접근한 것이다. 저자가 러시아 문인들의 묵시록적이면서 종말론적인 성향과 부활 및 신세계를 갈망하는 마음 사이에서 갈등하는 모습을 여러 작품을 오가며 보여주는 방식은 정말 탁월하다. 책의 구성을 보면 초반에는 이민족에 의해 오랜 기간 지배당한 러시아인의 정신사적 특징의 형성 과정을 보여준 후, 중후반에는 푸시킨을 비롯한 러시아의 대문호의 작가론에 가까운 해설 방식으로 이를 뒷받침해준다. 특히 책 곳곳에 드러난 작가가 생각하는 '러시아적 인간'에 대한 표현은 매우 흥미롭다.

저자는 러시아인 고유의 정신적 기원을 타타르인에 의한 300년에 걸친 지배에서 찾는다. 이들은 어둡고 혼란스러운 자연을 정신적 고향으로 삼았으며 잔학하기로 악명 높은 타타르인에 의해 오랜 시간 학대받으며 자신의 이미지를 '학대당한 존재'로 정해놓고, 똑같이 학대받은 인물로서의 예수에게 공감한다. 여기서 러시아 정교도의 특성과 더불어 이들의 정신사상을 엿볼 수 있다. 러시아에서 말하는 자연은 광활하고 거침없으며 이들은 여기서 자유를 추구하고 그 영혼 역시 한계를 모른다. 또한 그 어떤 비참한 상황에서도 작은 숨구멍 하나라도 발견하면 여기에 웃음 지을 수 있는 여유를 지니고 있다. 암울한 현실에서 괴로워하고 나태한 모습을 보이다가 이에 대한 반작용으로 극도의 자유와 조화를 추구하는 모습은 얼핏 모순적일 수 있다. 종교에 있어서도 마찬가지다. 목숨 걸고 눈물 흘리며 열광하다가 한순간에 등을 돌리기도 한다. 저자는 자신의 생각을 강요하거나 나열하는 방식이 아닌 문학작품과 철학자들의 인용구를 적절히 인용함으로써 독자로 하여금 가상과 현실을 오가며 여러 사상을 엿보는 듯한 긴장감과 더불어 신선함을 느끼게 하면서 어느새 이 책에 빠져들게 만든다. 러시아 문학은 매우 난해하고 어둡기로 유명한데 이 책을 통해 새로운 시각에서 다시 읽어볼 계기가 될 것이라 믿어 의심치 않는다. 나 역시 이미 읽은 러시아 소설 몇 권을 무심코 인터넷 서점 장바구니에 넣고 있었으니 말이다.

한편 오늘날 러시아와 우크라이나 전쟁 양상에 대한 새로운 시각을 제공해주는 측면도 있다. 저자가 말하기를, 러시아인은 러시아의 자연, 즉 러시아의 흑토와 피로 이어져 있으며, 그렇기에 러시아에서는 서구적 문화나 휴머니즘에서 행복을 얻을 수 없다고 지적했다. 러시아적 인간관은 구미와 달리 기독교의 영향을 받기 전의 원시성, 본원적인 어둠의 힘을 내포하고 있기 때문이다. 오늘날 러시아가 우크라이나의 비非나치즘을 외치며 무차별적인 공격을 하고 있는 가운데 이러한 상황을 순순히 수용하는 듯 보이는 러시아 국민의 모습과 러시아 정권에 반기를 드는 세력을 향한 거침없는 처벌을 보며 세간에서는 '역시 러시아는 잔혹하고 비상식적이고 속을 알 수가 없어. 무서워' 등의 반응을 보인다. 이에 따라 각종 미디어에서는 러시아의 정치체제 및 국제관계를 언급한 다양한 연구 분석이 앞다투어 나오고 있다. 정치적 이해 및 접근도 중요하지만, 그 기반에는 저자가 언급한 '러시아적 인간'에 대한 이해가 있어야 할 것이다. 갈등의 골이 깊은 상대방과 대화하면서 그 마음을 움직이려면 일단 그 사람을 파악하고 이해하려는 노력이 중요하다. 그렇기에 정치체제나 이데올로기를 초월한 '러시아적인 것'에 대한 통찰을 보여주는 이 책이 더 큰 의미가 있다고 생각한다.

참고문헌

이 책에서 인용한 러시아 작품들은 일본어 원서를 번역하되 국내에서 출간된 아래의 책들도 참고했음을 밝혀둔다.

레프 니콜라예비치 톨스토이, 『톨스토이 중단편선 1』, 지음, 김성일 옮김, 작가정신, 2010

백석, 『백석 번역시 전집 1』, 송준 엮음, 흰당나귀, 2013

알렉산드르 세르게비치 푸슈킨, 『푸슈킨 선집』, 최선 옮김, 민음사, 2011

이반 알렉산드로비치 곤차로프, 『오블로모프』, 노현우 옮김, 동서문화사, 2015

표도르 도스토옙스키, 『백치』(전2권), 김희숙 옮김, 문학동네, 2021

표도르 도스토옙스키, 『카라마조프가의 형제들』(전3권), 김연경 옮김, 민음사, 2007

표도르 도스토옙스키, 『악령』(전3권), 김연경 옮김, 민음사, 2021

표도르 도스토옙스키, 『죄와 벌』, 유성인 옮김, 하서출판, 2008

표도르 튜체프, 『튜체프 시선』, 이수연 옮김, 지식을만드는지식, 2011

러시아적 인간

초판인쇄 2023년 10월 27일
초판발행 2023년 11월 6일

지은이 이즈쓰 도시히코
옮긴이 최용우
펴낸이 강성민
편집장 이은혜
마케팅 정민호 박치우 한민아 이민경 박진희 정경주 정유선 김수인
브랜딩 함유지 함근아 박민재 김희숙 고보미 정승민 배진성
제작 강신은 김동욱 이순호

펴낸곳 (주)글항아리 | 출판등록 2009년 1월 19일 제406-2009-000002호

주소 경기도 파주시 심학산로10 3층
전자우편 bookpot@hanmail.net
전화번호 031-955-8869(마케팅) 031-941-5161(편집부)
팩스 031-941-5163

ISBN 979-11-6909-170-1 03800

www.geulhangari.com